永恆的終結

The End of Eternity

以撒艾西莫夫 著
陳宗琛 譯

鸚鵡螺文化

SFMASTER

鸚鵡螺，典故來自不朽科幻經典《海底兩萬哩》中的傳奇潛艇，未來，鸚鵡螺將在無限的時空座標中，穿越小說之海的所有疆界，深入從未有人到過的最深的海域，探尋最頂尖最好看的，失落的經典。

第一章　執行人

一條條的金屬桿散發出幽微的光，彼此隔著很大的間距，環繞成一道豎井，上端隱沒在一團茫茫霧氣中。那團霧氣離安德魯哈蘭的頭頂只有兩公尺。豎井裡有一具壺形的時間機，周邊形成一個完美的圓，和圓形的豎井完全密合。哈蘭跨進時間機，打開操控儀錶，開始很熟練的操作啟動桿。

但時間機文風不動。

其實哈蘭知道時間機是不會動的，不會上升下降，也不會向前後左右移動，然而，金屬桿之間的空隙卻變成灰色，摸起來是硬的，但並不是有形體的物質。接著他感到胃裡一陣翻湧，頭有點暈眩〈是心理作用嗎？〉。這種感覺表示時間機裡所有的東西包括他自己，正透過「永恆域」被疾速傳送到未來。

剛剛他登上時間機的時候，年代是575世紀。兩年前，他被派到575世紀，用這個年代當作執行任務的據點。當時，575 世紀已經是他到過的最遠的未來，而現在他要去的，是一個更遙遠的未來——2456 世紀。

在一般情況下，想到自己要去那麼遠的未來，他或許會感到有點迷惘。他原生的年代是在很遙遠的過去，準確的說，在95 世紀。那個年代，嚴禁使用原子能，帶點鄉村風味，大家喜歡用天然的木頭當建材，而且專門生產幾種特有的蒸餾飲用水賣到其他的世紀，幾乎在任何一個世紀都買得到。另一方面，他們則是從別的世紀進口三葉草的種子。十五歲那年，哈蘭開始接受特殊訓練，成為「新人學院」的學員。從那時候起，他就離開了95 世紀，但儘管如此，任何人離開「家鄉」的年代到別的世紀，免不了都會感到迷惘。身為執行人，哈蘭早就把自己訓練得近乎鐵石心腸，然而，2456 世紀距離他出生的年代足足有二十四萬年，即使對他這樣的人來說，這依然是很驚人的時間距離。

所以在一般情況下，哈蘭或許真的會感到迷惘。但此刻，哈蘭根本沒心情去想太多。他只感覺到口袋裡沈甸甸的文件，感到有點緊張，有點困惑。

他操作著儀器，讓時間機準確停在 2456 世紀，但那只是他的手本能的動作。

似乎有什麼事讓他很緊張。身為執行人竟然會緊張，這真是很奇怪的。當年他的導師亞洛就曾經鄭重告誡他：

「身為執行人，最重要的就是必須保持冷靜超然。執行人的任務是改變『真實時空』的狀態，而這造成的影響太大了，涉及到五百億人的人生，其中有一百多萬人受到的影響太過劇烈，人生會變得截然不同，幾乎是變成另一個人。面對這種狀況，多愁善感的執行人根本無法承受，所以對執行人來說，情緒化的性格簡直就像是殘障。」

亞洛冷冰冰的聲音迴盪在哈蘭腦海中，但哈蘭狠狠甩了一下頭，彷彿想藉這個動作驅散那些聲音。當年他根本不敢想像自己會是這塊料，有朝一日真的成為鐵石心腸的執行人，但此刻，他卻還是不由自主的受到情緒干擾。然而，那並不是為了五百億人。五百億人有什麼好在乎的？他在乎的只有一個人。只有一個。

接著他感覺到時間機靜止不動了。他遲疑了一下，但瞬間就回過神來，集中心思，回復到執行人該有的冷酷漠然，走出時間機。當然，他走出來的這一刻，時間機已經和先前進去的時候不一樣了，因為原子結構改變了。不過，任何一個「永恆人」都不會擔心這個，他也不例外。永恆人在乎的是時間旅行本身，而不是時間旅行的奧祕。只有學院的學員和剛加入永恆域的新人才會在乎時間旅行的奧祕。

他走到「隔幕」前面，再次停下腳步。隔幕是一面非時間非空間的屏障，薄得無法測量，穿過隔幕就會進入永恆域，或是進入真實時空，差別在於操作方式。

永恆域在 2456 世紀的支部，對他來說是非常陌生的。當然，他查過「時間手冊」上的資料，所以還是有一點概念，但不管知道多少都無法取代親身體驗。他打起精神，準備面對新環境的衝擊。

他變動了控制儀。要從真實時空進入永恆域，操作很簡單（反過來，從永恆域進入真實時空，操作就非常複雜，不過相對來說，這樣的穿越機會比較少）。他穿越隔幕，立刻感覺到刺眼的強光，不由得瞇起眼睛，本能的抬起雙手遮住眼睛。

他面前只有一個人。一開始他看不清楚，只看到一個模糊的身影。

那個人說：「我是社會學家坎鐸沃伊，你應該就是執行人哈蘭吧？」

哈蘭點點頭說：「老天！這種裝飾用的玩意兒應該是可以變動的吧？」

沃伊轉頭看看四周，耐著性子說：「你說的是牆壁和東西表面那些分子膜嗎？」

「當然是！」哈蘭說。時間手冊裡有分子膜的資料，但完全沒有提到反光會這麼強。

哈蘭覺得自己有理由生氣。2456 世紀就像絕大多數的世紀一樣，是一個物質導向的世紀，所以他理所當然認為他應該一開始就很能夠適應，絕對不會像到了300世紀或600世紀那樣，根本不知所措。在300世紀會碰到能量漩渦，在600世紀會碰到場域動力，這對任何一個出生在物質導向世紀的人來說，都是很難以承受的。在2456世紀，為了讓一般的永恆人感到舒適，所有的東西，大至整面牆，小至一根圖釘，都是用物質製造的。

當然，物質的種類形形色色，但能量導向世紀的人卻恐怕分不清楚。在他們看來，所有的物質都差不多，都是粗俗、笨重又原始的東西，但對來自物質導向世紀的哈蘭來說，物質可謂是五花八門，有塑膠、木材、石材、水泥、皮革、金屬等等，而金屬又可以分為重金屬和輕金屬。

可是，這裡的物質竟然全是鏡子！

這就是他對2456世紀的第一眼印象。所有的東西表面都會反光，閃閃發亮，會讓人產生一種錯覺，感覺到處都是一片光滑，而這就是東西表面的分子膜造成的。看向四面八方，他看到所有的東西都有層層疊疊無窮無盡的鏡中影像，包括他自己和歷史學者沃伊，而有的影像是局部的，有的是完整的。這樣的景象令他感到錯亂，頭昏眼花，甚至有點噁心！

「抱歉。」沃伊說。「這個世紀的習俗就是這樣。我們支部負責這個世紀，而這個世紀的習俗，只要是實用的，我們就會採納。我發覺這辦法不錯。過些時候你就習慣了。」

沃伊快步往前走，而地面上倒影的步伐和他完全一致，乍看之下彷彿兩個沃伊上下顛倒，踩著對方的鞋底快步走。他伸手到一面有螺旋形刻度的儀錶，把上面的觸控指標移到螺旋中央的位置。

四面八方的倒影忽然消失，反光也不見了。哈蘭終於覺得舒服了。

「現在麻煩你跟我來。」沃伊說。

哈蘭跟在他後面，穿過幾條空蕩蕩的走廊，心裡明白這些地方剛剛一定到處都是反光和倒影。後來他們走上一道斜坡，穿過接待室，進入一間辦公室。

剛剛走過來的時候，一路上看不到半個人。這種狀況，哈蘭已經太習慣，覺得太理所當然，所以，要是真的瞥見有人匆匆閃避，他反而會感到意外，甚至震驚。毫無疑問，消息已經傳開，大家都知道有個執行人會路過。就連沃伊都刻意跟他保持距離。有時候，哈蘭的手不小心碰到沃伊的袖子，沃伊會很明顯的嚇一跳，渾身一縮。

看到沃伊這種反應，哈蘭心頭湧上一絲苦澀，而且有點意外自己竟然會有難過的情緒。多年來，他逐漸在心裡築起一層保護殼，把靈魂團團圍住。他本來以為，隨著時間過去，這層保護殼已經變得越來越厚，自己變得更冷漠無情，照理說，應該不會這麼善感。難道他錯了嗎？如果他真的錯了，如果他的保護殼變得越來越薄，內心變得越來越柔軟，那麼，只有一個原因。

諾伊絲。

社會學家坎鐸沃伊身體向前傾，朝向哈蘭，似乎是極力要藉這個姿態表達友善，但哈蘭還是忍不住注意到，兩人隔著一張很大的桌子對坐，而且是各自坐在距離最遠的兩邊。

沃伊說：「我們這裡只是出了點小問題，沒想到像你這麼有名的執行人竟然會有興趣，真是令我受寵若驚。」

「沒錯。」哈蘭的口氣很冷漠。在眾人眼裡，執行人就應該這麼冷漠。「這件事確實有引人注意的地方。」（他表現得夠冷漠嗎？別人一定一眼就看得出他真正的意圖，因為他額頭上不斷冒出汗珠，顯示出他很心虛。）

他從內口袋裡掏出一卷金屬箔。一個月前，有一份「改變真實時空狀態」的計畫大綱被送到「全時委員會」，而那片金屬箔就是那份大綱的拷貝。哈蘭和高階計算師圖伊索的關係很不錯（沒錯，就是大名鼎鼎的圖伊索），所以沒費什麼功夫就弄到了那份拷貝。

他準備拉開那卷金屬箔，攤到桌面上。桌面有微弱的磁性，會固定住金屬箔。但就在拉開之前，他忽然猶豫了一下。

桌面上分子膜的反光功能已經調弱，但並沒有完全消失，他看到桌面上反映出手臂的動作。有那麼一剎那，他看到自己的臉彷彿正從桌面上盯著他，眼神陰沈。他今年三十二歲，但看起來比實際年齡老。這一點，不需要別人說，他自己心知肚明。一方面，這或許是因為他一張長臉，眉毛黝黑，眼睛更是烏黑，所以才顯得表情陰沈，眼神冷酷，而這正是執行人在全體永恆人心目中的刻板形象。但另一方面，他會顯現出那樣的表情眼神，也可能是因為他意識到自己是個執行人。

不過他很快就回過神來，飛快拉開金屬箔，攤到桌面上，開始進入正題。

「先提醒你，我不是社會學家。」

沃伊微微一笑。「聽起來有點嚇人。如果有人一開口就先聲明自己不懂某種東西，那通常意味著他馬上就要針對那種東發表很武斷的意見。」

「不是。」哈蘭說。「我不是要發表意見，只是想請你做一件事。我想請你看看這份計劃大綱，看看你是否曾經在某個環節犯了什麼小錯誤。」

沃伊神情立刻變得凝重。「但願沒有。」他說。

哈蘭一條手臂靠在椅背後面，另一隻手擺在大腿上。他不敢把手擺在桌上，因為此刻他焦躁不安，手指會不斷的敲桌面。另外，他極力壓抑自己不去咬嘴唇。他絕不能讓內心的不安顯露出來。

不久前，他人生的方向起了天翻地覆的變化。從那時候開始，他就一直在關注「全時委員會」擬定的改變真實時空狀態的所有計劃大綱。他是高階計算師圖伊索的專任執行人，所以他能夠違背一點職業道德，看到所有的計劃。特別是，圖伊索對那些親身擬定的驚人計劃更是全神貫注，所以哈蘭更有機會看到。（哈蘭極力壓抑自己的緊張，因為現在他已經約略知道這個計劃的本質。）

哈蘭不確定自己有沒有足夠的時間找到自己想找的東西。這個計畫的序號是V—5，它要改變的是2456到2781世紀這段期間的真實時空狀態。他認為自己的理性思考能力恐怕已經被自己內心的渴望蒙蔽了。當時他一整天一次又一次檢查計劃裡所有的方程式和關連性，滿腹狐疑，內心越來越激動，不過另一方面，他也暗暗慶幸自己好歹學過一些心理數學。

沃伊開始解讀金屬箔上的打孔點陣編碼，眼神半是困惑，半是憂慮。

然後他說：「在我看來……我是說，在我看來，這計劃非常合理。」

「你必須特別注意的，是這個世紀目前的時空狀態裡，社會的求偶行為特性。我想，這是社會學的領域，是你負責的。這就是為什麼我一到這裡就立刻安排跟你見面，而不是去找其他人。」

沃伊皺起眉頭。他看起來還是很客氣，但表情已經有點冷了。他說：「派駐到我們支部的觀察員是非常優秀的，其中有幾位參與擬定這個計劃，我百分之百相信他們提供的資料是很精確的。如果你認為這些資料有錯，那麼，你有證據嗎？」

「沃伊先生，你誤會了，我不是這個意思。我完全認同那些資料。我覺得有問題的，是這些資料怎麼被進一步運用。如果適度加入求偶行為的資料，合併思考，那麼，你不覺得在這個階段你應該採用另一種張量多重結構嗎？」

沃伊盯著他，表情顯然鬆了一口氣。「那當然，執行人，那當然。不過，最後的結果還是相同。過程中會出現一個小型環狀結構，但頭尾都沒有分叉。很抱歉，我用這種圖象式的形容來取代精確的數學表達方式，請多包涵。」

「這不是問題。」哈蘭冷冷的說。「我既不是社會學家，也不是計算師，所以我數學式的表達能力也好不到哪裡去。」

「那就好。你剛剛提到的另一種張量多重結構，我們也可以稱之為分叉。在這個計劃裡，那個多重結構根本毫無作用，甚至連提都不用提，所以我根本沒有建議那種方式。」

「你要這樣說也可以，我尊重你的判斷。不過，這還是會涉及到『ＭＮＣ』。」

一聽到這個字眼，沃伊不由得畏縮了一下。哈蘭早就知道他會有這種反應。ＭＮＣ是「最低限度必要改變」的縮寫。在這方面，執行人是無人可及的。社會學家的工作是用數學去分析真實時空狀態的無數種可能，他們可能會認為，在這方面沒人有資格批評他們，可是談到「最低限度必要改變」，執行人才是權威。

機器無法計算出「最低限度必要改變」。全永恆域最大的「計算中心」匯集了最聰明最有經驗的高階計算師，但就連他們也只能計算出哪個範圍裡可以找到「最低限度必要改變」。要等執行人看過資料之後，才能夠在那個範圍裡找到明確的位置。厲害的執行人很少犯錯，頂尖的執行人永遠不會犯錯。

哈蘭從來不曾犯錯。

「至於你們支部建議的ＭＮＣ……」哈蘭說話的時候用標準全時語，一字一句說得很清楚，口氣冷靜平淡。「……會引發一場空間事故，而且立刻導致十幾個人死亡，死得很慘。」

「那是無可避免的。」沃伊聳聳肩。

「不過在我看來……」哈蘭說。「MNC是可以更小的。我建議把一個架上的盒子轉移到另一個架上。就是這裡。」他伸出修長的食指，指甲沿著金屬箔上的一組打孔點陣輕輕劃過，留下淡淡的痕跡。他的指甲白皙，修剪得很整齊。

沃伊思索著哈蘭剛剛說的話，顯得很緊張，但沒吭聲。

哈蘭又繼續說：「先前你說那種分叉毫無作用，結果都一樣，不過如果照我建議的MNC，情況就不一樣了不是嗎？這樣我們不就可以充分利用那個可能性比較小的分叉，讓那個分叉變成近乎絕對確定，不是嗎？這樣一來，最後的結果就是——」

「——幾乎就是MDR。」沃伊嘀咕著說。

「沒錯！正是MDR！可預期的最大效應。」哈蘭說。

沃伊抬頭看著他，黝黑的臉上露出複雜的表情，半是懊惱半是憤怒。這時哈蘭才偶然注意到這個人有兩顆大門牙，中間空隙很大，神情看起來像兔子。沃伊口氣中滿是壓抑的怒氣，但神情卻像兔子，感覺很不協調。

沃伊說：「看樣子，全時委員會應該很快就會找上我追究責任。」

「不會。據我所知，全時委員會根本沒發現這個這問題，最起碼，這份計劃到我手上的時候，他們並沒有說什麼。」他並沒有解釋「到我手上」是什麼意思，而沃伊也沒有追問。

「這麼說，這個錯誤是你發現的？」

「沒錯。」

「而你並沒有向全時委員會報告？」

「沒有。」

沃伊先是鬆了一口氣，但神情立刻又變得嚴厲。「為什麼不報告？」

「這種錯太容易犯了，幾乎沒人能倖免。不過，我覺得我能夠在傷害造成之前矯正這個錯誤，而且已經做了。既然如此，那又何必報告呢？」

「喔——那就謝謝你了，哈蘭先生。你真是夠意思。就像你說的，我們支部的錯誤是無法避免的，可是在記錄上會很不好看，這對我們很不公平。」

說到這裡，他停了一下才又繼續說：「當然，時空狀態改變，人口構成就會不一樣，原本活著的某些人會突然消失。從這個角度來看，那些人消失並沒有什麼大不了。」

聽了這種話，哈蘭還是很淡定，心裡想：聽這個人的口氣，他並不是真心感激，說不定反而很不滿我這樣做。如果他有時間仔細想，他就會意識到，這次本來會在評鑑紀錄上留下污點，結果竟然是一個執行人救了他，這樣一來，他可能會更不滿。假如我跟他一樣，也是個社會學家，那他一定會滿懷感激的拚命跟我握手，只不過，他打死都不會跟執行人握手。他會極力辯解，說害死十幾個人沒什麼大不了，但他就是不肯和執行人有任何肢體上的接觸。

哈蘭心裡明白，時間拖得越久，這個人內心的不滿會越強烈，於是他緊接著說：「我相信你應該是非常感激我的，所以你這個支部一定很樂意幫我做一件小事。」

「一件小事？」

「我要你執行一次『生命規畫』。需要的資料我這裡都有。另外，482世紀的時空狀態也應該要改變一下，所有的資料我也都有。我想知道這個改變對某個人的『可能狀態』會造成什麼影響。」

「我不太明白你的意思。」沃伊慢吞吞的說。「這些事，你在你自己那個支部就有設備可以執行的不是嗎？」

「那當然。不過，這是私下進行的研究，我不想留下紀錄。如果在我那個支部進行，恐怕很難——」說到這裡，他意味深長的比了個手勢。

沃伊說：「所以，你不想透過正式管道進行。」

「我想秘密進行，私下找答案。」

「嗯，這樣嚴重違反規定，恕難從命。」

哈蘭皺起眉頭。「我沒有向全時委員會報告你的過失，不是更嚴重違反規定嗎？而你並沒有表示反對，不是嗎？如果你要嚴格遵守規定，那就不能只針對一件事。做別的事，你也必須同樣嚴格遵守。你應該明白我的意思吧？」

沃伊的表情顯示他非常明白。他伸出手。「我可以看看那些文件嗎？」

哈蘭鬆了口氣。最難的一關過了。他熱切的盯著沃伊。這位社會學家正低頭看著桌上的金屬箔。

沃伊默默看著金屬箔，好一會兒只說了一句話。「其實，這只是很輕微的改變。」

哈蘭立刻逮住機會大作文章。「沒錯，確實太輕微了，而這正是有爭議的地方。這次改變不足以造成重大差異，所以我選定了某個人做測試。目前我還無法確定自己是不是對的，在這種情況下，如果貿然用我們那個支部的設備來進行，那是很不明智的。」

沃伊沒反應，於是哈蘭就沒再繼續說。這時先不要操之過急，免得弄巧成拙。

接著沃伊站起來。「我會把這件事交代給我手下的一個生命歷程分析師。我們暗中進行，不過，只此一次，下不為例，這你應該明白吧？」

「那當然。」

「另外，如果你不介意的話，我希望能夠親眼看著改變如何進行。我相信你應該會親自執行最低限度必要改變吧？這會是我們的榮幸。」

哈蘭點點頭。「我會負全責。」

他們進入觀察室的時候，裡面有兩面螢幕已經開了。先前工程師已經先把兩面螢幕的顯示畫面設定在精準的時空座標，然後才離開。此刻，光亮耀眼的觀察室裡只有哈蘭和沃伊兩個人（分子膜被變動到可以察覺到反光的亮度，甚至有點太亮，但哈蘭卻渾然無覺，眼睛只盯著螢幕）。兩面螢幕的畫面裡都沒有動靜。他們原本可能會看到死亡的景象，因為畫面顯示的是真實時間特定的某一刻。

其中一個畫面是正常的彩色，顏色鮮明，顯示出一間引擎室。哈蘭知道那是一艘太空實驗船的引擎室。畫面裡有一扇門正要關上，門縫裡看得到一隻半透明材質的紅鞋，但那紅鞋一動也不動。沒有任何東西在動。如果畫面的解析度高到看得見灰塵，那灰塵恐怕也是不動的。

沃伊說：「從開始觀察的那一刻起，到現在已經過了兩小時三十六分鐘，那間引擎室還是空蕩蕩的，看不到半個人。我說的是真實時空裡目前的狀態。」

「我知道。」哈蘭嘀咕了一聲。他正在戴上手套，而他那敏銳的眼睛已經盯住架子上那個關鍵的盒子，記住它的位置，而且開始評估盒子要移到什麼位置最好。接著他飛快瞄了一眼另一面螢幕。

以他們所在的這個支部為基準，那面螢幕裡的引擎室的時間範圍可稱之為「現在」，所以畫面裡顯現出來的景象是清晰的，而且顏色自然。至於另一面螢幕裡顯示的景象，時間是二十五世紀後的「未來」，所以顯現出一種藍色調。所有「未來」的景象一定帶著藍色調。

螢幕裡的景象是一個太空港，深藍色的天空，綠藍色的地面，而一座座巨大的金屬架也呈現出藍色光澤。畫面近處有一根造型奇特的藍色圓柱，遠處有兩根。三根圓柱的尾端都形成向上的叉狀，夾住太空船的重點部位。

哈蘭皺起眉頭。「那些柱子看起來真怪。」

「那是『電子重力』系統。」沃伊說。「2481世紀是唯一發展出電子重力太空旅行的世紀，不用燃料推進，也不用核子動力。那真是一種賞心悅目的系統，真可惜我們必須捨棄那種東西。

太可惜了。」他說話的時候眼睛盯著哈蘭，眼神中滿是譴責。

哈蘭緊抵住嘴唇。譴責！那當然！怎麼可能不譴責他呢？因為他是執行人。

其實，一開始是有些觀察員提出詳細的報告，說有毒癮泛濫的現象，接著有些統計學家進一步說明，最近幾次改變時空狀態導致吸毒成癮的比例升高，而現在已經達到真實時空人類史上的最高峰。然後有些社會學家解釋說，這是社會中的一種精神病態現象。最後，有一位計算師設計出一個改變時空狀態的計畫。為了把毒癮的比例降低到安全程度，這個改變是絕對必要的。過程中他發現，這次改變的副作用就是必須犧牲電子重力太空旅行。就這樣，全永恆域有上百個不同層級的人參與了這個計畫。

可是，到最後必須採取行動的，卻是像他這樣的執行人。這個計劃是眾人合力設計出來的，他只是奉命行事。他必須動手執行這個改變計畫，結果卻是其他人都用譴責的眼神瞪著他。那種眼神彷彿在告訴他：是你毀掉了這美麗的東西。是你，不是我們。

於是，他們會譴責他，躲他躲得遠遠的。他們會把自己的罪惡感甩到他身上，然後對他嗤之以鼻。

哈蘭厲聲說：「太空船並不重要。我們在乎的是『那些』。」

『那些』，指的是人。和太空船比起來，人顯得多麼渺小，就好像，太空船縱橫宇宙，無遠弗屆，而相形之下，地球和人類社會也是何其渺小。

在時間凍結的那一瞬間，那些人就彷彿成群的小小傀儡，舉著小小的手，那姿態是如此僵硬不自然。

沃伊聳聳肩。

哈蘭開始變動左手腕上的力場啟動環。「好了，我們動手吧，完成任務。」

「等一下！我要先和生命歷程分析師聯絡，看看你執行任務需要多少時間。我也希望這任務能夠順利完成。」

他拿出一具小型隨身通訊器，手指很靈活的碰觸了幾下，然後豎起耳朵仔細聽對方傳來的喀嚓聲。（哈蘭心裡想，用聲音代碼來通訊，是這個支部的另一種特徵，不過，就跟分子膜一樣，這也是另一種裝腔作勢。）

「他說不到三小時就可以完成。」過了一會兒沃伊終於說。「另外，他說這次任務的目標對象，名字很好聽。諾伊絲蘭本特。聽起來像是個女人，對吧？」

哈蘭忽然感到喉嚨一陣乾澀。「是的。」

沃伊嘴角慢慢上揚，露出一抹微笑。「好像很有意思。我還真想親眼看看她。她是我們的目標對象，可惜沒辦法親眼看到。這個支部已經好幾個月看不到女人。」

哈蘭不敢開口回答，因為怕自己會露出馬腳。他一直盯著沃伊，好一會兒才突然轉身走開。

如果說，身為永恆人有什麼弱點，那就是女人。差不多在剛加入永恆域的時候，他就已經清楚知道那種弱點，然而，直到他遇見諾伊絲的那一天，他才真正體會到那種弱點。從那一刻起，他就開始向這個弱點徹底沈淪，背叛了永恆人的誓言，背叛了自己信仰的一切。

為了什麼？

為了諾伊絲。

然而，他心中感受不到絲毫的羞愧。這就是真正令他震驚的。他竟然完全不覺得羞愧。他一次又一次的犯罪，一次比一次嚴重，而這次公器私用，偷偷進行生命歷程分析，比起先前的滔天大罪，只能算是小兒科了。儘管如此，他竟然完全不覺得愧疚。

他已經罪大惡極了嗎？不，還有更可怕的。必要的話，他會做出更可怕的事。

此刻，他腦海中浮現出一個很清楚的念頭。這是他第一次產生這種念頭。他感到一陣恐懼，拚命想揮開那個念頭，然而，他心裡明白，這個念頭只要一出現，就永遠不會消失。

這個念頭就是：必要的話，他會毀滅永恆域。

更可怕的是，他知道自己有能力辦到。

第二章　觀察員

哈蘭站在真實時空的入口，忽然想到自己的人生已經完全不一樣了。他的人生曾經很單純，可以追求理想，為理想而活，或者，最起碼還可以喊喊口號。永恆人一生的每個階段都是有道理的。「基本原則」第一條是什麼？

「永恆人的一生可以分為四個階段……」

他的人生原本一帆風順，可是後來一切都變了。過往的人生已經徹底瓦解，再也無法回頭。他曾經按部就班的經歷過永恆人的四個階段。第一階段的十五年，他還不是永恆人，只是真實時空裡的一個普通人。所有的永恆人原本都是來自真實時空的普通人，毫無例外。沒有人一出生就是永恆人。

十五歲那年，經過嚴格的淘汰篩選，他被選中了，但那究竟是什麼樣的篩選，當時他毫無概念。他忍痛告別家人之後，就被人帶著穿越隔幕進入永恆域（當時那人就很明白的告訴他，無論未來發生什麼事，他都永遠不會再回家了。而一直到很久很久以後，他才知道真正的原因）。

到了永恆域，他先花了十年時間在新人學院裡當「學員」，畢業後進入第三階段，成為「觀察員」。過了這個階段之後，他才成為「專家」，成為真正的永恆人。這就是永恆人生命的第四階段，也是最後一個階段。永恆人的一生，就是從普通人成為學員、再成為觀察員，最後成為「專家」。

哈蘭非常順利的經歷了四個階段，甚至可以說是無往不利。

他清楚記得學員畢業的那一刻。從那一刻起，他們成為獨立的永恆人。儘管還不是「專家」，但已經被視為正式的永恆人。

他記得那一刻。學院畢業了，學員訓練完成了，他和另外五個畢業的學員站在一起，兩手交叉在背後，兩腿微微分開，眼睛直視前方，聽導師說話。

他們的導師亞洛坐在辦公桌後面給他們精神講話。哈蘭對亞洛印象很深刻。他個子小小的，熱情洋溢，一頭散亂的紅髮，小臂上滿是雀斑，眼中有一種失落的神色（很多永恆人眼中都有這種失落的神色，因為他們失去了家，失去了根。這輩子他們再也無法回去看看他們出身的世紀，而且無論多麼想念故鄉，他們絕對不會承認，也不能承認）。

當時亞洛說的話，一直深深烙印在哈蘭腦海中，儘管並不是一字不漏記得清清楚楚。

亞洛說：「從現在開始，你們就是觀察員了。這並不是一個很受重視的職位，『專家』都把那當成是小孩子的工作。說不定你們這些『永恆人』……」（說到這個字眼，他故意停下來，讓他們有片刻的時間可以品味一下這字眼所代表的榮耀，不自覺的挺直腰桿，容光煥發）。「……自己也這麼認為。然而，如果你們自己也這麼想，那就太蠢了，根本不夠資格擔任觀察員。」

「如果沒有觀察員，所有的專家工作都會停擺。計算師沒辦法計算，生命歷程分析師沒有對象可以分析，社會學家也找不到社會可以用來分析。我知道你們一定聽過這樣的說法，而現在，我要你們明確認知到這一點，謹記在心。」

「有人必須到外面的真實時空，面對各種最嚴酷的狀況，取回詳細資料，而這就是你們這些年輕人的使命。這些資料必須是絕對客觀詳實，不夾雜任何主觀意見，不摻雜任何個人喜好，明白嗎？資料必須非常精確，才可以用來輸入計算機，必須毫無疑問，才可以用來建構社會方程式，必須非常真實，才可以用來改變真實時空的狀態。」

「另外，你們記住，不要以為觀察員這個階段應該要速成，要儘量輕描淡寫的度過。事實正好相反，一個永恆人能不能打響名號，完全看觀察員這個階段。日後你們會成為哪一種專家，能爬到多高的地位，並不是看你們在學院時期的表現，而是要看你們擔任觀察員的時候有什麼作為。各位永恆人，擔任觀察員就等於是唸研究所，不管你看起來多優秀，多有潛力，只要犯了錯，就算是再小的差錯，你就會被送去『庶務部』幹雜事。好了，話說到這裡。」

說完，亞洛輪流和每個學員握握手。當時哈蘭一臉莊嚴，滿腔熱血，感到無比榮耀。他深信，成為永恆人是無上的榮幸，而最榮幸的就是為全人類的幸福承擔起重責大任。不管是過去的人類，還是未來的人類，只要在永恆人能觸及的範圍，都會得到保護。對這樣的榮幸，哈蘭滿心敬畏。

哈蘭第一次執行的是一個小任務，而且是在嚴密監督下執行，不過後來他總共去過十二個不同的世紀，進行了十二次觀察，而他取得的資料被採納，用來改變時空狀態。在經驗的磨練下，他的能力越來越強。

在擔任觀察員的第五年，他被評定為資深觀察員，指派到 482 世紀執行任務。這是他第一次在無人監督的情況下執行任務，不過，也正因為意識到這一點，他去找負責 482 世紀的計算師報到的時候，有點心虛，不像先前那麼充滿自信。

那是副計算師哈布芬奇。哈布皺著眉頭噘著嘴，那種狐疑的神情在他臉上顯得有點滑稽。他小小的鼻子又圓又扁，臉頰上鼓起兩小團肉。如果那兩團肉上微微泛紅，前額的劉海變成白色，看起來會很像遠古時代的基督聖徒聖尼古拉。

（——或者也可以說是聖誕老人。聖誕老人的原型就是聖尼古拉。這兩個名字哈蘭都知道。哈蘭認為，在全體永恆人當中，聽說過聖誕老人或聖尼古拉的，十萬人裡恐怕還找不出一個。哈蘭暗暗感到驕傲，但也有點羞愧，自己竟然知道這些神祕費解的東西。剛進學院的時候，他就養成一種癖好，喜歡研究遠古歷史，而導師亞洛也鼓勵他研究。後來，哈蘭漸漸真心喜歡上那些怪異反常的世紀，像是27世紀永恆域出現之前的更早的世紀，甚至還擴及到24世紀「時間力場」發明之前的歷史。為了研究，他讀過不少古書和古期刊，而且，只要得到上級批准，他甚至曾經回到遙遠的過去，到永恆域能控制的最早的世紀，尋找研究的材料。在過去十五年多的時間裡，他收集到驚人的大量資料，絕大多數是印刷品。其中有一本書，作者叫H・G・威爾斯，另外還有一本破破爛爛的歷史故事，作者叫W・莎士比亞。最珍貴的是一整套遠古時代的新聞周刊，幾乎佔滿了他個人的小小書房。他本來可以把週刊製作成微縮影片之後丟掉紙本，然而，他對這些印刷品有一種特殊感情，就是捨不得丟掉。

有時候他會沈浸在那個世界裡，渾然忘我。那個世界，生死無法操控，任何人做了決定，都必須承擔結果，再也無法挽回。那個世界，災禍無法避免，幸福無法安排，就好像當年的滑鐵盧之戰，戰敗了，就是永遠戰敗了。他深愛的一首古老的詩裡有幾句是這樣寫的：當你的手指在沙上畫下字句，再大的力量都無法讓時間倒流，回到那一刻讓你重新決定不去畫。

沈浸在那樣的世界，要把心思轉回到永恆域，轉回到永恆域控制下的真實時空，感覺是很艱苦的，甚至可以說是驚心動魄。永恆域控制下的時空狀態是稍縱即逝、可以任意變動改變的。對他這樣的人來說，時空狀態彷彿某種可以抓在手上的東西，可以隨意捏成更美好的形狀。）

哈布芬奇一開口說話，哈蘭腦海中那些聖尼古拉的畫面立刻碎散消失。芬奇的口氣冰冷刻薄。「明天你可以開始針對時空狀態做例行篩檢。記住，一定要做好，做得徹底，抓得到重點，不准偷懶。第一份時間空間指引圖，明天就會準備好交給你。聽清楚了嗎？」

「明白了，計算師。」哈蘭說。當年的那一刻，他就已經認定自己和這位副計算師哈布芬奇恐怕是合不來了。他感到遺憾。

第二天早上，哈蘭拿到了時空圖。時空圖是計算中心製作的，上面滿是錯綜複雜的打孔點陣。由於哈蘭極力想避免自己一開始就犯錯，再小的錯誤都不行，所以他用一台隨身解碼器把那些點陣解譯成標準全時語。當然，現在的他已經有能力直接解讀點陣。

時空圖指示他，在482世紀的世界裡，哪些時間地點可以去，哪些不能去，哪些事可以做，哪些不能做，有什麼是要不計一切代價極力避免的。他只能出現在那些不會危及時空狀態的時間和地點。

在他看來，482世紀令人覺得不舒服，和他出身的世紀截然不同。他原生的世紀，是一個樸實無華、傳統保守的世紀，所以他滿腦子都是道德原則，而482世紀卻是一個缺乏道德、不講原則的世紀，縱情享樂，崇尚物質，而且完全是女性統治的社會。他費盡辛苦翻索了無數文獻資料之後，確認那是人類史上唯一盛行「體外孕育」的年代，在最巔峰的時期，百分之四十的女性並不是自己分娩生小孩，而是把受精卵交給機器代孕。婚姻只不過是一種男女之間的私下協議，沒有法律約束力，只要雙方同意，想結婚就結婚，想離婚就離婚。當然，養兒育女已經被排除在婚姻的社會功能之外，兩者之間是有嚴格區分的。如果是為了孕育下一代，男女的結合純粹是以優生學為考量。

哈蘭覺得，無論從哪方面來看，那個社會都很病態，所以他迫切想改變那個世紀的時空狀態。他不止一次想到過，既然他不是那個世紀的人，那麼，只要他出現在那個世紀，就足以造成歷史的分叉。他的出現本身就已經是一種威脅，不過，如果想造成夠嚴重的威脅，唯一的辦法就是出現在關鍵的時空座標，這樣一來，歷史就會真的出現一種可能的分叉，而在那個分叉裡，無數貪圖享樂的女人就會變成心靈純真的母親。她們會進入另一個時空狀態，擁有那個時空狀態下的記憶，而且不可能會意識到自己曾經是另一種人。不但不會意識到，甚至連做夢都想不到，也無法想像。

只可惜，如果想那樣做，就必須跨越到時空圖指定的範圍之外，而那是他連想都不敢想的。就算他敢，隨意出現在指定範圍之外的任何時空點，將會導致時空狀態出現多種可能的變化，甚至會造成更嚴重的後果。唯有透過精密的分析計算，才能夠準確改變時空狀態。

不過，無論哈蘭個人有什麼看法，他還是老老實實的擔任觀察員，而一個理想的觀察員，就只能敏銳的觀察，詳實寫報告，絕不夾雜任何感情。

從這個角度來看，哈蘭寫的報告堪稱完美。

副計算師芬奇收到哈蘭第二份週報告之後，就把他找去。

「恭喜你，觀察員。」他口氣還是冷冷的。「你的報告很有條理，很清晰，不過，我想知道你心裡真正的看法是什麼？」

哈蘭努力讓自己的臉看起來像95世紀的木材雕刻的一樣，毫無表情，藉此隱藏自己。他說：

「我個人對 482 世紀沒有任何看法。」

「噢，得了吧，你是 95 世紀的人，我們都心知肚明那代表什麼。482 世紀一定會讓你感覺很不舒服。」

哈蘭聳聳肩。「我報告裡有什麼地方讓你認為我會感覺不舒服？」

這話簡直是在頂撞上司。芬奇的指甲輪番在桌面上敲擊，顯示出他感覺到自己被冒犯了。他說：「問你什麼，你就回答。」

哈蘭說：「從社會學的角度來看，482 世紀在很多方面表現得很極端。我們曾經在 482 世紀和前後的時期進行過幾次時空狀態改變，最後的三次正凸顯出那些極端現象，所以我才會認為極端現象應該矯正。極端永遠都是有害的。」

「這麼說來，你還費了不少工夫考察過 482 世紀從前的時空狀態？」

「身為觀察員，我當然必須考察所有的相關資料。」

這樣的回答絕對站得住腳。哈蘭當然有權利也有義務考察這些資料，這一點芬奇一定很清楚。任何一個世紀的時空狀態被改變之後，造成的影響是會持續不斷的綿延發展，所以，再怎麼細密的觀察都禁不起時間的考驗，時間久了就必須重新觀察。對永恆域來說，長期觀察每一個世紀是一種基本流程。觀察要想做得徹底，不但要正確觀察到當前的時空狀態，還必須看出當前的狀態和過去的狀態之間的關聯。

然而，哈蘭看得出來，芬奇這樣逼問觀察員的個人看法，不光是不客氣而已。芬奇顯然是滿懷敵意。

後來有一次，芬奇突然闖進哈蘭的小辦公室告訴他：「全時委員會說你的報告寫得非常好。」哈蘭愣住了，一時不知道該怎麼反應，好一會兒才喃喃說了一句：「謝謝。」

「他們一致認為，你的洞察力非比尋常。」

「我一直盡力在做。」

接著芬奇突然問他：「你有沒有和高階計算師圖伊索見過面？」

「計算師圖伊索？」哈蘭瞪大眼睛。「沒有。長官。你為什麼會這樣問？」

「他對你的報告似乎特別感興趣。」這時芬奇那張圓鼓鼓的臉突然臉色一沈，話鋒一轉。「在我看來，你似乎發展出了一套自己的哲學，自己的史觀。」

哈蘭快要抗拒不了誘惑了。虛榮和謹慎在他內心天人交戰，最後虛榮心戰勝。「長官，我研究過遠古歷史。」

「遠古歷史？在學院學的嗎？」

「不完全是，長官。我自己研究的。那是我的——嗜好。那種感覺就像看著歷史凍結了，靜止不動了。永恆域控制的世紀不斷在改變，而遠古歷史卻是可以仔細觀察的。」想到這個，他的熱情開始燒起來了。「那就像我們從一本書的微縮影片拿出連串的幾格畫面，仔細研究，這樣我們就會觀察到很多東西，而那是我們快速瀏覽影片很容易忽略掉的。我覺得那對我的工作很有幫助。」

芬奇瞪大眼睛看著他，一臉驚訝，然後就轉身走了，沒再多說什麼。

後來有幾次再見面的時候，芬奇又提起遠古歷史這個話題。哈蘭勉強說出自己的看法，芬奇聽了沒說什麼，肥嘟嘟的臉上也沒有明確的表情，看不出是贊成還是反對。

現在哈蘭已經無法確定當初該不該告訴芬奇自己研究過遠古歷史。他應該後悔說出口，還是應該把這當成是加速自己升職的可能途徑？

後來有一天，他在A通道和芬奇擦身而過，芬奇突然對他說：「老天，哈蘭，你這人是天生苦瓜臉，見了人都不會笑一下嗎？」他說得很大聲，旁邊的人聽得一清二楚。那一剎那他立刻就明白，當初自己實在不應該多嘴。

惡。

而且他也赫然意識到芬奇是多麼痛恨他。從那以後，他對芬奇這個人的感覺已經是近乎厭

在482世紀探索了三個月之後，所有能用的資料幾乎都已經搜刮殆盡。有一天，芬奇突然叫哈蘭到他的辦公室。哈蘭並不意外，因為他已經預料到上面會指派他新的任務，幾天前他就已經準備好最後的總結報告。482世紀迫切需要出口更多纖維質的紡織品去那些樹已經砍光的世紀，例如1174世紀，但相對的，他們卻不太願意進口更多煙燻魚。他的報告有條有理的羅列了一大串諸如此類的狀況，而且分析得恰到好處。

他帶著總結報告的文件去見芬奇。

沒想到，芬奇絕口不提482世紀，而是把他介紹給在場的另一個人。那人個子小小的，衰老憔悴，滿臉皺紋，滿頭稀疏的白髮，長相有如神話裡的精靈。在整個交談的過程中，那人臉上始終掛著微笑。那種笑容時而顯得迫切，時而顯得愉快，但始終掛在臉上。他用兩根燻黃的手指夾著一根點燃的香煙。

這是哈蘭有生以來第一次見到香煙，所以眼睛不由自主的直盯著那根冒著煙的圓柱形小東

西。要不是因為這樣，他就會多看那個人幾眼，在芬奇介紹的時候就會更有心理準備。

芬奇說：「高階計算師圖伊索，這位是觀察員安德魯哈蘭。」

哈蘭嚇了一跳，視線立刻從那根香煙轉移到那個人臉上。

高階計算師圖伊索說話聲音尖細。「你好。那麼，寫出那些一流報告的，就是這位年輕人？」

哈蘭一時說不出話來。雷本圖伊索是一個傳奇人物，活生生的神話。照理說，他應該一眼就認得出雷本圖伊索這樣的人物。他是永恆域頂尖的計算師，也就是說，他是當代最偉大的永恆人。他是全時委員會的主席，也是永恆域有史以來指揮過最多次時空狀態改變計劃的人。他曾經是——他曾經——

哈蘭腦海中一片空白，就只是點了個頭，呆笑了一下，什麼也說不出來。

圖伊索把香煙塞到嘴上，飛快吸了一口就拿開。「芬奇，你可以先走了，我要和這位年輕人聊聊。」

芬奇站起來，嘴裡喃喃嘀咕了幾句，然後就走出去了。

圖伊索說：「小老弟，你好像很緊張。沒什麼好緊張的。」

然而，在這種情況下和圖伊索見面，可謂是驚心動魄。在哈蘭心目中，圖伊索是一個巨人，沒想到眼前這個巨人身高竟然不到一百七十公分，這種落差總是會令人很不自在。圖伊索頭髮稀疏，前額一片光禿，而這樣的頭顱裡竟然裝著天才的腦子？他眼角衍生出無數皺紋，而那雙小小的眼睛煥發出來的，是睿智的精明，或只是風趣幽默？

哈蘭一時無法判斷。他似乎在圖伊索眼中看到一絲睿智的光芒，但那光芒在裊裊的煙霧中若隱若現。圖伊索吐出來的煙噴到他面前，那一剎那他明顯畏縮了一下。

圖伊索瞇起眼睛，彷彿想讓視線穿透煙霧，而他開口說話的時候，竟然有強烈的口音。那是90到100世紀那個時期的方言。「小老弟，如果我用你們那個年代的語言跟你說話，你會不會覺得自在一點？」

哈蘭差點忍不住大笑起來。他小心翼翼的說：「長官，我標準全時語說得很好。」剛加入永恆域那頭幾個月，他就能夠說一口標準的全時語，和他見過的任何一個永恆人說得一樣好。

「得了吧。」圖伊索的口氣很不屑。「全時語有什麼了不起。有辦法用90到100世紀那個時期的語言說話，那才了不起。我已經能夠說得完美無缺。」

哈蘭心裡想，圖伊索的工作，必須能夠善用各個年代的語言，而到目前為止他已經有四十幾年的經驗。

說了幾句方言，表明了態度之後，他顯然覺得滿意了，於是就改用全時語說話。他說：「我本來想請你抽根煙，不過我相信你一定不會抽煙。人類歷史上，幾乎所有的世紀都不贊成抽煙。事實上，只有72世紀才做得出好的香煙。告訴你這個，是因為也許有一天你也會變成煙槍，到時候你才會知道哪裡可以弄得到好煙。唉，這實在太可悲了，上星期我在123世紀困了整整兩天，一口煙都沒抽。123世紀是禁煙的，就連派駐在那個世紀的支部也都禁煙。那個支部的永恆人甚至把禁煙奉為道德規範，要是我點一根煙，他們會覺得那就像天塌下來。有時候我會想，也許我應該計算出一個大規模的時空狀態改變計畫，剷除所有世紀對香煙的禁忌，只不過，任何那樣的改變都會在58世紀或是1000世紀一個蓄奴的社會引發戰爭。不管怎麼樣都會有麻煩。」

一開始哈蘭有點困惑，接著開始緊張起來。這些言不及義的閒聊背後一定隱藏著什麼。

他感到喉嚨一陣緊縮。他說：「長官，能不能請教您，為什麼要安排跟我見面？」

「因為，小老弟，我喜歡你寫的報告。」

哈蘭眼中閃現出一絲掩不住的喜悅光芒，但他並沒有露出笑容。「謝謝你，長官。」

「你寫的報告已經達到藝術的境界。你直覺很強，感應很靈敏。我想，我已經知道你適合在永恆域擔任什麼職務了。今天來，就是要請你來做這個工作。」

哈蘭心中暗忖：我真不敢相信。

他說話的時候極力壓抑，免得洩露出得意的口氣。「長官，這真是莫大的榮幸。」他說。

圖伊索手上那根煙已經快抽完了，這時候，突然像變魔術一樣，他左手不知怎麼又冒出另一根煙。他點燃那根煙，吸了一口又一口，邊吸邊說。「老天，小老弟，你說話簡直就像在背台詞。莫大的榮幸？呸，少跟我廢話打官腔。心裡有什麼感覺就老實說出來吧，很高興對不對？」

「是的，長官。」哈蘭還是小心翼翼。

「好，你確實應該高興。怎麼樣，你想不想當執行人？」

「執行人！」哈蘭大叫一聲，從椅子上跳起來。

「坐下坐下！你好像很驚訝。」

「長官，我做夢都沒想過自己能當執行人。」

「你當然沒想過。」圖伊索淡淡的說。「不光是你。不知道為什麼，從來沒有人想過自己能當執行人。他們想過各種工作，就是沒想過能當執行人。執行人很難找得到，而且永遠都很缺。永恆域不管哪一個支部，執行人都不夠用。」

「我恐怕不適合當執行人。」

「你的意思是，你不適合做那種很麻煩的工作？如果你願意為永恆域犧牲奉獻，而我相信你一定願意，那麼，你一定不會怕麻煩。當了執行人，笨蛋就會開始迴避你，而你會感覺受到排擠，不過，久了就習慣了。我想，你一定會很高興知道有人需要你，迫切需要你。那個人就是我。」

「你需要我？長官，你特別需要我？」

「沒錯。」那老人的笑容顯露出一絲精明。「而且，你不是要當一般的執行人，而是要當我的專任執行人。你會擁有特殊的地位，怎麼樣，不錯吧？」

哈蘭說：「我不知道該怎麼說，長官，我怕自己不夠格。」

圖伊索很堅定的搖搖頭。「我需要你，我需要的就是你。看了你寫的報告，我就很確定你正是我需要的人。」他伸出食指飛快敲了一下額頭。他指甲很長。「你在學院的成績很好，你去執行過觀察任務的幾個支部都回報說你表現優異。最後，芬奇給我的報告是最關鍵的。」

哈蘭真的嚇了一跳。「計算師芬奇的報告對我有好評？」

「怎麼，你認為他對你不會有好評嗎？」

「我——我不知道。」

「呃，小老弟，我並沒有說他對你有好評。我只是說他的報告很關鍵。事實上，他對你的評價很糟糕。他建議說，任何工作，只要牽涉到改變時空狀態，都必須把你排除在外。他甚至建議，讓你做任何工作都會造成危險，唯一的辦法就是把你送去庶務部。」

哈蘭脹紅了臉。「長官，他說這種話，有什麼根據？」

「小老弟，他說你似乎有一種嗜好。你對遠古歷史很感興趣，對不對？」他很豪邁的揮著手上的香煙。哈蘭滿肚子火，一時忘了要放緩呼吸，結果不小心吸到一陣煙，嗆得猛咳起來。

哈蘭咳了好一會兒。圖伊索一直看著他，眼神很慈祥。過了一會兒他又開口問：「他說得不對嗎？」

哈蘭開口了。「計算師芬奇憑什麼——」

「好了好了，我之所以會讓你知道他報告的內容，純粹只是因為那牽涉到我為什麼迫切需要你。事實上，報告的內容是絕對機密，所以，小老弟，你就當作我從來沒告訴過你，以後永遠不准再提這件事。」

「可是，對遠古歷史感興趣，有什麼不對嗎？」

「芬奇認為，你對遠古歷史的興趣，顯示出你異常『留戀真實時空』。小老弟，你明白那個意思嗎？」

哈蘭明白。有時候，引用心理學術語是絕對無可避免的，特別是「留戀真實時空」這個字眼。任何一個永恆人都免不了會有一種強烈的本能慾望，想回到真實時空。他們不見得一定要回自己原生的世紀，但至少會想回到某個特定的時空，成為某個世紀的一份子。他們寧願這樣，也不願意繼續在所有的時空中穿梭流浪。只要有永恆人顯現出那種慾望，上面就會壓制，只不過，越是壓制，那種慾望就越強烈。當然，絕大多數的永恆人都把那種慾望深藏在潛意識裡，不至於造成威脅。

「我不認為我有這樣的問題。」哈蘭說。

「我也不認為。事實上，我認為你的嗜好很有意思，也很值得珍惜。就像我剛剛說的，就是因為這樣我才想找你。過些時候，我會帶一個學員來見你，我要你把遠古歷史的知識全部傳授給他，無論是你現在已經知道的，還是以後有可能挖掘到的資料。其他的時間，你就擔任我的專任執行人。再過幾天就開始。你願意嗎？」

願意嗎？願不願意在官方許可的情況下探索永恆域出現之前的歷史？願不願意和有史以來最偉大的永恆人建立私人關係？怎麼可能不願意！在這種情況下，就算是執行人必須面對的那種艱困尷尬的處境，似乎也變得可以忍受。

不過，他回答的時候還是帶著一絲本能的謹慎。他說：「長官，為了永恆域的福祉，如果這是必要的話——」

「什麼永恆域的福祉！」這位長得像精靈的計算師忽然激動起來，大吼一聲，使盡全力把手上的煙蒂丟到遠處的牆上，散出火花。「我需要你，是因為這關乎永恆域的存亡！」

第三章　學員

在575世紀待了幾個星期之後，哈蘭終於見到了布林斯利雪瑞頓庫柏，而且他也已經漸漸習慣了宿舍的環境和這裡的人消毒玻璃和瓷器的方法。另外，他已經漸漸適應在眾目睽睽之下配戴執行人的肩章，不刻意遮掩，而且極力壓抑自己做出太過頭的舉動，像是靠牆站著，或是手上拿東西遮掩肩章，免得效果適得其反。

因為每當他這樣做，別人會對他露出冷笑，但神情很快又變得更冷酷，彷彿他們懷疑他企圖用這種虛偽的舉動跟他們攀關係交朋友。

高階計算師圖伊索每天都會丟更多新的問題給他。他研究過之後，就會把他的分析寫進報告裡，而那份報告他已經重寫了四次。但就算是這樣一改再改，當他把最後的版本交出去的時候，感覺還是很勉強。

圖伊索會點點頭稱讚他幾句說：「很好，很好。」接著他那雙冷冷的藍眼睛會很快轉過來盯著哈蘭，臉上的笑容變淡。「我會把你的猜測交給計算中心測試。」

他總是把哈蘭的分析說成是「猜測」，而且從來不告訴哈蘭計算中心測試的結果，但哈蘭還是不敢開口問。圖伊索從來不曾要哈蘭根據自己的分析去執行任務，對此哈蘭感到有點喪氣。這是不是意味著他的分析沒有通過計算中心的測試，意味著他挑選的資料是錯的，沒辦法用來改變時空狀態，意味著他還沒辦法在指定的範圍裡找出「最低限度必要改變」？（一直到了很久以後，他才變得夠老練，懂得用MNC這個縮寫來取代拗口的「最低限度必要改變」。）

有一天，圖伊索帶一個人來到他的辦公室。那人顯得侷促不安，似乎不敢抬頭正眼看哈蘭。

圖伊索說：「執行人哈蘭，這位是學員BS庫柏。」

哈蘭本能的說了聲：「你好。」他打量了一下那人的模樣，覺得他看起來不怎麼起眼。他個子比較矮，一頭中分的黑髮，下巴又尖又瘦，眼睛似乎是淡棕色，耳朵有點大，指甲有咬過的痕跡。

圖伊索說：「先前我說過，我要你把遠古歷史全部傳授給一個人。我說的就是他。」

「老天！」哈蘭突然興趣來了。「你好啊！」他差點忘了這件事。

圖伊索說：「哈蘭，我要你挪出一些時間來教他，看你什麼時間方便。我想，每星期挪出兩天下午就可以了。用你自己的方法教他，全都交給你了。如果你需要書的微縮影片或是文件，儘管說，只要是永恆域裡有的，或是在任何一個世紀找得到的，我會想辦法弄到。怎麼樣，小老弟，沒問題吧？」

這時他手上忽然多出一根點燃的香煙，不知道是從哪裡冒出來的（他老是玩這種把戲）。辦公室裡立刻煙霧瀰漫，哈蘭忍不住咳起來。他注意到那年輕人嘴唇扭曲，顯然是硬憋著不敢咳出來。

圖伊索離開後，哈蘭說：「呃，坐啊——」他猶豫了一下，然後決定再補一句：「坐啊，小老弟，坐啊。我這小辦公室雖然不怎麼樣，不過，我們上課的時候，你就把這裡當成是自己的地方吧。」

哈蘭簡直無法壓抑自己的滿腔熱情。這是他的課程！遠古歷史是他的獨門功夫。

那學員終於抬起頭來看著他（這是他第一次正眼看哈蘭），結結巴巴的說：「你是執行人！」

哈蘭滿腔熱情登時被澆熄了一半。「那又怎麼樣？」

「沒什麼。」那學員說：「我只是——」

「你剛剛聽到圖伊索計算師稱呼我執行人，對不對？」

「是的，長官。」

「你認為他是一時說溜嘴嗎？執行人很可怕是嗎？」

「長官，我不是這個意思。」

「你舌頭打結了嗎，怎麼連話都說不好？」哈蘭說話很不客氣，但即使如此，他心裡暗暗感到愧疚。

庫柏臉紅了，露出痛苦的神情。「我不太會說標準全時語。」

「為什麼？你當學員多久了？」

「還不到一年，長官。」

「不到一年？老天，你幾歲了？」

「生理年齡二十四歲，長官。」

哈蘭目瞪口呆。「你的意思是，你二十三歲才被他們帶到永恆域？」

「是的，長官。」

哈蘭坐下來猛搓雙手。這樣怎麼行？十五、六歲才是加入永恆域的理想年齡。這怎麼回事？

是圖伊索又在玩什麼新把戲考驗他嗎？

「坐吧，我們開始上課。你全名是什麼？哪個世紀來的？」

那學員結結巴巴的說：「布林斯利雪瑞頓庫柏。我來自78世紀，長官。」

哈蘭的心差點融化。他們的出身差不多。庫柏出身的年代只比他早了十七個世紀。時間上，他們幾乎是鄰居。

哈蘭問：「你對遠古歷史有興趣嗎？」

「圖伊索計算師要我學的。我懂得不多。」

「你目前在學些什麼？」

「數學。時間工程。目前還在上基本課程。當初在78世紀的時候，我是高速真空裝置的維修員。」

哈蘭覺得沒必要追問什麼是高速真空裝置。那可能是一種吸塵器，也可能是一種計算機，或是一種噴槍。無論是哪一種，哈蘭都沒什麼興趣。

他繼續問：「你學過歷史嗎？隨便哪種歷史都可以。」

「我學過歐洲史。」

「我猜，你應該是歐洲國家的人。」

「是的，我出生在歐洲。當然啦，他們教的大部分是當代史，『五四革命』之後的歷史。噢，對了，五四革命是 7554 年發生的。」

「好，我要你做的第一件事，就是把那些忘得一乾二淨。那種歷史毫無意義。真實時空的人學的歷史，在每次時空狀態改變之後就會不一樣，不過他們當然不會意識到。在每一個時空狀態裡，他們知道的就只有那個狀態下的歷史。至於遠古歷史，就完全不一樣了。就是因為這樣，遠古歷史才會那麼迷人。無論我們做什麼，遠古歷史還是一樣的歷史，從來不曾改變。無論是哥倫布、華盛頓，還是墨索里尼，這些歷史人物從來不曾消失。」

庫柏露出苦澀的笑容，舉起小指摸了一下嘴唇上方。這時哈蘭第一次注意到庫柏嘴唇上方有鬍碴，似乎打算留鬍子。

庫柏說：「來這裡已經有一段時間了，可是我——還是一直不太習慣。」

「不習慣什麼？」

「不習慣自己和原生的年代相隔五百個世紀。」

「我也差不多。我是 95 世紀的人。」

「那是另一件我不太習慣的事。你年紀比我大，可是從另一角度來看，我比你老十七個世紀。說起來，我可以算是你好幾百代前的祖先。」

「就算是，那又怎麼樣？」

「呃，我恐怕要很久才會習慣。」庫柏的口氣帶著一絲叛逆的跡象。

「大家都一樣。」哈蘭小心翼翼說了一句，然後就開始談遠古歷史。不知不覺過了三個小時，他已經在深入解釋為什麼1世紀之前還有更多世紀。

（「可是1世紀不是第一個世紀嗎？」庫柏的口氣有點哀怨。）

最後哈蘭拿了一本書給庫柏。那真的不是什麼好書，不過用來當入門書還可以。「等上到後面的課程，我會給你更好的書。」他說。

不到一個星期，庫柏的鬍碴已經長成黑壓壓的一片短鬚，整個人看起來老了十歲，下巴顯得更尖瘦。整體來說，哈蘭覺得留鬍子並沒有讓他的模樣變得更好看。

庫柏說：「那本書我看完了。」

「哦，那你有什麼感想？」

「從某個角度來看——」說到一半庫柏忽然停下來，過了好一會兒才又繼續說：「遠古時代後期的某些世紀感覺很像78世紀。你知道嗎，看了那些歷史，我又想起老家。我夢見我太太，夢到兩次。」

哈蘭驚呼了一聲：「你太太？」

「我來這裡之前結過婚。」

「老天，他們有沒有把你太太一起帶過來？」

庫柏搖搖頭。「我甚至不知道去年時空狀態改變之後，她是不是也是變了。如果她改變了，現在可能已經不是我太太了。」

哈蘭恢復了冷靜。當然，如果庫柏二十三歲的時候才被帶到永恆域，那他很可能已經結婚了。把二十三歲結過婚的人帶到永恆域，是史無前例的，慣例一旦打破，接下來就會有更多慣例被打破。

到底怎麼回事？規則一旦改變，要不了多久所有的一切都會陷入大混亂。永恆域是在一種微妙的平衡下運作的，絕對禁不起改變。

這樣的永恆域令他惱火，或許是因為這樣，他又開口說話的時候，口氣不自覺的變得很嚴厲。

「但願你沒有打算回78世紀去看她。」

庫柏忽然抬起頭，眼神顯得很堅定。「我沒有。」

哈蘭有點不自在的欠動了一下。「很好。現在的你沒有家人，什麼都沒有。現在的你是一個永恆人，永遠別再去想真實時空裡你認識的任何人。」

庫柏緊抿嘴唇，說話的時候口音忽然特別明顯，說得很快。「執行人講話就是這樣。」

哈蘭氣得握緊拳頭撐住桌緣嘶吼著說：「你是什麼意思？我是一個執行人，所以所有的時空狀態改變都是我幹的好事？我是一個執行人，所以我一定會說改變時空狀態是應該的，你就乖乖接受吧？小子，你聽清楚，你來這裡還不到一年，你甚至連全時語都講不好，到現在你對真實時空和從前的生活還是念念不忘，既然如此，你怎麼會認為你已經太了解執行人，知道該怎麼挖苦他們？」

「對不起。」庫柏趕緊說。「我不是有意要冒犯你。」

「冒犯？噢，怎麼會？誰敢冒犯執行人？只不過是因為大家都這樣說，所以你就信以為真了，不是嗎？大家都說『就像執行人那樣的冷血動物』，不是嗎？大家都說『執行人只不過打了個哈欠，一兆人的人生就徹底改變了』，不是嗎？也許他們還說過更多。那麼，庫柏先生，你覺得呢？跟他們一個鼻孔出氣，你就會覺得自己已經是老鳥了，是嗎？你就會覺得自己已經是個大人物，是永恆域的靈魂人物了，是嗎？」

「我已經說了，對不起。」

「沒事。我只是想告訴你，我當上執行人還不到一個月，到現在還沒執行過改變時空狀態的任務。好了，我們繼續上課吧。」

第二天，高階計算師圖伊索把哈蘭叫到他的辦公室。

他說：「怎麼樣，老弟，想去執行『最低限度必要改變』了嗎？」

真是大旱逢甘霖，來得正是時候。整個上午哈蘭都在後悔自己昨天太懦弱，一直想劃清界線，宣稱執行人的所作所和自己完全無關。昨天他彷彿小孩子一樣哭喊：我什麼壞事都沒幹過，不要怪到我頭上。

昨天那樣說，等於是承認執行人的工作是有問題的，而這不能怪到他頭上，純粹只是因為他還是新手，還來不及做傷天害理的事。

此刻，他很高興機會終於來了，以後自己再也不能拿這個當藉口。這也等於是一個贖罪的機會。他大可告訴庫柏：沒錯，正因為我做了一些事，幾千億人的人生徹底改變了，但那是必要的，我可以很驕傲的告訴你，這就是我做的。

於是哈蘭很高興的說：「我隨時待命，長官。」

「很好，很好，老弟，你一定會很高興知道——」說著他又吸了一口煙，煙頭燒得火紅。「你所有的分析都通過了測試，非常準確。」

「謝謝你，長官。」（哈蘭心裡暗忖：現在你們終於說那叫分析，不是猜測了。）

「老弟，你很有天份，算得上是個天才。我需要的就是你這種頂尖的。那好，我們可以開始了。從這裡開始：223 世紀。你的報告分析說，只要讓一輛車的離合器故障，就可以造成必要的歷史分叉，而且不會有不必要的副作用。你的分析百分之百正確。那麼，你想親自動手弄壞那個離合器嗎？」

「是的，長官。」

那是哈蘭第一次真正承擔起執行人的工作。從那以後，他肩上的玫瑰紅肩章不再只是戴好看的。他真正開始操控時空狀態了。他利用 223 世紀短短的幾分鐘在一輛車上動手腳，於是，有個年輕人本來想去聽一場機械學的演講，結果沒趕上，從此再也沒機會參與太陽能工程的研究，於是，一種很精簡的裝置就此延後了十年才開發出來。那是關鍵的十年。結果 224 世紀的一場戰爭就因此在真實時空中消失了。

這樣不是很好嗎？不過，那些人生徹底改變的人會怎麼樣呢？就算人生改變了，他們一樣是個人，一樣可以好好過日子。或許有些人提早死去，但另一些人卻因此活得更久，活得更快樂。在原來的時空狀態裡，本來會出現一部偉大的文學作品，那將會是人類智慧與感情的里程碑，而在新的時空狀態裡，那本書不會出現，不過，會有好幾本被收藏在永恆域的圖書館裡，不是嗎？更何況，新的時空狀態裡出現了不一樣的偉大作品，不是嗎？

然而，那天晚上，連續好幾個鐘頭哈蘭飽受失眠的折磨，後來，當他好不容易昏昏沈沈的睡著，卻發生了一件很久沒有發生過的事。

他夢見他媽媽。

第一次任務沒什麼大不了，但儘管如此，短短的一年已經足以讓全永恆域的人都知道他的名號：「圖伊索的執行人」。另外還有一些名號是帶著揶揄意味的，像是「神奇小子」或是「滿分小子」。

他和庫柏相處越來越融洽，但還算不上是好朋友。（要是庫柏想讓兩人的關係更進一步，哈蘭還真不知道該怎麼反應）。但不管怎麼樣，上課的時候，一個肯教，一個肯學，庫柏對遠古歷史的興趣已經到了和哈蘭差不多的程度。

有一天哈蘭告訴庫柏：「嘿，庫柏，我們可以改明天再上課嗎？這星期我必須找個時間去3000世紀考察一次觀察任務，而我想找的那個人，只有今天下午有空。」

庫柏忽然露出熱切的眼神。「我可以去嗎？」

「你想去？」

「當然。我被他們從78世紀帶過來的時候，搭乘過一次時間機，可是後來就再也沒進去過。當時我根本搞不清楚時間機是什麼東西。」

哈蘭習慣用「C傳送井」的時間機。C傳送井貫穿無數個世紀，而根據不成文的潛規則，那是執行人專用的。庫柏被哈蘭帶去那裡的時候，一副理所當然的樣子，沒有半點不好意思。時間機內部有一圈環形坐板，庫柏一走進時間機就立刻坐下來。

然而，當哈蘭啟動時間力場，把時間機傳送向未來，庫柏的臉忽然皺成一團，露出驚訝的表情，看起來很滑稽。

「我什麼都感覺不到。」庫柏說。「怎麼回事?出了什麼問題嗎？」

「沒什麼問題。你什麼都感覺不到，是因為我們並沒有真的移動。其實我們只是隨著時間機擴張的時間場延伸出去。」哈蘭開始擺出說教的姿態。「此刻，雖然我們都還維持著人的形態，但其實我們已經脫離了物質形態。此時此刻，很可能有一百個人正同時在使用這台時間機，以不同的速度分別往不同的時間方向移動（我們就姑且用這個字眼）。說不定此刻我們正穿越過別人的身體。在時間機傳送井裡，真實宇宙的法則是不存在的！」

庫柏的嘴角露出一絲俏皮的微笑，哈蘭忽然覺得有點不自在，心裡想：這小子學過時間工程，這玩意兒他肯定比我懂。我還是趕快閉嘴吧，別再自己找糗。

於是他不再吭聲，眼睛盯著庫柏，神情有點落寞。那年輕人的鬍子已經留了好幾個月，已經長得很長，垂下來覆蓋到嘴唇上緣。這種鬍形，永恆人都稱之為「馬蘭松鬍」。馬蘭松是發明時間力場的人，目前看得到的幾張他的照片，只有一張被鑑定是真的，但那張照片卻是失焦模糊的。不過，在那張照片上，他的鬍子就是這種形狀。就因為這樣，很多永恆人都流行留那種鬍子，不過那種鬍子只有在極少數人臉上看起來像個樣。

庫柏一直盯著儀錶上那些不斷變動的數字。每個數字都代表某個世紀。他問：「時間機傳送井可以通到多遠的未來？」

「他們沒教過你這個嗎？」

「他們幾乎沒有提到過時間機。」

哈蘭聳聳肩。「永恆域是沒有盡頭的，傳送井是無限延伸的。」

「你去過多遠的未來？」

「這次我們去3000世紀是最遠的一次。圖伊索博士去過50000世紀。」

「老天！」庫柏輕輕驚呼了一聲。

「那也還沒什麼。有些永恆人去過150000世紀之後的世紀。」

「那裡是什麼樣子？」

「沒什麼樣子。」哈蘭悶悶不樂的說。「那裡有很多生物，可是卻沒半個人。人類消失了。」

「都死了嗎？滅絕了嗎？」

「據我所知，根本沒人知道。」

「難道沒辦法做些什麼改變這種狀態嗎？」

「呃，70000世紀之後的——」哈蘭說到一半忽然停住。「噢，看在偉大時間的份上，我們別再談這個了。」

如果有什麼話題是被永恆人當成一種近乎迷信的禁忌，那就是「隱藏的世紀」，也就是70000 世紀和 150000 世紀之間的世紀。很少人會去碰觸這個話題。哈蘭之所以知道那個時期的一些事，純粹只是因為他和圖伊索有私人關係，不過他知道的也只是：永恆人無法進入那幾萬個世紀的真實時空。

哈蘭曾經聽到圖伊索無意間提到過一些事，所以他推測，永恆域的人曾經企圖改變 70000 世紀之前某個時期的時空狀態，但問題是，他們沒辦法觀察 70000 世紀之後的時空狀態，所以改變也沒什麼用。

有一次圖伊索苦笑了一下說：「總有一天我們會進去的，不過話說回來，要照顧七萬個世紀已經夠我們忙的了。」

這種話聽起來實在沒什麼說服力。

「那麼，150000 世紀之後的永恆域是什麼狀況？」庫伯問。

哈蘭嘆了口氣。顯然他是沒辦法轉移話題了。「沒什麼狀況。」他說。「那裡還是有永恆域，只不過，70000 世紀之後的永恆域沒半個永恆人。永恆域還一直延伸幾百萬個世紀，一直到完全沒有生命跡象的世紀，再到太陽變成新星的世紀，甚至還繼續延伸。永恆域是沒有盡頭的，所以才叫做永恆域。」

「所以太陽後來真的變成新星了？」

「那當然。要不是因為這樣，永恆域根本無法存在。我們的能源來自新星放射的能量。我問你，你知道建構時間力場需要多少能量嗎？馬蘭松創造出來的第一個時間力場，只能向過去延伸一秒鐘，向未來延伸一秒鐘，就已經達到極限，而且體積非常小，只容得下一根火柴的頭，而這已經要耗掉一座核能電廠一整天的發電量。後來，有人花了將近一百年才創造出一條細得像頭髮一樣的時間力場，而且長得不可思議，足以延伸到太陽變成新星的世紀，擷取到新星的輻射能，所以接下來才能夠創造出足以容納一個人的時間力場。」

庫柏嘆了口氣說：「真希望學院那些人能夠提早結束目前的課程，這樣我就不用再學什麼方程式或力場工程。真希望他們可以開始教我一些好玩的東西。要是我能夠活在馬蘭松的年代——」

「那你就什麼都學不到。馬蘭松是 24 世紀的人，而永恆域一直到 27 世紀晚期才出現。你要知道，發明時間力場和創造出永恆域是兩碼子事。24 世紀馬蘭松發明時間力場之後，一直到那個世紀結束都沒有任何跡象顯示馬蘭松的發明有任何作用。」

「這麼說來，他的知識超越他那個年代，對吧？」

「超越很多。他不光是發明了時間力場，而且還指出時間力場和永恆域有什麼基本關聯，所以後來的人才有辦法創造出永恆域。另外，永恆域的各種功能，除了改變時空狀態之外，他都預測到了。不過，其實他只差一點點就預測到了——呃，時間機好像停了，我們到了。你先出去吧。」

於是兩人走出時間機。

先前，哈蘭從來沒看到過高階計算師雷本圖伊索發脾氣。大家老是說，他已經失去了人類應有的各種感情，就彷彿永恆域裡的一台機器，沒有靈魂，甚至忘了自己是從哪個世紀來的。有人說，他小時候就已經心臟衰竭，所以體內裝了一台掌上型電腦當人工心臟。他工作用的掌上型電腦也是同樣的機型，總是放在褲袋裡隨身攜帶。

圖伊索從來沒否認過這些傳言。事實上大家都在猜，說不定連他自己都相信這些傳言。

所以那天圖伊索對哈蘭大發雷霆的時候，哈蘭嚇了一跳。當時他不敢吭聲，乖乖聽他罵，但心裡卻暗暗驚訝，沒想到圖伊索竟然會發脾氣。哈蘭有點好奇，不知道圖伊索事後冷靜下來的時候，會不會覺得難堪，因為他發現，原來自己的心臟並不是什麼掌上型電腦，而是和別人一樣的肌肉血管組成的一團，一樣會受到情緒干擾。

那天圖伊索嘶吼著逼問他：「我的老天，臭小子，你是全時委員會的委員嗎？這裡是由你發號施令的嗎？是你交代我做事還是我交代你做事？時間機傳送輪得到你來安排嗎？」

他咄咄逼人連珠炮般的問了一大串，但其實是斷斷續續的，因為他每問一句，後面都會再加一句「你說啊！」

最後他說：「下次你要是敢再幹這種僭越職權的勾當，我就把你送去修水管，修一輩子。聽清楚了嗎？」

哈蘭越來越覺得慚愧，臉色發白。「你沒有交代我不可以帶庫柏區去用時間機。」

這種解釋根本沒辦法讓圖伊索氣消。「小子，這是什麼爛藉口？我沒交代不可以就表示可以嗎？照這麼說，我沒交代，你就可以讓他喝到爛醉嗎？我沒交代，你就可以把他的頭髮剃光嗎？我沒交代，你就可以把他剁碎拿來烤肉串嗎？臭小子，我交代什麼，你才可以做什麼。那麼，我交代你做的是什麼？我要你教他什麼？」

「你要我教他遠古歷史。」

「那就教啊。別的什麼都不准。」圖伊索把香煙丟到地上，用鞋底狠狠踩，彷彿踩在一輩子的死對頭臉上。

「長官，我想提醒你一下——」哈蘭說：「在某方面或是某些方面，很多世紀在目前的狀態下感覺有點像遠古時代的某些時期。我想帶他去看看那些世紀，就當作是戶外教學。當然，我會很小心，完全按照時空圖指定的範圍。」

「什麼？聽清楚，你這蠢材，別再想要我准許你做什麼。什麼都不准。老老實實教他遠古歷史就對了。不准帶他去用時間機，也不准做什麼實驗。再搞下去，我真怕接下來你會莫名其妙去改變時空狀態，純粹為了要示範給他看。」

哈蘭口乾舌燥，用舌頭去舔了一下嘴唇，嘴裡喃喃抱怨了幾句。後來圖伊索終於放他走了。

過了好幾個星期，他受創的心靈才略微平復。

第四章　計算師

擔任執行人兩年之後，哈蘭終於再次回到482世紀。自從當初他和圖伊索一起離開之後，這是他第一次再回來。

482世紀並沒有變，但是他變了。

兩年的執行人生涯意味著很多事。一方面，他感覺到自己的生活更穩定了。他再也不用像從前擔任觀察員的時候那樣，每次有新任務，就必須學習新語言，努力適應新的穿著習慣和新的生活方式。但另一方面，這也導致他變得更孤僻。永恆域的同志情誼幾乎已經被他拋到腦後，而永恆域所有的專家必須靠這種情誼才能夠緊緊凝聚在一起。

最重要的是，他內心產生了身為執行人的權威感。他手上掌握了億萬人的生命。如果這意味著他必須走上一條孤獨的道路，他還是能夠抬頭挺胸的走下去。

於是，走到482世紀入口櫃台前面的時候，他已經能夠冷冷的盯著櫃台後面的聯絡員，用簡短的字句告訴他：「我是執行人安德魯哈蘭。到482世紀執行臨時任務。我要向計算師芬奇報到。」那個中年聯絡員瞥了他一眼，他假裝沒注意到。

這就是大家所謂的「瞥一眼執行人」，不自覺的、飛快的斜眼瞥一下執行人肩上的玫瑰紅肩章，然後就撇開眼不再看。

哈蘭盯著那個人的肩章。那不是計算師的黃色肩章，不是生命歷程分析師的綠色肩章，不是社會學家的藍色肩章，也不是觀察員的白色肩章。那並不是專家用的那種純色肩章，而是白底上一條藍色。他是「聯絡組」的人。聯絡組是庶務部底下的附屬單位，不是專家級的。

而他卻也是一樣「瞥一眼執行人」。

哈蘭帶著一點感傷的口氣說：「怎麼樣？」

聯絡員立刻就說：「長官，我正在聯絡計算師芬奇。」

在哈蘭印象中，482世紀給他一種厚重堅固的感覺，但現在他卻覺得這裡顯得邋遢骯髒。

哈蘭已經適應了575世紀的玻璃和瓷器，適應了那裡對潔淨的執迷。那個世界白白亮亮晶瑩剔透，疏疏落落摻雜著一些淡淡的色彩，他已經習慣了。

而482世紀到處都塗著厚厚的灰泥，色彩鮮艷，令人眼花撩亂。有些區域布滿了漆面金屬板，更是令人厭惡。

就連芬奇看起來都不一樣了，整個人彷彿縮小了一號。兩年前，在觀察員哈蘭眼裡，芬奇的每個動作都顯得滿懷惡意，氣勢凌人。

如今，站在執行人那種高聳孤絕的位階，哈蘭看到的芬奇卻是一副可憐兮兮的落寞模樣。哈蘭盯著芬奇。芬奇已經翻完一疊金屬箔，正要抬起頭來看哈蘭，那模樣一副他終於覺得已經讓客人等得夠久，時候差不多了。

芬奇來自 600 到 699 世紀時期某個能量導向的世紀。哈蘭聽圖伊索說了這件事之後，就完全明白芬奇為什麼會有那些怪異的舉止。芬奇體型笨重，已經習慣了力場能量的穩固感，總覺得物質的東西脆弱不結實，讓他很沒安全感，所以才會顯得那麼暴躁易怒。芬奇總是墊著腳尖走路。哈蘭記得，芬奇走路就像貓一樣輕盈，無聲無息。有好幾次，哈蘭從辦公室的座位上抬起頭來，赫然看到芬奇已經站在桌子前面盯著他，可是先前根本沒聽到他走過來的腳步聲。現在哈蘭終於明白，芬奇走路無聲無息，並不是因為他陰險狡詐鬼鬼祟祟，而是因為他走路總是提心吊膽，戰戰兢兢，潛意識裡老是擔心自己太笨重，很怕地面會塌下去。

哈蘭油然生出一種優越感，忽然有點同情芬奇，心裡想：這人顯然無法適應 482 世紀支部的環境，也許唯一的辦法就是把他調到別的世紀，這樣對他會比較好。

芬奇說：「你好，執行人哈蘭。」

「你好，計算師。」哈蘭說。

芬奇說：「似乎已經過了兩年了，自從——」

「真實時間兩年。」哈蘭說。

芬奇露出驚訝的表情，眼睛向上看著他。「沒錯，真實時間的兩年。」

一般人所認知的時間只存在於真實時空中的宇宙，不存在於永恆域。永恆域裡，時間並沒有顯現出具體現象，然而，永恆域的人卻無法逃避時間的作用，身體還是會逐漸衰老。真實時間一分一秒的過去，而在永恆域裡，當真實時間過了一年，人就會像是在真實時空裡過了一年一樣，老了一歲。

然而，就連那些最愛鑽牛角尖的永恆人也很少會想到這種差異。大家總是很自然的脫口而出說「明天見」，或是「昨天我很想你」，或是「我們下星期見」，彷彿真的有明天昨天或下星期。不過，他們會這樣說，只是因為習以為常，自然而然，根本不是因為永恆域裡真的有真實時間。為了滿足人類的本能需求，永恆域的人硬是根據真實時間劃分出一天二十四小時來進行各種活動，而且很認真的設定白天、晚上、今天、明天。

芬奇說：「你離開後的這兩個真實時間年，482 世紀漸漸出現一個危機，一個很怪異很棘手的危機，而且幾乎可以說是前所未見的。我們需要很精確的觀察。以前我們從來不需要這麼精確的觀察，但現在不一樣了。」

「你要我來觀察？」

「是的。從某個角度來說，讓一個執行人來執行觀察，實在是大材小用。可是，你從前的觀察實在太完美，又清晰又深刻。這次我們又需要這樣的觀察了。現在，我先告訴你一些細節……」

那些細節是哈蘭先前沒有觀察到的。芬奇開始說的時候，門忽然開了，結果，接下來芬奇說了什麼，哈蘭都沒心思聽了。

他愣愣的看著那個走進來的人。

不能說哈蘭從來不曾在永恆域看到過年輕女人。說從來沒看過太誇張。應該說是很少看到，不是從來沒看過。

可是，他從來沒看到過像這樣的女人！在永恆域從來沒看到過！

他到真實時空出任務的時候，看到過不少女人。可是對他來說，真實時空裡的女人就只是日標客體，就像一座城市或是一片森林或是一群動物，是他必須觀察蒐集的資料。

可是在永恆域，女人就不只是一種觀察對象，尤其是像這樣的女人！

她的穿著打扮看起來像是482世紀的貴族階層，也就是說，她上半身的罩袍近乎透明，而且遮掩的部分很少，下半身的褲子是薄薄的絲綢，長度只到膝蓋。褲子雖然不怎麼透明，但卻完全襯托出臀部的渾圓曲線。

她披肩的長髮烏黑柔亮。她噘著紅豔的嘴唇，上唇纖細下唇飽滿，神情性感至極。她的上眼皮和耳垂泛著些許玫瑰般的淡淡紅潤，臉上雪白的肌膚青春洋溢有如少女。珠寶墜飾從肩上垂掛下來，叮叮噹噹的左右擺盪，一下晃到肩側，一下晃到胸前，讓人不由得注意到她那柔美豐滿的胸部。

芬奇辦公室角落有一張桌子，她走過去坐在位子上。有那麼一次，她忽然睜亮眼睛，用烏黑的眼珠瞥了一下哈蘭的臉。

後來，哈蘭終於又聽得見芬奇講話了，但這時芬奇已經差不多快說完了，只聽到他最後說：「這些內容都寫在一份正式的報告裡，你明天就會拿到。另外，你上次用的辦公室和宿舍，這次還是可以用。」

哈蘭走到芬奇辦公室外面的時候，根本想不起來自己是怎麼來到外面的。應該是用腳走出來的吧。

他心中有一股強烈的情緒，而毫無疑問那顯然是憤怒。老天！芬奇憑什麼幹這種事！這會嚴重打擊士氣！這根本就是在嘲笑——

他立刻打斷自己的思緒，猛握拳頭，咬牙切齒。我們走著瞧！他踩著重重的步伐走向櫃台聯絡員，感覺得到自己的腳步聲聽起來很刺耳。

聯絡員抬起頭來，可是卻儘量避開哈蘭的視線。他小心翼翼的問：「請問有什麼事嗎，長官？」

哈蘭問他：「芬奇辦公室裡有一張辦公桌，位子上坐著一個女人。她是新來的嗎？」

他本來想刻意問得很不經意。他本來想裝出漫不經心，覺得這件事很無聊的樣子。結果，他問問題的模樣卻像是興奮得敲鑼打鼓。

這下子聯絡員興趣來了。他眼睛發亮，那種神采是每個男人都懂的。那種神采彷彿他想擁抱執行人，把他當成是自己的哥兒們。聯絡員說：「你是說那個辣妹？哇！她身材真是火辣，簡直像是會噴火，對吧？」

哈蘭突然有點結結巴巴。「我不是問你她辣不辣。」

聯絡員瞪大眼睛看著哈蘭，忽然有點洩氣。他說：「她是新來的。她是真實時空的人。」

「她做什麼工作？」

聯絡員臉上露出一抹微笑，而且很快就變成一種色瞇瞇的笑容。「她好像是老闆的祕書吧。她叫諾伊絲蘭本特。」

「我知道了。」哈蘭一說完就立刻轉身走了。

第二天，哈蘭進入482世紀進行第一次觀察，不過只停留了半小時。這次只是為了要熟悉一下環境，先熱熱身。隔天他又進去，停留了一個半小時。到第三天，他就根本不進去了。

那天他幾乎把所有的時間都用來研讀他上次寫的報告，重新熟悉他對這個世紀的認識，重新練習這個世紀的語言系統，重新適應這裡的風俗習慣。

482世紀的時空狀態曾經被改變過一次，不過只是很輕微的改變。這個世紀本來有一個政治派系，現在不見了，不過除此之外，整個社會似乎沒什麼改變。

不知不覺中他已經陷入老習慣，在自己從前寫的報告裡尋找貴族的資料。他認為自己先前一定觀察過貴族。

他確實觀察過，不過卻是很客觀的、大範圍的觀察。他觀察到的是整個貴族階層的資料，不是某些特定個人的資料。

當然，當時拿到的時空圖並沒有要求、也沒有授權他混進貴族階層進行觀察。至於為什麼不讓他這樣做，這就不是觀察員有權限知道的。此刻他對自己感到很不耐煩，因為他發現自己越來越好奇，很想知道那個原因。

那三天裡，他瞥見過那個女人四次。諾伊絲蘭本特。那天初次見到她的時候，他只注意到她身上的衣服和墜飾。現在他終於注意到她身高有一百七十公分，只比他矮半個頭，不過身材苗條，而且姿態挺直優雅，所以顯得特別高挑。她的年齡比他初次見到她時的感覺要來得大一點，應該快三十歲，或至少也超過二十五歲了。

她看起來沈靜含蓄。有一次在走廊碰到她，她對他嫣然一笑，然後就低頭不再看他。哈蘭趕緊往旁邊一閃，免得碰到她，然後繼續走，感覺很惱火。

第三天快結束的時候，哈蘭開始覺得，基於永恆人的職責，他已經別無選擇，只能採取行動。

毫無疑問，她擔任這個工作一定覺得很自在。毫無疑問，芬奇並沒有違規。然而，芬奇做這件事實在太草率，這種魯莽的行為顯然違反了法規的精神，一定要有人糾正他。

此刻哈蘭終於認定，全永恆域沒有另一個人會比芬奇更令他感到厭惡。幾天前他還覺得自己可以體諒芬奇的怪異行徑，但此刻，他對芬奇的同情已經徹底煙消雲散。

第四天早上，哈蘭要芬奇私下和他見面，芬奇同意了。他踩著堅決的步伐走進芬奇的辦公室，而且沒想到自己竟然會開門見山就說：「計算師芬奇，我建議你把蘭本特小姐送回真實時空。」

芬奇突然瞇起眼睛，朝一張椅子點點頭，然後兩手交疊撐著肥軟渾圓的下巴，露出笑容。「嗯，你坐啊，坐啊。你覺得蘭本特小姐能力不夠，無法勝任是嗎？」

「計算師，我不知道她是不是能力不夠無法勝任，那必須看她擔任的是什麼職務，而指派她工作的人並不是我，所以我不知道。不過你要明白，她的存在，會打擊這個支部的士氣。」

芬奇心不在焉的盯著哈蘭，彷彿他那顆計算師的腦袋裡正在盤算什麼，彷彿他那繁複的思緒是一般永恆人無法捉摸的。「請問你，執行人，她是怎麼打擊士氣的？」

「這還需要問嗎？」哈蘭越來越惱火。「她穿著太暴露，她——」

「等一下等一下，哈蘭，先別急。你在482世紀執行過觀察任務，所以你應該很清楚，她的穿著打扮正是標準的482世紀的風格。」

「如果她是在她所屬的環境裡，如果她是在她所屬的文化背景裡，我沒話說，不過我敢說，就算是在482世紀，她的穿著打扮也太過頭了。我說這種話絕對是有根據的。我認為，永恆域容不下她這樣的人。」

芬奇緩緩點著頭，一副胸有成竹的樣子，看起來很得意。哈蘭開始緊張起來。

芬奇說：「她會到這裡來，是精心安排的，她在這裡具有不可或缺的功能。不過這只是暫時的，你就忍耐一下吧。」

哈蘭氣得下巴開始顫抖。他提出抗議，結果對方竟然隨便找個藉口搪塞他。去他的，這種時候講話還有什麼好顧忌的，有話就直說了。於是他說：「不用猜也知道，女人『不可或缺的功能』是什麼。不過，你這樣明目張膽的把她擺在身邊，上面是不會同意的。」

說完他猛一轉身走向門口，但芬奇突然叫住他。

「執行人。」芬奇說。「你仗著自己和圖伊索的關係，似乎有點自我膨脹，高估了自己的份量。你最好收斂一點！另外，我有點好奇，你……」他忽然停下來，似乎是在想該怎麼措辭。「有沒有交過女朋友？」

哈蘭絞盡腦汁的想，終於想到法規裡有一段話可以用來羞辱芬奇。他背對著芬奇，一字不漏的背出來：「為了避免和真實時空有感情上的糾葛，永恆人不可以結婚。為了避免親情的牽絆，永恆人不可以有孩子。」

芬奇冷冷的說：「我不是問你有沒有結過婚，有沒有小孩。」

哈蘭又背出另一段法規：「想和真實時空的女性建立短期性關係，唯一的途徑就是向全時委員會的時空圖中心提出申請，由中心針對該女性進行適度的生命歷程分析之後，才能建立這種關係，而且必須嚴格遵守那份時空圖的規範。」

「沒錯。執行人，你有沒有申請過這種短期性關係？」

「沒有。」

「你想申請嗎？」

「不想。」

「也許你應該申請一下。這樣的話，你的視野會更開闊，比較不會拘泥於某個女人穿什麼衣服之類的小細節，而且，就算她可能和其他永恆人建立個人關係，你也比較不會感到困擾。」

哈蘭一聲不吭的走了，一肚子火。

他本來是每天都要進入 482 世紀進行觀察，但現在他發覺自己幾乎是無心工作，每次停留的時間最長都沒超過兩小時。

他心煩意亂，而且知道自己為什麼會這樣。芬奇！芬奇！芬奇竟然建議他和真實時空的女人建立短期性關係！這實在太低級了！

大家都心知肚明，這種短期性關係確實存在。永恆域的高層一直都很清楚，他們必須有折衷方案，適度滿足人類的慾望（哈蘭覺得這個字眼帶有強烈的鄙視意味）。問題是，挑選性伴侶有很多規定，導致折衷方案處處設限，只有極少數人能受惠。夠資格享受這種特殊待遇的少數幸運兒，都必須嚴格保密，因為這是基本禮貌，要顧及大多數人的感受。

永恆域的低階人員，特別是庶務部的人，他們老愛散播流言，半是羨慕半是不屑的說有女人被送進永恆域，其中有不少是永久停留，理由再明顯不過。這些流言都是指向計算師或生命歷程分析師，說他們享盡豔福，因為他們，也只有他們才能判斷把哪個女人從真實時空帶出來不至於導致重大的時空狀態改變，不會造成危險。

另外有些流言比較沒那麼聳動，所以也就比較少人流傳。那些流言說，永恆域在進行時空分析之後，只要分析結果允許，就會雇用真實時空的人來當臨時工，做一些瑣碎繁雜的工作，像是烹飪、清潔，或是重度勞力的工作。

然而，一個真實時空的人，特別是這樣一個女人被找來當「祕書」，這只能意味著芬奇正在踐踏永恆域所追求的理想。

有些永恆人比較世故，對追求理想抱著敷衍了事的態度，只是做做表面功夫，但儘管如此，永恆人的信念是永遠不變的。身為永恆人就是應該為理想犧牲奉獻，盡忠職守完成任務，把時空狀態變得更好，增進全人類的福祉。在哈蘭心目中，永恆域就應該像遠古時代的修道院一樣。

那天晚上，哈蘭夢見自己和圖伊索談起這件事。圖伊索是永恆人的完美典範，他也和哈蘭一樣憂心忡忡。他夢見芬奇自毀前程，被降級處分。他夢見自己換上了計算師的黃色肩章，在482世紀支部創立了新的管理體系，大張旗鼓把芬奇貶到庶務部擔任一個新設的職務。圖伊索坐在他旁邊，面帶笑容，用贊許的眼神看著他畫一張新的組織架構圖。那張圖簡潔清晰、條理分明、首尾連貫。他把那張圖拷貝了好幾份，交給諾伊絲蘭本特去發送。

沒想到眼前的諾伊絲竟然全身赤裸，哈蘭猛然驚醒，渾身發抖，感到很羞愧。

有一天，他在走廊遇見那個女人，立刻站到一邊撇開視線不看她，讓她過去。

但她卻站在那裡一直看著他，到後來他不得不抬起頭來看著她的眼睛。她整個人顯得如此容光煥發，青春洋溢，而且他注意到她身上散發出淡淡的香水味。

她問：「你是執行人哈蘭，對不對？」

他的本能反應就是不想理她，想趕快從她旁邊擠過去，不過，他告訴自己，這一切畢竟不是她的問題。更何況，如果硬從她旁邊擠過去，勢必會碰到她的身體。

於是他點了個頭說：「沒錯。」

「聽說你很懂我們 482 世紀的時空狀態？」

「我進去過。」

「真希望改天可以有機會和你聊聊這個。」

「抱歉，我很忙，沒空。」

「噢，哈蘭先生，我相信哪天你一定有辦法抽出點時間的。」

她對他嫣然一笑。

哈蘭被逼得走投無路，只好輕聲說：「拜託妳趕快過去好嗎？不然就麻煩妳站到旁邊讓我過去。拜託妳。」

她緩緩一扭那渾圓誘人的臀部，側開身體，哈蘭立刻羞得滿臉通紅，臉上一陣熱辣。

他很生氣，氣她這樣讓他難堪，氣自己竟然會覺得難堪，而他最氣的就是芬奇，為了某種微妙的原因。

兩個星期後，芬奇把他找去。芬奇桌上擺著一片金屬箔，長度嚇人，上面的打孔點陣密密麻麻，哈蘭一看就知道，這次去真實時空的任務，不是半個小時就能打發的。

芬奇說：「哈蘭，請坐，你能不能現在就掃瞄一下這東西？呃，不是用眼睛看。用機器掃描。」

哈蘭一臉不在乎的揚了揚眉毛，小心翼翼把那片金屬箔放進芬奇桌上掃瞄機的入口。金屬箔慢慢被吸入機器內部，上面的點陣就同時被解譯成文字，出現在白色的長方形顯示幕上。

哈蘭看著那些文字，看到一半猛然伸手拔掉掃瞄機的電源，用盡全力把金屬箔扯出來，那力道之猛，質地堅硬的金屬箔竟然被應聲扯斷。

芬奇淡淡的說：「我這裡還有一份拷貝。」

但哈蘭用拇指和食指捏著金屬箔破片，彷彿那是會爆炸的東西。「計算師芬奇，這份時空圖有問題。根據這份圖，我要進入真實時空停留將近一個星期，而且這段期間要住進那女人家裡，當作執行任務的根據地。不應該是這樣的！」

芬奇噘起嘴說：「為什麼不應該？如果時空圖指示你這樣做，那就是這樣。如果你和蘭本特小姐之間私下有什麼問──」

「完全沒問題！」哈蘭忿忿的打斷他。

「想必是有某些問題的吧！在這種情況下，我甚至可以進一步說明這次觀察在某些方面的困難。當然啦，只此一次下不為例。」

哈蘭坐著一動也不動，拚命思考眼前的狀況，思緒轉得飛快。在一般情況下，基於專業的尊嚴，哈蘭當然不屑於聽什麼進一步的說明，因此，無論是扮演觀察員或執行人，他都會直接去執行任務，不會多問。而同樣的，在一般情況下，計算師也根本不可能會想進一步說明。

然而，眼前的狀況並不尋常。哈蘭抗議芬奇雇用那個女人，那個所謂的祕書，而芬奇擔心哈蘭不肯罷休，會進一步去檢舉他。（哈蘭想到一句古話「犯罪的人就算沒人追也一樣逃之夭夭」，心裡暗暗得意，拚命回想自己究竟是在哪本書裡看過這句話。）

所以，芬奇的策略很明顯，他打算把哈蘭丟到那女人家裡，一旦出了什麼事，他就可以反咬哈蘭一口，這樣一來，哈蘭就沒資格當證人向上級指控他。

而且，既然他打算把哈蘭丟進那女人家裡，那他當然要有一套冠冕堂皇的理由。現在他要說的就是這個。哈蘭根本懶得掩飾臉上不屑的表情，等著聽他怎麼說。

芬奇說：「你應該知道，在很多不同的世紀，大家都知道永恆域的存在，知道我們在監督不同世紀之間的貿易。他們認為這就是我們的主要功能。這種想法對我們有好處。另外，他們也隱約知道我們的存在是為了避免人類遭受重大災難，當然啦，這比較像是迷信，不過卻相當接近真相。同樣的，這種迷信對我們也有好處。歷經了無數個世代，在他們心目中，我們的形像就是大家長，讓他們有安全感。這些你應該都知道吧？」

哈蘭心裡嘀咕著：怎麼，這人當我還是學院的菜鳥嗎？

但他還是略微點了一下頭。

芬奇又繼續說：「不過，有些事是千萬不能讓他們知道的。當然，最重要的，就是絕不能讓他們知道我們如何改變時空狀態。一旦知道了，他們心裡會產生不安全感，而這會對我們造成危害。所以，如果真實時空裡有任何因素會導致他們知道真相，我們勢必要徹底排除。長久以來，我們一直都是這樣做，所以從來不曾遭到什麼危害。

「不過，在某些世紀裡，不時總有人對永恆域衍生出一些可能會帶來危險的看法，而抱有這種危險看法的人，通常全都是那個時期的統治階層。統治階層跟我們接觸最頻繁，同時又有能力操控輿論造成巨大的影響。」

說到這裡，芬奇停下來，似乎是在等哈蘭說說自己的看法，或是提出一些問題，但哈蘭沒吭聲。

於是芬奇又繼續說：「一年前——或者應該說真實時間一年前，我們改變了432到486世紀的時空狀態，那次任務的編號是F—2。從那時候開始我發現了一些證據，顯示真實時空裡出現了那一類的危險看法。我已經分析出那些看法具有什麼樣的特質，得到明確的結論，而且已經呈報給全時委員會，但委員會並不怎麼認同我的結論，因為我是用一種替代性的計算模式推演出來的，而那是一種用來計算極低可能性的模式。

「他們堅持先進行直接觀察，確認無誤之後再根據我的推薦採取行動。直接觀察需要極高超的技巧，這就是為什麼我要找你回鍋來當觀察員，而圖伊索計算師也同意找你回來。另外，目前的統治階層裡有人認為到永恆域工作是很刺激的，於是我鎖定了其中一個，讓她到我的辦公室工作，密切觀察，看看她是不是適合的觀察對象——」

哈蘭心裡想：是喔，密切觀察！

芬奇還在說：「從各方面來評估，她都非常合適。現在，我們要把她送回真實時空，讓你住進她家。這樣一來，你就可以把她家當成行動基地，研究她那個圈子的社交生活。所以，為什麼要讓她到我的辦公室工作，為什麼要讓你住進她家，現在你應該明白了吧？」

哈蘭的口氣幾乎是赤裸裸的嘲諷。「相信我，我非常明白。」

「這麼說，你願意接下這個任務囉。」

哈蘭離開的時候，胸中是滿腔的熊熊鬥志。要鬥智，芬奇絕不是他的對手。他絕不會讓芬奇把他當猴子耍。

一想到自己即將進入 482 世紀停留好幾天，哈蘭忽然感到迫不及待，甚至興奮。當然啦，他認為自己會這麼興奮，一定是因為滿懷鬥志，決心要用智慧謀略打垮芬奇。

絕不可能會是別的原因。

第五章 普通人

諾伊絲蘭本特的家相當偏僻，不過離一座大城市並不算太遠。那座城市是482世紀規模比較大的幾座城市之一，哈蘭非常熟悉，甚至比城裡的任何一個人都更熟悉。先前他曾經在482世紀的真實時空進行過幾次探勘觀察。在支部管轄的範圍內，他幾乎踏遍了那城市的每個角落，看遍了那城市在不同年代的狀態。

無論在時間方面或空間方面，他對那座城市都非常熟悉。他能夠把這兩方面的知識整合起來，把那座城市看成是活生生的、不斷成長的有機體。那座城市經歷過許多災難，也一再復原，有歌舞昇平的時光，也有動盪紛擾的時刻。現在，他潛伏在這座鋼鐵與水泥構成的城市，停留一個星期，設法融入這裡緩慢的生活步調。

此外，最初的幾次探勘，哈蘭集中觀察「自由民階層」，一次比一次更仔細。自由民是城市地位最高的階層，可是卻住在城外，與外界相當隔絕。

很多世紀都有貧富不均的問題，482 世紀也是其中之一。社會學家已經為這種現象建立了方程式（哈蘭看過這些方程式的書面資料，但只是一知半解）。無論哪個世紀，貧富不均的現象都可以用方程式推算出三種關係，而在 482 世紀，這些關係的狀況已經快要超過可容許的極限。看到這樣的狀況，社會學家不由得搖頭嘆氣。有一次哈蘭就曾經聽到某個社會學家說，再次改變時空狀態可能會導致情況更惡化，所以進行之前務必要「密切觀察」。

不過，在財富分配的方程式裡，這種不良關係也是有好處的，因為這意味著這個世紀存在著有閒階級，而且發展出舒適愉快的生活方式，而在最好的情況下，這有助於促進整個世紀的文化發展，培養高雅的素質。所以，只要天平另一端的階級日子過得不會太差，只要有閒階級在享受特權的同時不會完全遺忘自己的責任，只要他們的文化不會往明顯有害的方向發展，那麼，永恆域總是更傾向於縱容他們，任由他們偏離理想的財富分配方式。也就是說，永恆域會尋求其他方式微幅變動，儘量維持現有的時空狀態。

儘管不是很情願，哈蘭終究也開始明白這個道理了。每當他到真實時空過夜執行任務，他住的旅館總是在比較窮的區域，因為外地人在那裡不會引起注意，很容易隱匿身份，所以他的出現幾乎不會造成任何影響，不會干擾到時空狀態，頂多只是造成一點小波動。然而，即使是小波動也可能會擴大到危險的程度，嚴重破壞時空狀態，造成危害。基於這樣的考量，他也常常會到偏僻的鄉下過夜，因為那裡更隱密。

而即使到了鄉下，他也常常會勘查不同的藏身地點，看看哪個地點最能夠避開農夫、流浪漢，甚至流浪狗，在夜裡不會被打擾。

而現在，哈蘭卻是身在社會天平的另一端，睡在一張特殊的床上。那張床的表面是一種散發出力場的材料，一種融合了力場與物質的特殊材質，在這個社會只有最富裕的階級才用得起。在真實時空的所有世紀裡，這種特殊材質的使用並沒有純物質那麼普遍，不過卻比力場普遍。總之，當他躺下去的時候，床的表面感覺是軟的，會隨著他的身形緊貼著他，而當他躺著不動，床就會變硬，但只要他動一下或是翻個身，床又會變軟。

他不得不承認，這種東西真是迷人，所以他覺得永恆域的各個支部都很有智慧，因為在各自負責的世紀裡，他們並沒有過著那種最舒適的上流階層生活，而是選擇平均水準的生活，這樣他們才會持續碰觸到那個世紀的問題，才能真正「感受」得到那個世紀，不至於讓自己的認知太偏向社會最高端的階層。

第一天晚上，哈蘭覺得和貴族生活在一起是很舒服的。

在睡著之前，他想到諾伊絲。

他夢見自己出席全時委員會，兩手交握在面前，十指緊扣。他正低頭看著一個縮得很小很小的芬奇，宣告判決，而芬奇則是一臉驚恐的聽他宣判。那判決說，芬奇即將被流放到極遙遠未來的一個未知的世紀，永遠留在那裡執行觀察任務。哈蘭宣判的時候口氣陰沈，而諾伊絲蘭本特坐在右邊緊靠著他。

一開始他沒注意到她坐在旁邊，而現在他一直斜眼瞄瞄右邊，說話開始結巴。

難道其他人都沒看到她嗎？委員會的其他成員，眼睛一直都看著前方，除了圖伊索。圖伊索正轉頭對著他微笑，但視線卻穿透諾伊絲的身體直接看著他，彷彿她根本不存在。

哈蘭想叫她走開，但嘴裡卻已經發不出聲音。他伸手去打她，可是手臂動作卻變得異常遲鈍，打在她身上，她一動也不動。她的身體摸起來冷冰冰的。

芬奇正在大笑，越笑越大聲——

——諾伊絲蘭本特也在大笑。

哈蘭睜開眼睛，發覺陽光很刺眼，而且看到諾伊絲蘭本特就在他面前。他嚇得瞪大眼睛看著她，好一會兒才想起自己身在何處，想起這是什麼地方。

她說：「你一直呻吟，一直打枕頭。你是做噩夢嗎」

哈蘭沒說話。

她說：「洗澡水幫你準備好了，你的衣服也準備好了。今天晚上的聚會，我已經安排好讓你來參加。先前在永恆域待了很長的時間，現在忽然回到原來的生活，感覺怪怪的。」

看她講話那麼輕鬆愉快，哈蘭忽然覺得很不自在。他說：「妳應該沒告訴他們我是什麼人吧？」

「當然沒有。」

當然沒有！這種小問題芬奇應該早就處理好了。如果芬奇覺得有必要，說不定已經麻醉過她，在她腦子裡動了點小手腳。不過，也說不定他並不覺得有那個必要，因為畢竟他已經「密切觀察」過她。

想到這個，他忽然很不高興。他說：「可以的話，我想自己一個人靜一靜。」

她有點困惑的看了他一下，然後就走了。

於是哈蘭起床刷牙洗臉，穿好衣服，心裡悶悶不樂。他並不太希望晚上過得太熱鬧。他必須儘可能少說話，儘量不要有什麼舉動，設法讓自己彷彿融入牆壁一樣隱身無蹤。他真正應該發揮的，是耳朵和眼睛的功能。所謂最理想的觀察，就是他不應該有別的心思，而是應該全神貫注用眼睛看，用耳朵聽，把看到的聽到的寫成報告。

身為觀察員，他並不知道自己應該觀察什麼，而這通常不會令他感到懊惱。當年還在學院的時候就聽老師說過，觀察員不可以有先入為主的想法，私自揣測上級需要什麼樣的資料，想要什麼樣的報告。老師說，無論你怎麼煞費苦心，那些想法必然會扭曲你對觀察對象的理解。

可是在目前的情況下，不明究理是很令人懊惱的。哈蘭強烈懷疑根本就沒有東西可以觀察，而且從某個角度來看，他只不過是在玩芬奇設計好的遊戲。他該如何在這場遊戲裡面對諾伊絲……

反射器把他的立體影像投射到他面前，離他約半公尺。他目露兇光，忿忿的瞪著自己的影像。他看到自己穿著 482 世紀的無接縫緊身衣，色彩亮麗，覺得那模樣看起來很可笑。

他一個人孤零零的吃著機器人送來的早餐，才剛吃完，諾伊絲蘭本特忽然朝他跑過來。她氣喘吁吁的說：「哈蘭執行人，現在已經六月了。」

他沒好氣的說：「在這裡不要叫我執行人。六月又怎麼樣？」

「可是我到——」才剛開口她立刻猶豫了一下，趕緊改口說：「可是我是二月到『那裡』的，而且只待了一個月。」

哈蘭皺起眉頭。「現在是哪一年？」

「噢，年份沒問題。是同一年。」

「妳確定嗎？」

「非常確定。出了什麼差錯嗎？」每次和他說話的時候，她老愛湊近他，令他感到很不自在。而且她說話的聲音有點含糊，聽起來像是個柔弱無助的小女孩（482 世紀的人說話都是這樣，不是只有她）。哈蘭告訴自己，無論她多麼貼近他，無論她的聲音多麼像個小女孩，他都不會被迷惑。於是他往後躲開。

「沒出什麼差錯。讓妳回到這個時間點比較恰當。事實上，從真實時空的角度來說，妳一直都沒有離開。」

「可是怎麼可能？」她看起來更驚恐了。「我並不記得自己在這裡。難道有兩個我？」

聽她這樣一問，哈蘭更是惱火。這叫他怎麼解釋？每次永恆域處理時空狀態之後，都會導致時空狀態「微調」，而這並不足以影響到整個世紀，只會改變某些人的人生。但他怎麼解釋得清楚？就連永恆人自己也常常忘記「微調」和「改變」是不一樣的（「微調」只是略微變動了時空狀態，並不是真的改變，代號是小寫的c，而「改變」則是完全改變了時空狀態，代號是大寫的C）。

「永恆域做事自有道理。別再問了。」他那驕傲的口吻彷彿自己就是高階計算師，是他認定六月就是恰當的時間點，導致時間跳過了三個月，引發時空狀態微調，但不足以擴大到改變時空狀態。

她說：「可是我的人生少了三個月。」

他嘆了口氣。「妳在真實時空跳過三個月並沒有減少妳的生理壽命。」

「哦，那到底是不是？」

「是不是什麼？」

「是不是少了三個月？」

「老天，小姐，我已經想盡辦法說得很清楚了。妳生命的時間並沒有減少。不可能會減少！」

聽到他大吼，她立刻往後退縮，但接著突然咯咯笑起來。她說：「你的口音聽起來很好玩，尤其是生氣的時候。」

看到她往後退縮，他不由得皺起眉頭。什麼口音？他的「第五十千年期語」說得非常流利，不輸給 482 世紀支部的任何一個人，說不定比他們還流利（第五十千年期語是 400 — 500 世紀期間使用的語言）。

蠢女人！

後來他不知不覺又回到反射器前面，盯著自己的影像，而那個影像也盯著他，眉頭深鎖。他舒張開眉頭，心裡想：我長得實在不怎麼帥，眼睛太小，耳朵太招風，下巴太闊。先前他從來沒想過自己的長相，但現在卻突然想到，長得帥是很令人愉快的。

哈蘭收錄了大量的談話內容，到了深夜，他趁著記憶猶新開始整理筆記。執行這種任務的時候，他一直都是用 55 世紀生產的分子錄音機。這種錄音機外型像一根簡單的細圓柱，長十公分，直徑一公分，顏色看起來像深棕色，而且很便於攜帶，可以放在袖子裡，口袋裡，或是藏在衣服內襯裡，就看你穿什麼樣的衣服。以他現在的穿著來說，他可以吊在腰帶、釦子或是腕帶上。

錄音機有三層分子能量層，每一層都能夠記錄兩千萬個字，不管是拿在手上或是藏在身上，都可以錄得清清楚楚。錄音機的一端連接著語音辨識轉譯器，哈蘭可以從耳機裡聽得清清楚楚，另一端透過力場連接到哈蘭嘴邊的微型麥克風。哈蘭能夠邊聽邊說話。

幾個小時的聚會，每個人說的每句話都被錄下來了，此刻正在哈蘭耳朵裡播放。他一邊聽，一邊口述記錄，錄在第二層分子能量層。兩個能量層的聲音同時同步，不過音軌是完全分開的。在第二層錄音裡，他說出自己的觀感，歸納出重點，指出某些內容之間的關聯。總之，當他用分子錄音機寫報告的時候，他並不只是複述談話的內容，而是記下了分析整理過的內容。

諾伊絲蘭本特忽然走進來，而且沒有敲門或是先問哈蘭可不可以進來。

哈蘭很不高興，趕緊拿掉頭上的耳機和麥克風，夾到錄音機上，然後把錄音機放進盒子裡蓋上。

「為什麼你每次看到我都這麼生氣？」諾伊絲問。她的衣服露出肩膀和手臂，而薄膜般的褲襪散發出冷冷的幽光，兩條修長的美腿更是顯得晶瑩剔透，光滑柔亮。

他說：「我沒有生氣。我對妳根本沒感覺。」此刻他感覺自己說的是真心話。

她問：「你還在工作嗎？你應該很累了。」

「妳在這裡，我就沒辦法工作。」他口氣很暴躁。

「你明明就在生我的氣。你整個晚上沒跟我說半句話。」

「我必須儘量不跟任何人說話。我來這裡，不是為了說話。」他等於是下了逐客令，等她出去。

可是她卻說：「我送另一杯飲料來給你。晚上聚會的時候，你喝了一杯，似乎很喜歡，我想，一杯恐怕不太夠，尤其是，如果你要繼續工作的話。」

他注意到那個小機器人跟在她後面滑進來。它底下有一片力場讓它懸浮在地面上。

今晚他吃得很少，只是簡單嚐了幾樣菜。從前進行觀察任務的時候，他在報告裡詳細描述過那些食物，而且到目前為止一直克制自己不去吃，除非為了研究才會嚐一小口。他認為自己不應該喜歡這些東西，但他還是不由自主的喜歡吃。同樣的，他也不由自主的喜歡這種淡綠色的、帶著薄荷香味的泡沫飲料。那喝起來不像酒，比較像別的東西，是目前很流行的。兩個生理年前，在最近的一次時空狀態改變之前，482 世紀並沒有這種飲料。

他拿了機器人給他的飲料，然後冷冷的朝諾伊絲點個頭表示謝謝。

那次時空微調並沒有真的改變時空狀態，那麼，為什麼會出現這種新飲料？嗯，既然他不是計算師，那又何必傷腦筋去想這種問題呢？更何況，就算是最精密的計算也永遠無法排除所有的不確定狀況，所有的隨機效應。要不是因為這樣，永恆域怎麼會需要觀察員？

現在，整個屋子裡就只有諾伊絲和他兩個人。過去的二十年是機器人最受歡迎的高峰期，而在目前的時空狀態裡，這種現象還會再持續十年左右，也就是說，此刻屋子裡沒有第三個人，就只有一個機器僕人。

482 世紀的女性在經濟上和男人一樣獨立，而且，如果願意當媽媽的話，她們甚至不需要親自生產就可以有自己的孩子。所以，從 482 世紀的角度來看，他們孤男寡女共處一室，沒什麼「不恰當」。

然而，哈蘭卻感覺到威脅。

諾伊絲坐在他對面，手肘撐在沙發上，全身慵懶的伸展開。印花圖案的沙發隨著她的身體往下陷，彷彿很渴望擁抱她。她踢掉了腳上的透明鞋，褲襪裡十隻腳趾忽縮忽張，有如貓在伸展柔軟的趾掌。

她一頭黑髮原本編織纏繞往上挽，用某種東西固定住，露出耳朵。她搖搖頭甩掉了那東西，頭髮立刻往下披散，落在她的脖子和肩膀上。在黑髮的襯托下，她的肩膀更是顯得白嫩。

她呢喃著問：「你幾歲了？」

他當然不可以回答。這是個私人問題，他不需要回答。此刻他應該做的，就是用客氣而堅定的口氣對她說：麻煩妳讓我繼續工作好嗎？結果他卻聽到自己回答：「三十二歲。」當然他說的是生理年齡。

她說：「我二十七歲，比你年輕。不過，我恐怕沒辦法永遠看起來比你年輕。等我變成老太婆的時候，你應該還是三十二歲的樣子。能不能告訴我，你為什麼決定讓自己永遠保持三十二歲？如果你想改變的話，有辦法改變嗎？難道你不想變得更年輕嗎？」

「妳在說什麼？」哈蘭搓搓額頭，想讓自己清醒一點。

她柔聲說：「你是長生不老的，因為你是永恆人。」

她說的是她的想法，還是在問他？

他說：「妳瘋了。我就像所有的人一樣，也會變老，最後也會死。」

她說：「你可以老實告訴我沒關係。」她低沈著嗓子，聽起來像是在哄他。本來他一直覺得第五十千年期語聽起來很刺耳，很不舒服，沒想到從她嘴裡說出來卻變得如此悅耳動聽。或者，那只是因為他吃得太飽，而空氣中又飄散著淡淡的幽香，影響了他的聽覺？

她說：「你可以看遍所有的世紀，走遍所有的地方。我好想去永恆域工作，一直在等他們批准，等了好久好久。我本來還想，說不定他們願意讓我變成永恆人，可是後來發現那裡只有男人。有些人甚至不願意跟我說話，就因為我是個女人。就像你，你就不太願意跟我說話。」

「我們都很忙。」他極力避免自己說出太無情的話，只能含含糊糊的說：「我太忙了。」

「還有，為什麼永恆域裡幾乎沒有女人？」

哈蘭簡直不敢再開口說話。他能說什麼？永恆域選人的標準是非常嚴格的，必須符合兩個條件。第一，那個人必須能夠勝任。第二，把那個人帶離真實時空不會危害到時空狀態。

時空狀態！無論在任何情況下都不能說出這個字眼！他的頭感到一陣暈眩，越來越強烈，只好趕緊閉上眼睛，想讓那種暈眩感消失。

有太多優秀的人選被留在真實時空，因為，如果把他們帶到永恆域，那就意味著某些孩子不會出生，某些人不會死，某些人不會結婚，某些事不會發生，這種種狀況會導致時空狀態朝不良的方向發展，而這是全時委員會無法容許的。

這些可以告訴她嗎？當然不行。還有，基於某些理由，幾乎沒有任何一個女人夠資格加入永恆域，而理由是，把女人從真實時空帶出來，會嚴重扭曲時空狀態，比把男人帶出來嚴重十倍甚至百倍。那些理由他一直搞不懂（計算師可能懂，但他當然不懂）。這些可以告訴她嗎？

（紛擾的思緒在他腦海中亂成一團，忽隱忽現，翻騰扭滾，互相糾結，感覺很怪異，甚至怪誕，但還不至於令他感到不舒服。諾伊絲靠他更近了，面帶微笑。）

她的聲音聽起來有如風的低吟。「噢，你們這些永恆人實在太神祕了，什麼都不肯說。讓我也變成永恆人好嗎？」

他感覺她說的話聽起來不再像是一連串分明的字句，而更像是一陣有韻律的聲音，緩緩滲透進他的腦海。

他很想、甚至渴望告訴她：小姐，永恆域是很無趣的，我們只知道工作。我們忙著為所有的年代設計每一個細節，從永恆域出現的年代到地球空無一人的年代，都必須設計。我們必須計算出數不清的各種可能的時空狀態，從中挑選出一種比目前狀態更好的可能狀態，然後決定在哪個年代做一點微小的改變，讓目前的狀態變成那種可能狀態。於是，一種新的目前的狀態就出現了。接下來，我們還會繼續尋找下一個新的可能狀態，永無休止。在 24 世紀，在那原始的 24 世紀，維科爾馬蘭松發明了時間力場，而就是因為這樣，27 世紀才有可能出現永恆域。馬蘭松啟發了永恆域，但他實在太神祕，關於他的一切，至今依然是個謎，沒人知道。總之，從 27 世紀開始，我們就一直都是這樣做，不停的尋找新的可能的時空狀態，永無休止，永無休止……

他用力搖搖頭，但紛擾的思緒依然在他腦海中翻攪，越來越怪異，越來越零碎，越來越紛亂。接著他突然靈光一閃，似乎領悟到什麼，但那靈光只持續了電光石火的一瞬間，很快就消失了。那一瞬間他忽然感到平靜。他想抓住那短暫的瞬間，但那瞬間已消失無蹤。

是因為喝了那杯薄荷味的飲料才會這樣嗎？

諾伊絲依然越靠越近，但他卻看不清她的臉，只感覺一片朦朧。他感覺到她的頭髮貼著他的臉，感覺到她溫熱的氣息吹在他臉上。他應該避開她，可是很奇怪，非常奇怪，他發現自己根本不想躲開。

「要是我能夠變成永恆人……」她幾乎是貼在他耳邊輕聲細語，但他幾乎沒聽到她說了什麼，只聽得到自己的心跳聲。她微微張開嘴，雙唇濕潤。「難道你不想要嗎？」

他不懂她這話是什麼意思，但此刻，他忽然不在乎了。他渾身發熱，彷彿著了火。他笨拙的伸出雙臂往前摸索。她不但沒有抗拒，反而湊過去和他融為一體。

整個過程如夢似幻，感覺像是發生在別人身上。

他一直以為這種事應該很噁心，但實際上感覺並不是那樣。他很驚訝，因為他發現那種感覺一點都不噁心。

事後，她依偎在他身上，眼中滿是柔情，面帶微笑，而在這樣的時刻，他依然不由自主的伸手撫摸她汗濕的頭髮，動作緩慢輕柔，手微微顫抖，滿心喜悅。

此刻在他心目中，她已經完全不一樣了。她不再只是一個女人，不再只是一個獨立的個體，而是已經和他融為一體，成為他生命的一部分。

時空圖裡的數據並沒有說他可以這樣做，但他並沒有感到愧疚。絲毫沒有。

他感覺到的是心滿意足，甚至得意。

哈蘭躺在床上難以成眠。先前頭暈目眩的感覺已經消褪了，但對他來說，這件事真是非比尋常，因為這是他有生以來第一次和一個女人睡在同一張床上。

他聽得到她和緩的呼吸聲。牆壁和天花板內嵌的燈光調得很微弱，在黯淡的光暈中，他只看得到她的黑影輪廓在他旁邊。

他只要伸出手就可以觸摸到她溫熱柔嫩的肌膚，但他不敢，因為怕會驚醒她。不知道此刻她夢見了什麼，他不想驚擾她。他覺得她似乎夢見了他們兩人，夢見他和她自己，夢見兩人的纏綿。如果驚醒了她，那一切彷彿就會煙消雲散。

剛剛他和她還沒有……之前，他腦海中有很多紛亂的思緒，而此刻他腦海中想的，似乎是那些紛亂思緒的一部分。

那些思緒很怪異，在他意識不是很清醒的時候就這麼突然冒出來。他拚命回想那些思緒，卻怎麼也想不起來。此刻他忽然覺得他一定要設法回想起來，因為那很重要。雖然他想不起細節，但他卻記得當時有那麼一瞬間，他突然領悟到一件事。

他無法確定那究竟是什麼，但在那半夢半醒的時刻，他的心智和視野突然超脫了凡人的極限，那靈光一閃的領悟清晰得詭異。

他越來越不安。為什麼想不起來？當時那靈光一閃的領悟是那麼深刻，那麼清晰。

此時此刻，就連那個睡在他旁邊的女人也暫時被他拋到腦後。

他心裡想：沿著先前的思緒去推想……當時我想到的是時空狀態和永恆域……對了，還有馬蘭松和那個學員。

想到這裡他忽然停下來。我怎麼會想到那個學員？怎會想到庫柏？先前庫柏並沒有出現在那些思緒裡。

如果他先前沒有想布林斯利雪瑞頓庫柏，為什麼現在忽然想到？

他皺起眉頭。這一切的思緒到底有什麼關聯？他究竟想探查出什麼？他為什麼這麼確定自己一定會發現某件事？

哈蘭感到不寒而慄。想著這些問題，先前那領悟的靈光似乎又開始微微閃現，快要從他腦海中破繭而出了。

他屏住呼吸，拚命回想。趕快想起來！

趕快想起來！

對他來說，今夜意義非凡。在這寧靜的夜晚，他即將推斷出一切事情的真相和背後的原因。他感到前所未有的興奮。從前那個理智的他是不可能會為這一切感到興奮。

所有的事情背後隱藏了上百個神祕的關鍵點。他讓自己的思索縱橫馳騁，最後終於想通了所有的關鍵。如果不去思索，這一切將永遠不為人知。

等到回到永恆域，他要展開調查，確認自己的領悟。然而，在內心深處，他已經相信自己發現了一個他不應該知道的祕密。

整個永恆域的祕密。

第六章　生命歷程分析師

在482世紀那天晚上，他想通了很多事。從那天到現在已經過了一個月。如果以真實時間來計算，他目前所在的年代，是在諾伊絲蘭本特年代的未來兩千個世紀後。現在，他企圖用賄賂和詐騙的手段查清楚諾伊絲在新的時空狀態裡會面臨什麼處境。

他目前的所作所為已經不只是違反職業道德，而是更嚴重的罪行，但他已經不在乎了。在他自己看來，過去這個月裡，他已經變成一個罪犯。事實是無法掩蓋的，罪犯就是罪犯。然而，只要他再犯下更嚴重的罪，他反而就不再是罪犯，而且會有很大的好處。

現在，他站在隔幕前面，準備進入2456世紀的真實時空。這也是整個犯罪行動的一部分（他懶得用迂迴的字眼來美化自己的己行動）。從永恆域進入真實時空，操作複雜得多，不像從永恆域進入時間機傳送井那麼輕鬆。要進入真實時空，他必須非常仔細的變動座標定位，精準鎖定地球表面上他想去的特定地點，鎖定他想去的那個世紀的特定時間點。哈蘭心裡很緊張，但他畢竟經驗老到，能力高強，操作控制儀的時候充滿自信，動作迅速，輕而易舉就穿越了隔幕。

哈蘭發現自己已經來到那間引擎室。先前他已經在觀察室的螢幕上看過。此時此刻，社會學家沃伊一定是安安穩穩坐在螢幕前面，等著看執行人即將進行的「觸動」。

但哈蘭並不急。在接下來的 156 分鐘裡，引擎室不會有人。當然，時空圖指示的時間是 110 分鐘，因為按照慣例要預留 40% 的備用時間，所以扣除了 41 分鐘。備用時間是必要的時候才可以用，不過執行人必須儘量避免用到。如果常常消耗備用時間，這種專家恐怕幹不久。

儘管自己有 110 分鐘的時間，哈蘭卻只打算用兩分鐘。哈蘭手腕上的力場啟動環形成了一團時間力場籠罩著他，可以保護他不受時空狀態改變的影響。這個時間力場可以算是永恆域的延伸。他朝一面牆跨出一步，拿起架上的一個盒子，放到下一層一個精心變動過的位置。

放好之後，他又回到永恆域，而返回的過程就像穿過一扇普通門一樣輕鬆。要是有個普通人在旁邊看，他會看到哈蘭突然憑空消失。

那個小盒子還在架上，不過目前還不會立刻改變世界的歷史。幾個小時後，有人會伸手去拿，卻發現盒子不見了。那人找了半個小時，終於找到了盒子，可是那半小時裡，有一個力場運作中斷，導致某個人大發雷霆，盛怒之下做了一個決定，而在原本的時空狀態下，他並沒有做那個決定。於是，有一場原本應該召開的會議最後沒有舉行。某個人本來應該死去，可是因為情況改變了，結果又多活了一年，而另一個應該活著的人卻提早死了。

改變的效應像漣漪一樣逐漸擴散，在2481世紀達到最高峰，也就是改變「觸動」之後的第二十五個世紀。接下來，效應就逐漸減弱。學者指出，理論上，改變觸動之後會向未來無限擴散，然而在那無限遙遠的未來，改變的效應就連最精密的計算都偵測不到，所以實際上，那就是效應的極限。

當然，真實時空裡的人類不可能會意識到時空狀態開始改變了，因為人的意識也隨著整個世界改變了，只有永恆人能夠置身事外，看得到那改變。觀察室裡，社會學沃伊正盯著那面藍色調螢幕。先前螢幕上顯示的是一個太空港活動繁忙的景象。哈蘭走進來的時候，沃伊並沒有抬頭看他，只是嘴裡咕噥了一句，像是跟他打招呼。

此刻，螢幕裡的太空港真是變得完全不一樣，原先的光鮮亮麗都消失了。現在，港口的建築不再是原先那種宏偉的大樓，而停靠的一艘太空船則是鏽痕累累。整個港口看不到半個人，一片死寂。

哈蘭勉強淡淡一笑，但那笑容很快就消失了。他的行動確實達到了ＭＤＲ，也就是可預期的最大效應。那效應現在立刻就顯現了。時空狀態不見得會在執行人「觸動」的那一剎那就立刻改變。如果計算不夠精確，時空狀態很可能會延遲好幾個小時或好幾天才會開始改變（當然是以真實時間來計算）。唯有當自由發展的可能性全都消失了，時空狀態才會開始改變。只要某些特定的人有可能採取另一種行動，即使機率微乎其微，時空狀態都不會改變。

ＭＮＣ（最低限度必要改變）是哈蘭自己計算出來的，時空狀態改變也是他親自「觸動」的，而「觸動」之後，自由發展的可能性立刻消失，時空狀態立刻改變。這是哈蘭很引以為傲的。

沃伊輕聲說：「真可惜啊，太空旅行是那麼美好　。」

哈蘭覺得這話非常刺耳，聽起來似乎是在貶損他的成就。「讓太空旅行在真實時空裡徹底消失。」他說：「我不覺得有什麼好遺憾。」

「你不覺得遺憾？」沃伊說。

「太空旅行有什麼用？那頂多只會持續一兩千年，然後大家就厭倦了。他們撤退回地球之後，外星殖民地就荒廢了。接著，過了四、五千年或四、五萬年之後，他們又會再度嘗試，最後還是失敗收場。那根本是在浪費人類的聰明才智和時間精力。」

沃伊冷冷的說：「你說話還真像個哲學家。」

哈蘭臉紅了，心裡想：跟他們講這些幹什麼？於是他突然換了話題，忿忿的說：「生命歷程分析師那邊怎麼樣了？」

「他怎麼樣？」

「可以問一下他那邊的狀況嗎？現在他應該有點進展了。」

社會學家臉上閃過一絲不以為然的神色，彷彿在說：你這人真沒耐性是吧。但他嘴裡卻大聲說：「跟我來，我們去看看。」

辦公室門上的名牌寫著：尼祿恩法魯克。看到那個姓名，哈蘭不由得眼睛一亮，心裡暗暗驚奇，因為那姓和名分別有點像遠古時代中世紀的兩個統治者，一個是羅馬的暴君尼祿，一個是埃及的法老。（先前他每個星期都要幫庫柏上課，也就因此重新點燃了他對遠古歷史的癡迷）。

然而，那人看起來根本不像哈蘭印象中那兩個統治者。他枯瘦憔悴，臉色蒼白，鼻子高聳，整張臉看起來更顯得皮包骨，手指很長，腕關節突出，輕撫著手上那台小小的「整合器」，那模樣有如死神用天秤衡量靈魂的重量。

哈蘭不由自主的盯著那台整合器，露出渴切的眼神。整合器就是「生命規畫」這項工作的一切，有如人體的心臟血液、筋骨皮肉。首先要把資料輸入整合器，包括目標對象一生的必要資料和改變時空狀態的方程式。接下來，整合器會發出悅耳的嘎吱聲，有時候持續幾分鐘，有時候一整天，然後就會輸出某些人的資料。這些人都是在新的時空狀態下可能會和目標對象很親近的人，而且資料上都會註明可能性的高低。

沃伊向法魯克介紹了哈蘭。法魯克瞪著哈蘭，眼中滿是掩不住的怒氣，草草點了個頭就不理他了。

哈蘭說：「那位小姐的生命規畫完成了嗎？」

「還沒啦！好了就會通知你。」有些人對執行人的敵視甚至到了粗魯無禮的程度，這個人就是其中之一。

「規劃師，冷靜一點，不要太激動。」

法魯克的眉毛稀疏得幾乎看不見，使得他整張臉看起來更像骷髏頭。骷髏頭應該是沒有眼珠的，但他眼窩裡卻有兩顆眼珠骨溜溜的轉動。他說：「太空船全都沒了，是吧？」

沃伊點點頭說：「太空船會消失一個世紀。」

法魯克微微噘起嘴咒罵了一聲。

哈蘭雙臂交叉在胸前，眼睛盯著這位生命歷程分析師。法魯克被他盯得很不自在，撇開視線不敢看他。

哈蘭心裡想：這傢伙知道自己也是共犯。

法魯克對沃伊說：「好，既然你在這裡，那我問你，大家都跟我們要抗癌血清，我究竟該怎麼辦？抗癌血清並不是只有我們這個世紀才有，為什麼大家都來找我們申請？」

「其他有抗癌血清的世紀接到的申請也都爆滿了，這你應該知道。」

「那就應該想辦法制止大家提出申請。」

「有什麼辦法？」

「很簡單啊，叫全時委員會停止接受申請就好了。」

「全時委員會根本不會聽我的話。」

「老頭會聽。」

哈蘭百無聊賴的聽著他們說話，覺得很無趣，但他們無聊透頂的對話最起碼能夠轉移他的心思，讓他暫時忘了整合器嘎嘎吱吱的聲音。他知道他們口中的「老頭」應該就是負責這個支部的計算師。

「我跟老頭談過了。」社會學家說。「而他跟全時委員會談過了。」

「算了吧！他只不過是按照慣例把資料磁帶傳送給他們，但這樣是不夠的。這件事必須據理力爭，因為牽涉到基本政策。」

「全時委員會最近可沒什麼心情去思考什麼改變基本政策。你應該聽過傳言。」

「噢，當然聽過。他們正在忙一個大計畫。每次全時委員會想逃避問題，就會流言四起，說他們正在忙什麼大計畫。」

（要是哈蘭有那個心情，聽到這句話他一定會會心一笑。）

法魯克思索了一會兒，接著就繼續炮火全開：「大多數人都不懂的是，抗癌血清並不是像樹苗或力場啟動機那類的東西。我知道，任何一種發展可能性的分支都必須嚴密監控，以免危害到時空狀態，但抗癌血清牽涉到人的生死，造成的影響比其他任何東西都要複雜百倍。

「想想看，任何一個世紀，只要沒有抗癌血清之類的藥物，每年死多少人！你應該不難想像，有多少癌症病人寧願死掉。所以，真實時空每一個世紀的政府不斷向永恆域提出申請，哀求我們送七萬五千瓶血清給他們，好讓他們拯救某些重症病人，因為那些人對他們的文化是不可或缺的。他們的申請書還附帶了那些人的生平資料。」

沃伊立刻點點頭說：「我知道，我知道。」

然而，法魯克依然咄咄逼人，毫不放鬆。「讀了那些生平資料之後，你就會發現他們每個都是英雄。他們的死，對他們所屬的世界來說，都是難以承受的損失。如果再進一步分析，你就會發現，如果某個人活著，或是某幾個人活著，時空狀態會變得多麼不一樣。

「過去這一個月來，我經手過五百七十二件抗癌血清的申請。進行生命歷程分析之後，我發現其中十七個人活下來不會導致時空狀態變得更壞，不過我要特別強調，這十七個人也都不會讓時空狀態變得更好。可是全時委員會說，血清必須給這些不會造成任何影響的人。你知道的，所謂的人道嘛。所以這個月，分屬不同世紀的這十七個人都得救了。

「然後呢，這十幾個世紀都變得更幸福了嗎？才怪！某個人得救了，可是同時間同一個國家卻有十幾個人沒辦法活下去。大家都在問，憑什麼是他？說不定我們沒有救的那些人是更好的人，說不定他們是人人愛戴的慈善家。說不定我們救的那個人一天到晚打小孩，如果抽得出時間甚至還會對老媽媽拳打腳踢。他們都不知道時空狀態改變了，而我們也不能告訴他們。

「所以，沃伊，除非全時委員會決定全面篩選所有的申請，只批准那些能夠讓時空狀態變得更好的人，否則我們就是在自找麻煩。就這樣，除非那個人能夠增進人類的福祉，我們才救，否則就一個也不救。我們不可以因為『反正救了也不會有什麼壞處』，就去救一個人。」

聽法魯克說話的時候，沃伊的表情顯得有些痛苦，等他一說完，沃伊立刻接著說：「話不能這麼說，如果得了癌症的人是你……」

「沃伊，你說什麼傻話。我們可以基於這種理由做決定嗎？要是這樣的話，時空狀態就永遠不會改變了。有些可憐蟲就是注定要倒霉，說不定你也會有倒霉的時候，不是嗎？」

「還有，別忘了，每次我們改變時空狀態之後，下次想再讓時空狀態變得更好就越來越難。無論怎麼做，時空狀態都可能變得更壞，這樣的機率逐年增加。這意味著我們能拯救的人變少了，而且會一直越來越少。說不定有一天，我們一年只剩下一個人能救，甚至包括那些不會影響時空狀態的人。別忘了。」

聽到這裡，哈蘭感覺無趣到了極點。這是一種職業上的執迷。心理學家和社會學家很少對永恆域進行自我反省的研究，而在那樣的研究裡，他們認為這種痴迷是一種認同。人對於和自己工作有關的世紀會產生感情上的認同。只要那個世紀出了問題，他們永遠都把那當成是自己的問題。

永恆域極力在壓制這種感情認同的心魔。任何人被指派到某個支部工作的時候，那個世紀和他原生的世紀必須相隔兩個世紀上，這樣就比較不容易產生感情上的認同。永恆域會優先選擇把人派到文化和他原生世紀截然不同的世紀（哈蘭忽然想到了芬奇和482世紀之間的關聯）。如果發現某個人出現認同的跡象，永恆域就讓他經常變換派駐的世紀（哈蘭敢打賭，法魯克在這個世紀不可能再待超過一年）。

然而，基於一種對真實時空家鄉的渴望，大家還是會產生這種感情上的認同（眾人皆知，這叫作『真實時空渴望』）。基於某些原因，在有太空旅行的世紀，這種現象特別明顯。這種現象實在應該深入調查，而且，要不是因為長期逃避面對這種內部問題，永恆域早就著手調查了。

如果是在一個月前，哈蘭可能會認定法魯克是一個極端多愁善感的人，一個任性的蠢蛋，因為他眼看著電子重力在新的時空狀態裡被荒廢了，內心感到痛苦，而為了舒緩這種痛苦，他反而斥責那些需要抗癌血清的世紀，說他們沒什麼好痛苦的。

他本來會舉報他，因為這是他職責所在。看這個人的反應，就知道他顯然已經靠不住了。

但現在，他不能這樣做。他甚至有點同情這個人，因為他自己更是罪大惡極。

他無時不刻都會想到諾伊絲。

那天晚上他終於睡著了，第二天醒過來的時候，看到光線從四周半透明的牆壁透進來，感覺自己彷彿在天上的雲間醒過來，在一個霧氣迷茫的早晨。

諾伊絲正低頭看著他，嘴裡笑著說：「老天，要叫醒你真難。」

哈蘭的本能反應就是手忙腳亂四處摸找自己的睡衣，卻怎麼也摸不到。但他很快就想起昨晚發生了什麼，立刻羞紅了臉。他該怎麼看待自己？

接著他忽然想到另一件事，整個人立刻彈起來坐著。「老天！應該還沒下午一點吧？」

「現在才早上十一點，時間還很充裕。早餐已經幫你準備好了。」

「謝謝妳。」他喃喃嘀咕了一句。

「浴室的淋浴裝置都設定好了，你的衣服也準備好了。」

他還能說什麼？於是他又嘀咕了一句：「謝謝。」

吃早餐的時候，他一直逃避她的視線，不敢正眼看她。她坐在他正對面，沒在吃東西，而是一手支著下巴，眼睛盯著他。她一頭濃密的黑髮梳到一邊，睫毛長得異乎尋常。

她盯著他的每一個動作，而他眼睛一直往下看。照理說，他應該很羞愧，可是卻發現自己完全感覺不到羞愧。

她開口問他：「你一點要去哪裡？」

「去看飛球比賽。」他嘀咕說：「我有票。」

「噢對了，現在是決賽了。前一段時間我不在這裡，所以錯過了整個球季。那麼，哪一隊贏了，安德魯？」

一聽到她叫自己的名字，哈蘭忽然感到全身軟綿綿。他點了一下頭，努力裝出嚴厲的表情（從前這是多麼的輕而易舉）。

「你一定知道。你觀察過這整個世紀不是嗎？」照理說，此時他應該保持冷漠，斷然拒絕回答，然而他卻不由自主的解釋說：「我要觀察的時間空間太多了，沒辦法注意到球賽這種細節。」

「噢，反正你就是不肯告訴我。」

哈蘭沒回答。他拿叉子刺進一小顆飽滿多汁的水果，舉到嘴邊。

過了一會兒諾伊絲又問：「你來之前有沒有觀察到我們這一帶發生了哪些事？」

「並沒有觀察得很仔細，諾——諾伊絲。」（他費盡九牛二虎之力才叫出她的名字。）

諾伊絲輕聲問：「難道你沒看到我們？你不是一直都知道我們——」

哈蘭結結巴巴的說：「沒有沒有，我看不到我自己。我並不在真實時空狀——在我來之前，我人並不在這裡。呃，這我實在沒辦法解釋。」此刻他驚慌失措，因為，第一，他完全沒想到她竟然會提這件事。第二，他差點就脫口說出「真實時空狀態」。和普通人說話的時候，這個字眼是最忌諱的。

她揚起眉毛，睜大眼睛露出驚訝的神色。「你是覺得很羞愧嗎？」

「我們做了不該做的事。」

「為什麼不該做？」在482世紀，她這樣問絕對理所當然。「難道永恆人不准做這件事？」她的口氣近乎消遣，彷彿在問永恆人是不是不准吃飯。

「不要說出那個字眼。」哈蘭說。「事實上，從某個角度來說，我們確實不准做這件事。」

「哦，那，別讓他們知道不就好了嗎？我不會說的。」

她繞過桌子，屁股一扭，撞開那張小餐桌，坐到他大腿上，動作是那麼優雅自然。

那一剎那他整個人忽然僵住，抬起雙手擺出想推開她的姿勢，可是卻沒力氣推。

她彎身吻上他的嘴唇，那一剎那，什麼羞不羞愧的已經完全被他拋到腦後。此時此刻，他只感覺得到諾伊絲和他自己。

他已經無法確定自己是什麼時候開始做一件事。身為觀察員，他實在不該做這種違反職業道德的事。那就是，他開始思考，關於目前的時空狀態和接下來要擬定的改變計畫，真正問題究竟是什麼。

永恆域擔心的，並不是這個世紀道德敗壞，不是體外繁殖，也不是母系社會，因為這一切在原先的時空狀態下就已經存在，而全時委員會也不以為意。芬奇曾經說過，真正的問題是非常微妙難以察覺的。

而接下來要進行的時空狀態改變也必須非常精巧細膩，只能針對他觀察過的某幾個人。這是非常明顯的。

改變計畫只會針對貴族階層、有錢階層、上流階層，也就是這個體系裡的既得利益者。

而令他感到困擾的是，這個計劃絕對會牽涉到諾伊絲。

時空圖限定的時間還剩三天。這三天，他心頭的困惑越來越深，甚至使得他和諾伊絲在一起的快樂都蒙上了一層陰影。

她問他：「出了什麼事？有些時候，我覺得你和當時在永恆——在那地方的時候完全不一樣。你根本就不是那麼嚴厲的人。可是現在，你似乎很煩惱。是因為你要回去了嗎？」

哈蘭說：「這是其中一個原因。」

「你非回去不可嗎？」

「我必須回去。」

「呃，就算你回去晚了，誰會在乎？」

聽她這樣說，哈蘭差點就笑起來。「要是回去晚了，他們會不高興。」嘴裡這樣說，他心中卻暗渴望再多留兩天。遵照時空圖，他還有兩天的備用時間。

房間裡有一台自動彈奏的樂器。她變動了一下操控鈕，讓樂器彈奏出另一首音樂。樂器裡有一種作曲機件，能根據精巧的數學程式，隨機組合出悅耳的樂音和和弦，創造出輕柔繁複的樂曲。每首樂曲都是獨一無二的，不會重複出現，就像每一片雪花都有獨一無二的形狀，而且每首樂曲都是同樣的優美。

聽著音樂，哈蘭像是被催眠了一樣。他盯著諾伊絲，腦海中纏繞的思緒都和她有關。在新的時空狀態裡，她會變成什麼樣的人？是潑婦、女工，還是六個孩子的媽，又醜又胖，滿身是病？無論她變成什麼樣的人，她都不會記得哈蘭。在新的時空狀態裡，他將不再是她生命中的一部分。無論變成什麼樣的人，她都不再是諾伊絲。

他愛上的並不只是一個年輕的女人（奇怪的是，他腦海中竟然浮現出『愛』這個字眼，而且沒有絲毫猶豫，沒有意識到自己用了這個奇怪的字眼，也沒去想為什麼）。他愛的是她這個人身上的各種特質。她穿衣服的風格，走路的模樣，說話的方式，還有她那生動的表情。二十五年的成長過程，以及在目前時空狀態裡經歷的一切，造就了現在的她。一年前，在時空狀態改變之前，她不是他的諾伊絲。而下一次時空狀態改變之後，她也不會再是他的諾伊絲。

不難想像，新的諾伊絲在某些方面會比現在更好，然而，他心裡非常篤定，他要的就是此時此刻的諾伊絲，目前這個時空狀態下的諾伊絲。就算她有什麼缺點，他一樣都愛。

他能做什麼？

他腦海中浮現出好幾個念頭，都是非法的。其中一個念頭就是搞清楚時空狀態究竟會怎麼改變，什麼會被改變，徹底搞清楚諾伊絲會受到什麼影響。畢竟，誰都無法確定……

哈蘭感覺到四周一片死寂，腦海中的思緒立刻消散。他終於又意識到自己是在生命歷程分析師的辦公室。社會學家沃伊正用眼角瞄他，長得像骷髏的法魯克也正低頭看著他。

那是一種咄咄逼人的死寂。

在這樣的死寂中等待了一會兒，終於有結果了。沒多久，整合器嘎嘎吱吱的聲音終於停了。

哈蘭激動得跳起來。「規劃師，有結果了！」

法魯克低頭看著手上那張薄薄的紙片。「沒錯，結果出來了，不過有點奇怪。」

「我可以看看嗎？」哈蘭伸出手。他的手顯然在發抖。

「沒什麼好看的，這就是奇怪的地方。」

「沒什麼好看——這話什麼意思？」哈蘭盯著法魯克，忽然感到眼睛一陣刺痛，痛得看不清楚，眼前的法魯克變成了一具高瘦模糊的身影。

哈蘭忽然覺得法魯克淡漠的聲音變得好微弱，幾乎快聽不見了。「在新的時空狀態裡，那個女人不見了。她並沒有變成不一樣的人，而是徹底消失了。就這樣。不見了。剛剛執行整合運算的時候，我已經把各種變化可能性的機率降到 0.0001。總之，她就是不見了。事實上——」說著他舉起手，兩根手指捏著紙片，用另外三根手指搓搓下巴。「——看了你給我的關鍵係數組合，我怎麼看都不覺得她是原先時空狀態裡的人。」

哈蘭幾乎沒聽到他說了什麼。「可是——時空狀態只不過是微幅改變。」

「我知道。她的關鍵係數組合看起來就是很怪。呃，你不是要看嗎？拿去吧。」

哈蘭抓住那張紙片，不動聲色。諾伊絲不見了？諾伊絲不存在了？這麼會這樣？

他感覺有人伸手搭在他肩上，聽到沃伊在他耳邊說：「執行人，你不舒服嗎？」沃伊很快又把手縮回去，彷彿已經後悔自己不小心碰到執行人的身體。

哈蘭嚥了一口唾液，努力裝出正常的表情。「我沒事。能不能麻煩你帶我去時間機那裡？」

他絕對不能顯露出自己的情緒。他必須表現出該有的樣子，這只不過是一次學術性的研究調查。他必須掩飾此刻真正的感覺：他欣喜若狂，興奮得快昏倒了，因為，在新的時空狀態裡，諾伊絲已經不存在了。

第七章　犯罪的起點

哈蘭跨進 2456 世紀的時間機，回頭看了一眼，看看永恆域和時間機傳送井之間的隔幕是否完全密合，也看看社會學家沃伊有沒有在注意他。最近幾個星期，他漸漸養成了這種習慣，總是回頭瞄一眼，看看有沒有人跟著他走進時間機傳送井。這已經變成一種本能反應。

接著，哈蘭在時間機操控儀上設定的時間是未來，儘管現在的時間已經是 2456 世紀。他看著時間顯示錶上的數字不斷增大。雖然數字跳動速度飛快，他還是有足夠的時間可以思考。

生命歷程分析師整合出來的結果，顯示一切都出現了天翻地覆的變化，而他犯罪行動的意義也完全不一樣了！

一切都是芬奇惹出來的。他腦海中猛然浮現出這句話，那荒謬的韻律和沈重的節拍在他腦海中瘋狂纏繞。一切都是芬奇惹出來的！一切都是芬奇惹出來的……

哈蘭在 482 世紀和諾伊絲相聚了幾天，回到永恆域之後，他一直避免和芬奇面對面接觸。一回到永恆域，罪惡感開始纏繞著他。他違背了永恆人的誓言，這在 482 世紀似乎沒什麼大不了，可是在永恆域卻是罪大惡極。

他透過氣動輸送管把報告傳送出去，然後一個人躲在宿舍裡。他必須把這件事徹底想清楚，爭取時間思索腦海中的新觀念，努力消化。

但芬奇並沒有放過他。哈蘭把報告打上收件位置的編碼，放進輸送管，結果不到一個小時，芬奇就和他聯絡了。

那位計算師的臉出現在視訊螢幕上，眼睛盯著哈蘭說：「我以為你會到辦公室來找我。」

哈蘭說：「長官，報告已經送過去給你了，接下來就是等上面指派新任務，我想，在哪裡等都一樣。」

「是這樣嗎？」芬奇看看手上那卷金屬箔，然後舉起來瞇起眼睛盯著上面的點陣。

「這報告不夠完整。」他繼續說。「我可以去宿舍找你嗎？」

哈蘭猶豫了一下。這人是他的長官，此刻拒絕他的邀約感覺會像是抗命，而這樣似乎會暴露出自己內心的罪惡感。此刻他的良心正飽受煎熬，實在不敢拒絕。

「歡迎你，計算師。」他冷冷的說。

芬奇那張渾圓油亮的臉散發出一種歡樂氣息，出現在哈蘭簡陋的宿舍裡，顯得很不協調。哈蘭出身95世紀，那個年代的室內陳設散發著斯巴達風格，而哈蘭的品味始終殘留了一些那樣的風格。金屬管組成的椅子上覆蓋著一層色澤黯淡的飾皮，質感刻意模仿木材（雖然還不夠像）。客廳的一個角落裡還有另一座小櫃子，顯露出更強烈的95世紀風格。

哈蘭一眼就注意到那個東西。

芬奇伸出一隻肥短的手指摸摸那個櫃子，似乎是在摸索那上面的質感。「這是什麼材質？」

「長官，那是木頭做的。」哈蘭說。

「是真的嗎？是真的木頭做的？老天！你們95世紀的人應該就是用木頭做的東西吧？」

「是的。」

「嗯，執行人，永恆域並沒有規定不准用這些東西——」他伸出手指在褲子側邊的縫線上抹了幾下，因為剛剛用那根手指去摸木頭架子，沾到灰塵。「不過，這樣會導致原生世紀的文化影響到永恆人，所以實在很難說，准許你們用這種東西究竟對不對。真正的永恆人會接納他所處環境的任何文化。舉例來說，過去這五年來，我用能量餐具吃東西的次數，好像沒有超過兩次。」

說到這裡他嘆了口氣。「儘管我永遠都覺得用物質餐具去碰食物很不乾淨，但我還是硬著頭皮用，從來沒有退縮！」

他眼睛又看向那座木櫃，不過這次他兩手交叉在背後，沒有去摸。接著他問：「這是什麼東西？做什麼用的？」

「這是書櫃。」哈蘭回答說。他忽然有一股衝動想問芬奇，現在兩手貼在後腰上，感覺怎麼樣？肉體貼著衣服不會覺得很髒嗎？如果整個身體和身上的衣服都是由一塵不染的能量力場構成的，感覺是不是更乾淨？

芬奇揚起眉毛。「書櫃。那麼架上那些東西應該就是書囉？」

「是的，長官。」

「那是真的書嗎？」

「是的，長官，是真的書。我在24世紀蒐集的，其中有少數幾本是20世紀的書。如果——如果你想看看，拿在手上要小心。雖然書裡那些頁面修補過，而且經過塗佈處理，但畢竟沒有金屬箔那麼堅固。拿的時候要很小心。」

「我不會去摸，也不想摸。我猜，上面應該還有20世紀的灰塵。嗯，真的書。」他忽然笑起來。「所以書裡那些頁面就是纖維做成的紙囉？你剛剛說塗佈處理，應該就是指這個。」

「沒錯。纖維經過塗佈處理之後，可以保存得比較久。」哈蘭張開嘴，深深吸了一口氣，努力讓自己保持冷靜。他提醒自己不應該有這種荒唐的情緒，覺得這些書和自己是一體的，覺得別人藐視這些書就等於是藐視自己。

「我敢說。」芬奇依然繞著這個話題打轉。「一條兩公尺長的微縮影片就放得進這些書裡所有的內容，捲起來只有一節手指的大小。這些書的內容是什麼？」

「這些是20世紀一份新聞雜誌的合訂本。」

「你讀這種東西？」

哈蘭口氣中帶著一絲驕傲。「我有一整套，架上的只是其中幾本。這是我的獨家收藏，全永恆域的圖書館找不到第二套。」

「對了，這是你的嗜好。現在我想起來了，你曾經告訴過我，你對遠古歷史特別有興趣。我很驚訝你的導師竟然會縱容你沈溺在這種東西裡。這根本就是浪費時間精力。」

哈蘭的嘴唇不由自主的緊繃起來，心裡想，這個人一定是故意要激怒他，讓他沒辦法冷靜思考。如果是這樣的話，絕對不能讓他得逞。

哈蘭淡淡的說：「你來找我，應該是為了報告的事吧？」

「沒錯。」計算師轉頭看看四周，選了一張椅子，小心翼翼的坐下。「先前跟你視訊聯絡的時候，我說過報告並不完整。」

「哪裡不夠完整？」（冷靜！冷靜！）

芬奇露出一抹不自在的笑容。「哈蘭，你做了什麼事是報告裡沒有提到的？」

「沒有啊，長官。」雖然口氣很堅定，但他卻站在那裡手足無措，內心暗暗羞愧。

「得了吧，執行人。你和那位小姐接觸過很多次，相處了一段時間。除非你沒有遵照時空圖的指示，否則應該是這樣。我想，你應該有遵照時空圖的指示吧？」

罪惡感啃噬著哈蘭的心，所以面對這種對他專業能力的惡毒攻擊，他甚至無力反駁。他就只是有氣無力的說：「我有遵照指示。」

「那麼，你究竟做了什麼？你報告裡完全沒有提到你和那位小姐私下相處的狀況。」

「沒什麼重要的事。」哈蘭口乾舌燥。

「鬼扯。你年紀不小了，工作上也算是老經驗，所以應該不需要我來告訴你，觀察員沒有資格判斷什麼重要什麼不重要。」

芬奇目光炯炯的盯著哈蘭。他說話口氣和緩，但眼神卻很嚴厲，咄咄逼人。

哈蘭知道他的伎倆，所以並沒有被他那種溫和的口氣誘拐，然而，過去在工作上養成的習慣卻一直在引誘他說出真相。身為觀察員，報告必須鉅細靡遺。觀察員只不過是永恆域延伸出來的感應觸鬚，伸進真實時空探測周遭的環境，然後就縮回去。為了履行職責，觀察員是沒有個人可言的。他不能把自己當成一個真正的人。

於是他不由自主的開始說出報告裡沒有提到的事。觀察員受過嚴格訓練，記憶力驚人，此刻他充分發揮記憶力，一字不漏的說出他和諾伊絲談話的內容，甚至連口氣和表情都模擬得惟妙惟肖。他說的時候深情款款，因為在述說的同時，他等於又重新體驗了一次。一方面由於芬奇的咄咄逼問，再加上他覺得忠於職守才能心安理得，他不知不覺就說了出來，幾乎忘了這樣就已經承認了犯罪。

後來，他描述到他和諾伊絲第一次談話快結束了，接下來就要開始描述兩人親熱的事，這時他開始顫抖，說話開始結巴，已經沒辦法再保持觀察員的冷靜客觀。

就在他準備要描述進一步的細節時，芬奇忽然抬起手制止他，用嚴厲急躁的口氣說：「夠了，謝謝。接下來你要說的應該就是你和那個女人做愛了。」芬奇等於是救了哈蘭一命，讓他免於失態。

哈蘭生氣了。雖然芬奇說的是事實，但他的口氣卻讓這件事顯得粗俗下流，而更可惡的是，他和諾伊絲之間的美妙感覺被芬奇說得稀鬆平常，沒什麼了不起。無論他和諾伊絲之間是不是真的那麼美好，最起碼絕對不是像芬奇說的那樣稀鬆平常。

哈蘭認為自己知道芬奇為什麼會表現出這種態度，為什麼會迫不及待咄咄逼問，為什麼會在關鍵時刻制止他往下說。因為芬奇嫉妒他！哈蘭認為那實在太明顯了！芬奇垂涎的女人被他搶走了！

哈蘭感覺到自己贏了，那滋味真美妙。有生以來第一次，他發現了一個對他更有意義的人生目標。那比追求永恆域冷冰冰的理想有意義多了。他要讓芬奇一輩子嫉妒，因為諾伊絲蘭本特將永遠是他的。

在突如其來的興奮中，他立刻提出了申請。他本來還想慎重一點，等個四、五天再提出申請。他說：「我想提出申請，和真實時空的人建立短期性關係。」

芬奇的反應就像剛從夢中驚醒過來。「對象應該是諾伊絲蘭本特吧？」

「是的，長官。既然你是負責這個支部的計算師，我想，我必須透過你……」

哈蘭想透過芬奇來做這件事，藉此折磨他。如果他自己想要那個女人，那他就勢必要說出來，這樣哈蘭就可以堅持讓諾伊絲自己選擇。想到這裡，他差點就忍不住笑。

當然，如果計算師本身有私慾，執行人通常是爭不過他的，但哈蘭很確定自己有圖伊索可以當靠山，而芬奇的權勢還差圖伊索一大截。

然而，芬奇似乎並不緊張。「看樣子。」他說：「你已經先非法佔有了那個女人。」

哈蘭臉紅了，只能做賊心虛的反駁說：「根據時空圖的指示，我還是必須和那女人單獨相處。我做的那件事，既然上面並沒有明確禁止，那麼，我並不覺得自己做錯了什麼。」

這當然不是真話。看芬奇那種似笑非笑的表情，哈蘭明白芬奇也知道他在說謊。

「提醒你，我們已經準備要改變時空狀態了。」

「如果是這樣的話，我的申請就要修改了。我會申請和蘭本特小姐在新的時空狀態下建立關係。」

「我覺得這樣做並不明智。你怎麼有辦法確定時空狀態改變之後會變成什麼樣？在新的時空狀態裡，說不定她已經結婚了，或是變得很醜。事實上，我現在就可以告訴你，在新的時空狀態裡，她不會想跟你在一起。她不會要你的。」

哈蘭打了個哆嗦。「你根本不懂我們之間的感情。」

「哦?你認為你們的愛是刻骨銘心生死相許的嗎?你認為就算地老天荒海枯石爛，你們的愛依然是永恆不渝的嗎?你是不是真實時空的小說看太多了?」

哈蘭被他激得開始口不擇言了。「告訴你，我根本不相信你。」

芬奇冷冷的說:「你說什麼?」

「你騙人。」哈蘭已經不在乎自己說什麼了。「你嫉妒我。就這麼回事。你嫉妒我。你自己對諾伊絲有意思，偏偏她選擇了我。」

芬奇說:「你知道——」

「我什麼都知道。我不是笨蛋。或許我不是計算師，但這並不代表我就是笨蛋。你說在新的時空狀態下，她不會想要我。你怎麼會知道?你甚至不知道新的時空狀態會變成什麼樣。你甚至無法確定是不是一定會出現新的時空狀態。你才剛收到我的報告，一定要先分析報告才有辦法計算時空狀態改變計畫，更何況計算出來之後還要等上面核准。所以，你宣稱自己知道時空狀態會變成什麼樣，根本就是鬼扯。」

接下來，芬奇可能會出現各種不同的反應。此刻哈蘭熱血沸騰，腦袋很活絡，已經想到芬奇會有哪些反應，但他根本不在乎是哪一種。說不定芬奇會怒氣沖沖的走出去；說不定芬奇會叫幾個警衛進來，把他抓去監禁，因為他抗命；說不定芬奇會氣得反過來朝他大吼大叫；說不定芬奇會立刻和圖伊索聯絡，正式向他投訴；說不定——說不定——

然而，芬奇完全沒有出現這樣的反應。

他只是淡淡的說：「坐下，哈蘭，我們談談。」

哈蘭完全沒想到芬奇會是這樣的反應，下巴幾乎快掉下來。他坐下來，滿腦子困惑。他完全猜錯了，到底怎麼回事？

「當然，你一定記得我告訴過你。」芬奇說：「我們在482世紀碰到的問題是，目前時空狀態下的普通人對永恆域有一種想法，可能會導致危險。這你應該記得吧？」他那種溫和的口吻彷彿老師在鼓勵一個成績很差的學生，但哈蘭感覺得到他眼中閃著銳利的光芒。

哈蘭說：「當然記得。」

「那你應該也記得我告訴過你，全時委員會不太願意接受我對這種狀況的分析，除非先進行嚴密觀察確認過。你有沒有想過，這意味著我早就預先計算出必要的時空狀態改變了？」

「但我的觀察不就是為了要確認嗎？」

「沒錯。」

「那麼，要正確分析我的報告是很花時間的。」

「沒這回事。你的報告根本沒意義。你剛剛說的話才是真正的確認。」

「我不懂你的意思。」

「聽著，哈蘭，我告訴你482世紀出了什麼問題。這個世紀某些上流階層，特別是女人，認為永恆人是真正的永恆人，也就是說，是長生不老的……老天，哈蘭，諾伊絲蘭本特不就是這麼說的嗎？二十分鐘前你不是告訴我她說了這樣的話？」

哈蘭愣愣的看著芬奇，想起當時諾伊絲依偎在他身上，用明媚動人的黑眼眸凝視著他，輕聲細語對他說：你是長生不老的，你是永恆人。

芬奇又繼續說：「這種想法是有危險的，不過，如果不考慮其他，單就這種想法本身來看，卻又不是那麼危險。雖然這種想法會給我們支部帶來麻煩，讓我們更難做事，不過計算的結果會顯示，只有少數人需要被改變。另外，如果改變是有好處的，那麼，在我們進行改變的時候，很明顯，這個世紀最需要被大幅改變的，不就是執迷於這種想法的人嗎？換句話說，就是上流階層的女性，也就是諾伊絲。」

「也許吧。不過需要被改變的人不見得是她。」

「告訴你，就是她。你真以為你的風采魅力足以讓這個千嬌百媚的女人對你這個無足輕重的執行人投懷送抱？得了吧，哈蘭，腦袋清醒一點好嗎？」

哈蘭的舌頭開始打結，說不出話來。

芬奇又說：「既然這些人認定永恆人是長生不老的，那麼，她們可能會衍生出另一種迷信。難道你沒猜到那種迷信是什麼？老天！哈蘭，告訴你，絕大多數女人都相信，只要和永恆人發生親密關係，凡人之軀的女人（她們知道自己是凡人之軀）就能夠變得長生不老！」

哈蘭開始動搖了。他還記得當時諾伊絲清清楚楚的說：要是我能夠變成永恆人……

然後她就吻了他。

芬奇又繼續說：「哈蘭，我真不敢相信她們竟然會有這種迷信。這是史無前例的，應該是從前改變時空狀態的時候偶然出現的隨機錯誤，所以我檢查上一次改變計劃的計算數據，根本找不到線索。對於我的分析計算，全時委員會要我提出直接證明，要有明確的證據。所以我選了蘭本特小姐作為理想的檢驗樣本，另外，我也選了你當另一個樣本──」

哈蘭掙扎著站起來。「你選我──當樣本──」

「很抱歉。」芬奇冷冷的說。「但這是必要的，你是一個非常理想的樣本。」

哈蘭瞪著他。

芬奇被他這樣一聲不吭的瞪著，總算還知道不好意思，身體扭了一下。他說：「你還不懂嗎？嗯，我看你還是不懂。聽著，哈蘭，你是永恆域最理想的產物，像死魚一樣冷感。你對女人不屑一顧，認為女人，還有和女人扯得上關係的一切，都是敗德的。嗯，不對，說得更準確一點，你認為女人是邪惡的。你整個人散發出來的就是這樣的態度。對任何一個女人來說，你在性方面的吸引力就像一條死了一個月的魚一樣。現在呢，出現了一個漂亮女人，她是縱情享樂的文化薰陶出來的產物，而在你們單獨相處的第一天晚上，她就迫不及待的勾引你，真的可以說是哀求你抱抱她。難道你看不出來這實在太不可能、太荒謬，除非——呃，這就是我們可以用來確認的證據。」

哈蘭好不容易才擠出一句話：「你是說她出賣她的——」

「不要說得這麼難聽。在這個世紀，性愛並不是什麼見不得人的事。唯一莫名其妙的是，她竟然選擇你當伴侶，還有，她這樣做竟然是為了想長生不老。這也太直接了當了。」

哈蘭忽然舉起雙手衝上去。此刻他已經喪失理智，唯一的瘋狂念頭就是掐死芬奇。

那一瞬間，芬奇立刻往後退，飛快掏出一把爆能槍，動作有點發抖。「別碰我！退後！」哈蘭還殘存著最後一絲理智，及時克制住自己的衝動。他頭髮散亂，汗流浹背，襯衫都濕透了。他氣得鼻孔發白，氣喘吁吁。

芬奇顫抖著說：「看吧，我太了解你了。我早就料到你的反應會很暴力。必要的話我真的會開槍。」

哈蘭大叫：「滾出去！」

「我會走，不過我要你先聽清楚。攻擊計算師，你可能會被降級，不過這件事就算了。過些時候你就會知道，我沒騙你。在新的時空狀態裡，無論諾伊絲蘭本特變成什麼樣的人，她都不會再有這種迷信。我規劃的時空狀態改變計畫，目的就是為了掃除這種迷信。一旦沒有了這種迷信，哈蘭——」這時他的聲音聽起來簡直像是嘶吼。「諾伊絲這樣的女人怎麼可能會喜歡你。」

圓滾滾的芬奇慢慢退到哈蘭宿舍門口，手上還舉著爆能槍。

接著他忽然停下腳步，用一種幸災樂禍的愉快口氣說：「當然啦，哈蘭，如果你已經佔有了她，那你要趁現在好好享受一下。你可以正式和她建立這種關係。當然啦，前提是如果你已經佔有了她。不過，哈蘭，時空狀態很快就要改變了，之後，你就沒辦法再擁有她了。真可惜啊，即使在永恆域，現在的一切也不見得會永遠存在，是不是啊哈蘭？」

哈蘭已經沒在看他。芬奇終究是贏了，現在正耀武揚威趾高氣揚的要離開了。哈蘭失神的低頭看著自己的腳趾。過了一會兒，當他再抬起頭，發現芬奇已經不見了——他走了多久了？五秒鐘？還是十五分鐘？哈蘭已經搞不清楚。

幾個小時過去了，感覺像一場噩夢。哈蘭感覺自己彷彿被囚禁在內心的監獄裡。芬奇說的都是真的，真實得如此透徹。現在哈蘭終於能夠用觀察員的角度回想自己和諾伊絲的關係。那短暫而異乎尋常的關係，現在看來已經變色了。

那根本不是什麼一見鍾情。他怎麼會相信那是一見鍾情？她怎麼可能會對他這樣的男人一見鐘情？

當然不可能。他眼裡湧出淚水，刺痛了眼睛，內心感到羞愧。這整件事根本就是冷酷的算計，太明顯了。那女人擁有令人無法抗拒的性感魅力，而且會毫不猶豫的用它來當武器，不受任何道德約束。她充分利用自己的迷人肉體，而且她並不是把安德魯哈蘭當成是一個人。哈蘭代表永恆域，而她對永恆域和永恆域的意義，想法是扭曲的。

哈蘭不自覺的摸著書櫃上的幾本書，然後眼睛沒看就隨手抽出一本翻開。

書上的字已經模糊了，褪色的插圖變成一塊塊難看的色斑，根本看不出是什麼東西。

芬奇為什麼不嫌麻煩的告訴他這些？照理說，他根本不應該這樣做。觀察員，或是任何一個執行觀察的人，都不准知道自己的觀察所達成的結果。觀察員理想的角色，是擺脫個人，成為一種客觀的工具，一旦知道了結果，他根本就無法客觀的觀察。

當然，芬奇這樣做，是因為嫉妒他，所以要踐踏他，用最惡毒的方式報復他。

哈蘭手指輕撫著翻開的那一頁，不自覺的盯著上面的一張圖片。那是一輛鮮紅色的地面車，款式造型是遠古時代晚期的風格，不過後來某些世紀的車也是類似的風格，像是45世紀、182世紀、590世紀、還有984世紀。在遠古時代，內燃機引擎是很普遍的，動力來源是天然石油提煉的燃料，輪胎是橡膠製的。當然，後來那些世紀就不是這樣了。

從前幫庫柏上課的時候，他就曾經跟庫柏說過這些。當時他說了一堆道理，而現在，他的心思彷彿迫不及待想逃離此刻不愉快的思緒，於是就飄回到上課的當時。這些與當下不相關的鮮明圖片驅散了他內心的痛苦。

「這些廣告——」當時他說：「比起同樣這本雜誌裡那些所謂的新聞報導，更有助於我們了解遠古時代。寫新聞報導的人都是認定，一般讀者對報導的題材，應該都具有基本常識，所以報導裡用的某些字眼都沒有進一步的解釋，因為作者認為沒必要。舉例來說，什麼是『高爾夫球』？」

庫柏立刻就說他不知道。

平常上課的時候，哈蘭總是儘量避免說教，但每次庫柏出現這種反應，哈蘭就會忍不住開始說教。「看雜誌的時候，偶爾會看到有些報導提到一些高爾夫球的相關訊息，由此我們可以推斷那是一種小球。另外，就算只是因為一篇高爾夫球的報導出現在體育欄裡，我們就能夠推斷那是某種運動使用的。我們甚至可以進一步推斷，高爾夫球是用某種長桿子打出去的，而這種運動的目的就是把球打進地上的一個小洞裡。只不過，這樣耗費心力推斷不是很麻煩嗎？你看看這篇廣告！這篇廣告的目的就是引誘大家買高爾夫球，而為了達到這個目的，廣告裡有很精美的高爾夫球特寫圖片，甚至還有剖面圖，讓大家看得到高爾夫球的內部結構。」

在庫柏出身的世紀，廣告並不像遠古時代晚期那麼盛行，所以他對廣告這種東西很不以為然。他說：「看這些人這樣自吹自擂，不是很噁心嗎？有人這樣吹噓自己的產品，誰會笨到去相信哪？如果產品有缺點，他會承認嗎？這樣吹牛恐怕是沒完沒了的吧？」

在哈蘭出身的世紀，廣告的效果還不錯。面對庫柏這種強烈的反感，他也只是揚起眉毛勸了他幾句。「你必須學著接受這種東西。這是當時的生活方式。無論哪個世紀的文化，只要他們的生活方式不會危害到人類，我們絕對不會反對。

這時哈蘭忽然又想到目前的處境，他的心思又回到了當下。他看著雜誌裡那些漫天吹噓的廣告，忽然興奮起來，問自己：他剛剛想到的東西真的是毫不相干的嗎？他蜿蜒纏繞的思緒是不是無意間衝破了黑暗，想到了回到諾伊絲身邊的辦法？

廣告！這種工具就是用來引誘那些本來不想買的人也去買產品。對那些生產汽車的廠商來說，消費者是不是主動想買他們的產品，有那麼重要嗎？如果能夠透過說服或誘騙的手段，讓鎖定的對象（沒錯，就是這個字眼）產生購買慾，這樣不是也很好嗎？

那麼，諾伊絲愛上他，究竟是出於真心，或是出於算計，有那麼重要嗎？只要兩人在一起時間夠久，她終究會愛上他的。他會想辦法讓她愛上他，到最後，她為什麼愛上他並不重要，重要的是她愛他。先前芬奇提到真實時空的小說，口氣很不屑，而此刻，哈蘭還真希望自己真的讀過那些小說。

接著哈蘭忽然想到一件事，不由得握緊拳頭。如果諾伊絲找上他——哈蘭，是為了想長生不老，那不就代表她之前一直還沒有採取行動？也就是說，她一直還沒有跟任何永恆人有過親密關係，而那也表示，她和芬奇的關係只不過是祕書和老闆的關係。如果不是這樣，她又何必找上他？

然而，芬奇一定嘗試過——他一定曾經付諸行動……（就算只是暗自推想，哈蘭也不敢再想下去）。照理說，芬奇大可親自上陣，證明這種迷信真的存在。有一段時間，諾伊絲一直跟在芬奇身邊。整天面對這樣的絕世尤物，芬奇怎麼可能沒動過一親芳澤的念頭？想也知道，諾伊絲一定拒絕了他。

後來，他只好叫哈蘭上場，沒想到哈蘭竟然成功了。就是因為這樣，芬奇醋勁大發，所以故意告訴哈蘭，諾伊絲別有用心，他永遠別想擁有她。他用這種方式報復哈蘭，折磨哈蘭。

無論和誰發生關係，都同樣可以長生不老，而諾伊絲的選擇是拒絕芬奇，接受哈蘭。她有太多人可以選擇，而她卻選擇了哈蘭。所以，那根本不是什麼算計。她對他是有感情的。

狂野的思緒在哈蘭腦海中翻騰洶湧，他越想越興奮。

他一定要擁有她，而且現在就必須得到，在時空狀態還沒有改變之前。芬奇離開之前語帶嘲諷的說什麼？即使在永恆域，現在的一切也不見得會永遠存在。

然而，真的是這樣嗎？真的是這樣嗎？

哈蘭已經知道自己必須怎麼做了。芬奇怨毒的冷嘲熱諷激得他開始想犯罪，而芬奇臨走前的嘲弄雖然讓他很難受，但最起碼給了他靈感，讓他想到該做什麼樣的事。

他一秒鐘都不肯浪費。他滿懷興奮，甚至興高采烈的走出宿舍，幾乎是用跑的。他準備要背叛永恆域，犯下一樁滔天大罪。

第八章　犯罪

沒人盤問他，也沒人攔他。

儘管執行人老是被排擠、被孤立，但終究還是有好處的。

他搭乘時間機到一個特定的時間點，然後來到一道通往真實時空的門前面，開始設定操控儀錶。當然，說不定有人同時要用這道門執行正常任務，他們可能會覺得奇怪，為什麼這道門有人在用。哈蘭考慮了一下，最後決定拿起識別徽章在登錄器上壓一下。一扇使用中的門有使用者登錄，比較不會引人注目，如果沒有人登錄反而會引起一陣騷動。

當然，他用這道門的時候，說不定會被芬奇撞見，那就慘了。儘管如此，他也只能賭賭自己的運氣了。

諾伊絲還站在那裡，一切都和他離開的那一剎一模一樣。先前他離開 482 世紀真實時空回到永恆域，在孤寂的煎熬中度過了幾個小時（真實時間），而現在他又回到了離開的那一刻，只差幾秒鐘，諾伊絲依然在原地沒動。

她顯得很驚訝。「什麼東西忘了拿嗎，安德魯？」

哈蘭用熱切的眼神看著她，可是沒有碰她。他還記得芬奇說過，諾伊絲並不是真心喜歡他，所以他有點怕諾伊絲不肯讓他碰她。他就只是冷冷的說：「聽著，妳現在要照我說的話去做。」

她說：「可是，出了什麼事嗎？你才剛走，你才剛走了不到一分鐘。」

「不用怕。」哈蘭說。他極力克制自己的衝動，不去牽她的手，不去安慰她，而只是冷冷的說了一句，彷彿冥冥中有個惡魔一直在驅使他犯錯。要回來找她，只容許在一段特定的時間裡回來，而他竟然在這段時間一開始的第一秒就回來了。他怎麼會做這樣的事？才剛離開不到幾秒就立刻又出現，這樣不是會嚇到她嗎？

（其實他知道為什麼。根據時空圖的指示，他有兩天的備用時間，而越前面的時間越安全，被人發現的機率比較低，所以他理所當然會儘量提早。然而，這樣做卻也是愚蠢的，會有風險，因為他很可能會計算錯誤，進入他離開前的時間點。那麼，會怎麼樣？結果就是他在觀察員時期學到的第一條法則：如果有人兩度進入同一個時空狀態，同時出現在那個真實時空的同一個時間點，他就有可能碰見另一個自己。

基於某個原因，那是要儘量避免的。什麼原因呢？對哈蘭來說，那是因為他不想碰見自己。他不想面對面看著另一個更早的（或更晚的）自己。另外，那也可能會導致時間出現矛盾。從前圖伊索老愛拿這件事開玩笑，他是怎麼說的？「時間是不會出現矛盾的，但那只是因為時間會極力避免自己出現矛盾。」）

哈蘭一直在想這些，腦海中思緒纏繞，而諾伊絲那明亮的大眼睛一直盯著他。

接著她湊近他，抬起冰涼的雙手捧著他熱呼呼的臉頰輕聲說：「你看起來很煩惱。」

哈蘭覺得她的眼神顯得柔情款款，但這怎麼可能？她已經達到目的了，還想要什麼？他抓住她的手腕嘶啞著聲音說：「妳願意跟我走嗎？現在就走，什麼都別問，照我說的去做，妳願意嗎？」。

「非走不可嗎？」她問。

「非走不可，諾伊絲！這件事很重要。」

「那我就跟你走。」她口氣很平靜，彷彿每天都有人這樣要求她，而她每次都答應。

來到時間機的入口，諾伊絲猶豫了一下，然後就跨進去。

哈蘭說：「諾伊絲，我們要沿著時間往上走。」

「意思是我們要去未來，對不對？」

她走進去的時候，時間機就已經發出細微的嗡嗡聲，而她都還沒坐好，哈蘭就輕輕碰了一下手邊的啟動開關。

開始穿越時間「移動」的時候，會有一種難以形容的感覺，但諾伊絲並沒有因為那種感覺出現噁心想吐的反應。他本來很擔心她會想吐。

她就只是靜靜坐著在那裡，那模樣美麗安詳得令他心疼。未經允許就把一個普通人帶進永恆域，這可是滔天大罪，然而，看著諾伊絲那模樣，哈蘭什麼都不在乎了。

諾伊絲問：「儀錶上顯示的數字是年嗎，安德魯？」

「是世紀。」

「你是說，我們已經到了一千年後的未來？這麼遠了？」

「沒錯。」

「可是我感覺不到。」

「我知道。」

她轉頭看看四周。「可是，我們是怎麼移動的？」

「我不知道，諾伊絲。」

「你不知道？」

「永恆域有很多東西是很難懂的。」

計時儀錶上的數字不斷跳動，越跳越快，快得變成一片模糊。哈蘭用手肘把操縱桿推到高速的位置。電力消耗猛然增加，發電廠的人可能會覺得奇怪，但他認為那可能性不大。他帶著諾伊絲回到永恆域的時候，並沒有人等著要抓他，這代表他已經成功了百分之九十。接下來唯一需要做的，就是把諾伊絲送到安全的地方。

接著哈蘭又看著她說：「永恆人並不是什麼都知道。」

「我不是永恆人。」她嘀咕說：「我知道的就更少了。」

哈蘭立刻心跳加速。還不是永恆人？可是芬奇不是說……

別再鑽牛角尖了。他哀求自己：別再鑽牛角尖了。她都跟你來了，而且還跟你有說有笑，你還想怎麼樣？

但他還是忍不住又問她：「妳認為永恆人是長生不老的，對不對？」

「呃，是這樣啦，因為大家都叫你們永恆人，而且大家都說你們是長生不老的。」說著她露出燦爛的笑容。「只不過，你們並不是真的長生不老吧？」

「那麼，妳並不認為我們是長生不老的，是嗎？」

「在永恆域待了一段時間之後，我就不這麼認為了。從他們說的一些話裡，我覺得他們並不像是長生不老的人，而且那裡有老人。」

「可是，那天晚上……妳說我是長生不老的。」

她在座位上挪了一下，湊近他，臉上還是帶著笑容。「當時我是想，說不定你真的是長生不老，誰知道呢？」

這時他說話的聲音透露出一絲無法壓抑的緊張。他說：「妳認為一個普通人要怎麼樣才能變成永恆人？」

她的笑容忽然僵住，而且，不知道是不是錯覺，他覺得她臉色似乎有些泛紅。她說：「你為什麼會這樣問？」

「我只是好奇。」

「真無聊。」她說。「我不想談這個。」她低頭看著自己柔美的手指。在傳送井柔和的光線中，她的指甲閃閃發亮，晶瑩剔透，不帶任何色澤。哈蘭看得出神，不由得想起有一次晚宴，發光的牆壁散發出柔和的紫外光，她的指甲在光的映照下不斷變化色澤，隨著手舉起的不同角度，一下變成蘋果綠，一下變成深紅色。像諾伊絲這麼聰明的女人有辦法讓指甲變換出好幾種光澤，彷彿能夠透過顏色的變化反映她的心情。藍色代表平靜，鮮黃色代表歡樂，紫色代表憂鬱，紅色代表熱情。

他問：「妳為什麼要跟我親熱？」

她頭一搖把頭髮甩到後面，眼睛盯著他，雪白的臉上神情嚴肅。她說：「如果你非要知道，那我就告訴你，一方面是因為我聽說女人可以透過這種方式變成永恆人。能夠長生不老，何樂而不為？」

「妳不是不相信嗎？」

「我是不相信。不過，對女人來說，這樣碰碰運氣也沒什麼壞處不是嗎？更何況——」

這時哈蘭神情嚴厲的看著她，那冷冽的眼神彷彿是用老家嚴苛的道德標準在譴責她。這種姿態是因為他怕她說出來的話會讓他大失所望，讓他傷心。「更何況什麼？」

「更何況我本來就想。」

「想跟我親熱?」

「是啊。」

「為什麼會找上我?」

「因為我喜歡你。因為我覺得你很好玩。」

「好玩!」

「呃,換個說法好了。我覺得你很古怪,這樣可以嗎?你總是拚命忍住不看我,但最後還是忍不住。你拚命想討厭我,但我看得出來你明明就很想要我。我想,我是有點可憐你。」

「可憐我什麼?」他感覺得到臉在發燙。

「可憐你為了想要我,竟然把自己搞得這麼煩惱。明明就很簡單啊,想要女人,只管開口不就好了嗎?表現得親切一點有那麼難嗎?有什麼好煩惱的?」

哈蘭點點頭。這就是482世紀的道德觀!「想要女人,只管開口不就好了嗎?」他喃喃嘀咕著。「就這麼簡單,不必花太多別的心思。」

「當然啦,前提是要女人願意。女人多半都願意,除非她喜歡別人。沒什麼好不願意的。這種事太簡單了。」

這下子輪到哈蘭難堪了。他低下頭。當然太簡單了，而且理所當然。在482世紀，這種事是多麼理所當然。這一點，全永恆域還有人比他更清楚嗎？如果他這時候開口追問兩人先前的事，那就真的太蠢了，蠢到極點。那簡直就像在他出身的世紀逼問女人為什麼敢在男人面前吃東西。

然而，他卻還是低聲下氣的問：「那麼，現在妳對我有什麼看法？」

「你是個很好的人。」她口氣溫柔。「還有，你好像一直沒辦法放鬆一點——你從來不笑的嗎？」

「沒什麼會讓我想笑，諾伊絲。」

「求求你嘛，我只是想知道你笑的時候臉會不會起皺，試試看嘛。」她伸出手指按住他的嘴角往後拉。他嚇了一跳，頭猛然往後仰，不由得露出笑容。

「看，你笑起來臉完全不會縐。你還蠻帥的。只要你常常練習，站在著鏡子前面對自己笑，眨眨眼睛——你就會發現自己更帥了。」

他的笑容一開始就很勉強，很快就消失了。

諾伊絲問：「我們碰到麻煩了，是不是？」

「沒錯，諾伊絲。我們碰到大麻煩了。」

「是因為我們做了那件事嗎？你跟我……那天晚上……」

「不完全是。」

「知道嗎，那都怪我。如果你覺得有必要的話，我可以去告訴他們那都是我不好。」

「絕對不行。」哈蘭很激動的說：「千萬不要怪自己。妳並沒有做錯什麼，絕對沒有。那是別的原因。」

諾伊絲盯著時間儀錶，有點緊張。「我們現在到哪裡了？上面的數字根本看不清楚。」

「妳應該問，到哪個世紀了。」哈蘭本能的糾正她。他減慢速度，終於看得到儀錶上的世紀數字。

她那明媚動人的眼睛睜得好大，長長的睫毛在雪白的臉上更顯得鮮明。「那數字正確嗎？」

哈蘭瞥了一眼儀錶，看到上面的數字已經超過 72000。「絕對正確。」

「可是，我們究竟要去哪裡？」

「應該問，我們要去哪個世紀。我們要去很遙遠的未來。」他神情嚴厲的說。「遙遠而安全的未來。在那裡，他們絕對找不到妳。」

然後他們默默看著不斷跳動的數字。在靜默中，哈蘭一次又一次告訴自己，這女人絕不是像芬奇說的那樣，為了想變成永恆人才跟他親熱。儘管她坦率承認這是一部分原因，但她也同樣坦率的告訴他，她這樣做更是因為她喜歡他。

這時諾伊絲忽然移動位置，哈蘭立刻抬頭看她。她走到哈蘭旁邊，毫不遲疑的操作儀錶讓時間機停下來，那瞬間減速令人很不舒服。

哈蘭立刻嚥下一口唾液，閉上眼睛，忍住那種噁心的感覺。他問：「怎麼回事？」

她臉色發白沒吭聲，過了好一會兒才說：「我不想去更遠的未來。那數字已經大得嚇人。」

計時儀錶上顯示：111,394。

哈蘭說：「夠遠了。」

然後他朝諾伊絲伸出手，一臉嚴肅。「來吧，諾伊絲，這裡就是妳暫時的家，妳要在這裡待一陣子。」

他們像孩子一樣手牽手走過一條條的通道。幾條主通道的燈都亮著，而有些房間裡一片陰暗，不過只要一碰觸控開關，燈就會亮起來。空氣很清新，一點都不滯悶，雖然感覺不到明顯的氣流，但看得出來通風系統在運作中。

諾伊絲輕聲說：「這裡都沒人嗎？」

「沒人。」哈蘭說。置身在「隱藏的世紀」就彷彿中了魔咒一樣，令人生畏。他努力想說得大聲一點，口氣堅定一點，想打破這個魔咒，但最後說出口卻還是輕聲細語。

他甚至不知道該怎麼形容這麼遠的未來。說這裡是 111,394 世紀，感覺很怪異。大家通常都只是簡單籠統的說「十萬世紀」。

操心這種問題本來是很無聊的，可是現在，穿越時間的興奮感消失了，他開始意識到自己來到永恆域從未有人涉足過的區域，那感覺是如此孤寂。他不喜歡這種感覺。他感覺到體內泛起一絲的寒意，而他知道，那是恐懼的寒意。他為此感到羞愧，特別是在諾伊絲面前，他更是羞愧得無地自容。

諾伊絲說：「這裡好乾淨，沒半點灰塵。」

「這裡有自動清潔系統。」哈蘭說。他說話的時候刻意說得很大聲，幾乎是聲嘶力竭。「可是這裡沒半個人，甚至從這個世紀起算，過去和未來的幾萬個世紀裡都沒有人。」

諾伊絲似乎相信了他說的話。「可是為什麼這裡什麼都有？我們剛剛經過好幾家賣食物的商店，還有微縮影片圖書室，你看到了嗎？」

「看到了。呃，這裡設備很齊全，而且不光是這裡，每個世紀的支部都有完整的設備。」

「可是，既然不會有人來，為什麼要弄這些設備？」

「這樣做是有道理的。」哈蘭說。談談這件事，或多或少驅散了心中的恐懼。對這件事，他知道的全是理論，大聲說出來，有助於他把事情解釋得更清楚，更具體。他說：「在永恆域開創的初期，在300到400世紀之間，有某個世紀發展出物質複製機。妳知道那是什麼嗎？那機器會產生一種共振力場，把能量轉化為物質。能量的次原子微粒會在不確定性容許的範圍內，完全依據樣本物質的原子序列組合起來，結果就會複製出一模一樣的物質。

「永恆域也採用了這種設備，因為我們用得著。當時，永恆域只有六、七百個支部。當然啦，我們一直計畫要擴展，『一年十個新支部』是當時的一句口號。只不過，有了物質複製機，什麼口號都不必喊了。我們建造了一個新支部，在裡面準備了食物、能源系統、飲水系統，還有最尖的自動化設備，應有盡有。然後，我們啟動物質複製機，複製了那個支部，為全永恆域的每一個世紀都複製了一個。我不知道他們當時複製到多遙遠的世紀——大概有幾百萬個世紀吧。」

「每個世紀的支部都像這裡一樣嗎，安德魯？」

「一模一樣。後來，永恆域不斷的擴展，我們就不斷的複製新支部，而且按照那個世紀的文化特色加以改造。一切都很順利，只有在進行到能量導向世紀的時候，我們才碰到問題。至於這個支部，我們還沒有著手進行——」（不需要讓她知道，永恆人無法進入隱藏的世紀的真實時空。說了又有什麼用？）

他瞥了她一眼，發現她似乎有點擔心，於是趕緊又說：「建立那些支部並沒有浪費。我們只用到能源，除此之外沒有消耗任何資源，更何況，有新星的能源可以吸取——」

她忽然打斷他的話。「我不是擔心這個。我只是在想，我怎麼都不記得。」

「不記得什麼？」

「你剛剛說物質複製機是 300 到 400 世紀期間發明的，可是我們 482 世紀從來沒見過啊。我讀歷史好像沒讀到過這種東西。」

哈蘭陷入深思。儘管他只比她高了五、六公分，但他忽然覺得跟她比起來，自己就像個巨人。她像是個孩子，一個小嬰兒，而他卻是有如神一般的永恆人。他必須很細心的教她，引導她了解真相。

於是他說：「諾伊絲，親愛的，我們找個地方坐下來——有些事我必須好好跟妳說明一下。」

時空狀態並不是永恆不變，而是可以隨意改變的，這個概念是任何人都無法輕易面對的。有時候，在最深沈的夢裡，哈蘭會回想起剛成為學員的那些日子，回想起當時內心的煎熬，因為他拚命想斬斷對自己出身的世紀、對真實時空的眷戀。

絕大多數學員要到六個月之後才會知道所有的真相，知道自己永遠無法回家了，絕無可能。這不光是因為永恆域的法規禁止他們回家，也是因為他們所熟悉的家很可能已經不存在了，或者說，從來不曾存在過。

知道真相之後，每個學員的反應都不一樣。哈蘭還記得那一天，導師亞洛終於明明白白說出有關時空狀態的真相，當時邦奇拉圖瑞特立刻臉色發白，神情憔悴。

那天晚上沒半個學員吃得下飯，大家擠成一團，彷彿想藉此取暖，除了拉圖瑞特。當天晚上他不見人影。很多人強顏歡笑，說笑話，可是卻一點也不好笑。

後來有人說話了，聲音有點顫抖，口氣猶豫。他說：「說不定我從來就沒有媽媽。假如我回到95世紀，說不定他們會問我：『你是誰？我們不認識你，我們這裡沒有你的紀錄，你根本不存在。』」

大家都點點頭露出苦笑。他們是一群寂寞的大男孩，什麼都沒了，只剩永恆域。

到了睡覺時間，他們終於看到了拉圖瑞特。他睡得很沈，呼吸很緩慢，不過有人注意到他左臂彎有點紅紅的，是注射的痕跡。幸虧注意到了。

大家趕緊把亞洛找來。有那麼一陣子，大家覺得學院恐怕就要少一個學員，可是後來拉圖瑞特還是被救活了。一個星期後，他又出現在座位上，然而，那個可怕的夜晚已經在他的心靈烙下了痕跡，一直到現在，哈蘭看到的拉圖瑞特，都不再是原來的他了。

而現在，哈蘭勢必要對諾伊絲蘭本特解釋時空狀態的事。這個女人比當年那些學員大不了幾歲，而現在他卻必須一下子就向她完整說明一切。他非說不可，別無選擇。他必須讓她清楚知道，現在他們面對的是什麼，她必須做些什麼。

於是他把一切都告訴了她。他們坐在一張可以容納十二個人的會議桌旁邊，吃肉罐頭、冰水果，喝牛奶。他一邊吃，一邊跟她說明了一切。

他儘可能說得很委婉，可是卻發現自己根本不需要委婉。他說的每一件事，她一下就明白了，而且說了還不到一半，他就發現她的反應並不激烈，令他大吃一驚。她並沒有露出害怕的樣子，也看不出有什麼失落感。她唯一顯露出來的，是憤怒。

憤怒顯露在她臉上。她臉色泛紅，烏黑的眼睛似乎因此顯得更黑。

「這實在很邪惡。」她說：「永恆人憑什麼這樣做？」

「這是為了人類的福祉。」哈蘭說。當然，她沒辦法真的懂這個道理。普通人總是無法跳脫真實時空的思考方式，這令他感到遺憾。

「是嗎？如果我猜得沒錯，物質複製機就是因為這樣被你們抹滅了。」

「我們還有複製機。這妳不用擔心。我們保存了複製機。」

「你們保存了複製機。那我們呢？我們482世紀的人本來可以擁有的。」她掄起雙拳輕輕揮了一下。

「那種東西對你們不會有好處。親愛的，聽我說，別太激動。」他突然伸手抓住她的手，緊緊握住，那動作有如抽搐一般（他真的有必要好好學習怎麼碰觸她，動作要自然，免得畏畏縮縮的動作會引起她的反感）。

一開始她想掙脫他的手，但很快就放鬆下來，任由他握著，甚至還笑了一下。「噢，傻瓜，你說啊，還有，表情不要那麼嚴肅好不好，我又沒怪你。」

「別怪罪任何人。根本沒必要這樣。我們只是做了非做不可的事。物質複製機就是一個典型的例子。我還在學院的時候就研究過這個案例。當你有能力複製物質，你就能夠複製人，而這引發的問題是非常複雜的。」

「一個社會的問題不是應該由他們自己來解決嗎？」

「是這樣沒錯，可是，我們研究過那個社會長時間的發展，發現那個問題並沒有妥善解決。別忘了，如果問題沒有解決，影響到的不只是當時的社會，還有後來的社會。事實上，物質複製機引發的問題，根本沒有妥善的解決方案。那就像核子戰爭和人工造夢之類的東西一樣，是不容許存在的，後續的發展永遠令人失望。」

「你憑什麼這麼肯定？」

「因為我們有計算機，諾伊絲。我們的計算中心是很精確的，遠比真實時空裡任何一個世紀發展出來的計算機精確得多。計算中心會計算出所有可能的時空狀態，然後開始統計這成千上萬的可能狀態，評估每種狀態的優劣等級。」

「計算機！」她用不屑的口吻說。

哈蘭皺起眉頭，但表情很快又和緩了。「不要這樣。現在妳已經知道，人的生命並不是妳以為的那麼穩定，所以妳會感到忿忿不平，這很正常。妳和妳生活的世界，在一年前也許只是一種可能的時空狀態，不過那也無所謂，畢竟妳記得從前的一切，不管那是不是某種可能狀態下的記憶，終究還是妳的記憶，不是嗎？妳記得自己的童年和父母，不是嗎？」

「當然記得。」

「那麼，那也就等於妳經歷過那記憶中的一切，不是嗎？我的意思是，不管妳是不是真的經歷過，那終究都是妳的記憶。」

「我不知道該怎麼說。我要想一想。萬一明天這個時空又變成夢裡的世界，或是變成某種可能的狀態，或是變成隨便你怎麼稱呼的東西，那會怎麼樣？」

「這樣的話，就會出現一個新的時空狀態，妳也會變成另一個妳，擁有不一樣的記憶。整個世界感覺上一切如常，彷彿什麼都沒有發生，只不過，不知不覺中，人類又會過得更幸福。」

「可是我不覺得這有什麼好高興的。」

「更何況。」哈蘭迫不及待的又說：「現在的妳不會有任何改變。再過不久就會出現新的時空狀態，不過，妳在永恆域，所以妳不會改變。」

「你不是說就算時空狀態改變也無所謂嗎？」諾伊絲悶悶不樂的說。「那又何必這麼麻煩？」

哈蘭突然熱情洋溢的說：「因為我希望妳永遠是原來的妳，和現在一模一樣。我不希望妳改變。」

說到這裡，他差點就脫口說出另一句真心話：要不是因為她對永恆人和長生不老抱著不切實際的幻想，她永遠不會喜歡上他。

她微微皺起眉頭看看四周說：「那麼，我必須永遠待在這裡嗎？這樣我會很——寂寞。」

「不會，不會的！別胡思亂想。」他說得很激動，緊緊抓住她的手，抓得太用力，痛得她皺起眉頭。「我會去查清楚，在482世紀的新時空狀態裡，妳會變成什麼樣，然後，這麼說吧，妳就可以假扮成那個樣子回去。我會照顧妳。我會提出申請，請他們批准我和妳建立正式的親密關係，而且，我會確保接下來的時空狀態改變不會影響到妳。」接著他神情嚴肅的又補了一句。「另外，我還知道很多別的事情。」說到這裡他就停了。

諾伊絲說：「他們會允許你這樣做嗎？我的意思是，你可以隨意把人帶進永恆域，以免他們被改變嗎？根據你先前告訴我的那些事，我覺得這樣好像不太對勁。」

這時哈蘭忽然感覺過去未來的千萬個世紀有如一片巨大無比的虛空包圍著他，令他不寒而慄，感覺自己好渺小。永恆域是他僅有的家，唯一的信仰，而此刻，他感覺自己和永恆域之間的聯繫被切斷了。現在，他被隔絕在永恆域之外，同時又遊離在真實時空之外，什麼都沒有了，只剩下這個女人。他拋棄了一切，都是為了這個女人。

於是哈蘭說話了，說的是肺腑之言。「沒錯，這是犯罪，罪大惡極，而且我感到非常羞愧。不過，必要的話，我會再犯同樣的罪，甚至一犯再犯也在所不惜。」

「是為了我嗎，安德魯?為了我嗎?」

他眼睛看著地上，不敢看她。「不，諾伊絲，是為了我自己。我不能失去妳，我承受不了。」

她說：「萬一我們被逮到……」

哈蘭知道答案是什麼。482世紀那天晚上，他躺在床上，諾伊絲依偎在他身邊，當時他領悟到一件事，從那一刻起，他就已經知道答案了，只不過，儘管他知道那驚人的真相，他卻不敢多想。

他說：「我什麼人都不怕。我有辦法保護自己。他們根本無法想像我知道多少。」

第九章 插曲

回想起來，接下來的那些日子過得平靜愉快，充滿詩情畫意。那幾個星期裡發生了上百件事，後來，那些事在哈蘭的記憶裡糾纏不清，所以那幾個星期感覺上比實際的時間更漫長。當然，唯有和諾伊絲在一起的時刻才會讓他有詩情畫意的感覺，同時也為其他所有的事帶來一線光明。

第一件事：在482世紀，他慢條斯理的打包收拾自己的東西，包括衣服、微縮影片，還有遠古時代的新聞雜誌。那些雜誌是他細心照料的心愛寶貝，絕大多數都要送回他永久的駐地——575世紀。移送的時候，他很不放心的親自監督。

庶務部的人把那些雜誌一批批抬上運輸時間機。最後一批要抬上去的時候，芬奇就站在他旁邊。

芬奇說話了，措詞維持他一貫的老套。「看樣子，你要離開我們了。」他露出燦爛的微笑，但嘴唇卻儘量閉著，只露出一點點牙齒。他雙手交叉在背後，肥嘟嘟的身體不時向前搖晃，因為他站立的姿勢微微向前傾，身體的重量是靠腳掌前緣支撐。

哈蘭冷冷的低聲說了一句，連看都不看他的上司一眼。「是的，長官。」

芬奇說：「這次在482世紀執行觀察任務，整體來說你的態度還不錯，這一點我會向高階計算師圖伊索報告。」

哈蘭氣得連一句感謝的話都說不出，沒吭聲。

芬奇突然又壓低聲音繼續說：「至於你企圖對我施加暴力的行為，目前我還不打算報告。」

儘管他依然面帶笑容，眼神和藹，但他那種得意的口氣卻是不懷好意的。

哈蘭立刻抬頭瞪著他說：「隨便你，長官。」

第二件事：他回到575世紀，重新安頓下來。

他幾乎是一回來就立刻去見圖伊索。他發覺自己很高興看到這位小個子的老人，看到他那張精靈般滿是皺紋的臉。他甚至很高興看到圖伊索用兩根髒髒的手指夾著那根冒煙的白色小圓柱，然後飛快舉起來塞進嘴裡。

哈蘭說：「長官。」

圖伊索正從辦公室走出來，看了哈蘭好一會兒，可是卻顯得心不在焉，沒有一下就認出哈蘭。他臉色憔悴，瞇著眼睛，眼神疲憊。

他說：「噢，執行人哈蘭。482 世紀的任務完成了嗎？」

「是的，長官。」

圖伊索接下來的反應有點奇怪。他看著手錶說：「年輕人，你這次執行任務，正中目標，恰到好處。幹得好！幹得好！」他的手錶和全永恆域的手錶一樣，都是根據正常時間計時，上面有日期和時間刻度。

哈蘭立刻心頭一震。上次見面的時候，如果圖伊索說出這些話，他一定無法領悟話中的涵義，而此刻他忽然明白了。圖伊索很可能是累了，否則他絕不可能把重點直接說出來，或者，也可能他覺得這些話還是很隱晦的，就算說出了重點別人也聽不出來。

哈蘭說話刻意說得漫不經心，儘可能顧左右而言他，避免自己的話和圖伊索提到的事有任何關連。他說：「我那位徒弟還好嗎？」

「很好，很好。」圖伊索說話顯然心不在焉。他猛吸了一口嘴上那根越燒越短的煙，迅速點了個頭，然後就匆匆走了。

第三件事：徒弟學員。

他看起來更像大人了。他伸出手說：「很高興看到你回來，哈蘭。」那模樣看起來比從前成熟穩重得多。

哈蘭會有這種感覺，或許只是因為先前在他心目中，庫柏就是個小徒弟，而現在他看起來已經不再是學員生嫩的模樣。現在他看起來就像永恆人手中的巨大武器，所以自然而然的，他在哈蘭心目中的份量不一樣了。

但哈蘭刻意不讓庫柏知道自己的感覺。他們在哈蘭的宿舍裡，四面八方都是磁磚，那種光滑柔細的感覺令哈蘭沈醉，他很高興自己終於擺脫了482世紀浮誇華麗的環境。他試著想把482世紀狂野的巴洛克風格和諾伊絲聯想在一起，但他聯想到的卻是芬奇。想到諾伊絲，他聯想到的是夕陽餘暉的柔美紅暈，而奇怪的是，他也會聯想到隱藏的世紀支部那種簡樸的環境。

他迫不及待開口說話，彷彿急著想隱藏內心不安的思緒。「呃，庫柏，我不在的時候，他們讓你做什麼？」

庫柏笑起來，不自覺伸出一根手指捻捻下垂的鬍鬚說：「更進一步研究數學。永遠都是數學。」

「哦？現在研究的應該是很高階的吧？」

「非常高階。」

「研究得怎麼樣？」

「目前為此還能應付。你知道，按部就班學習並不難，我喜歡這樣，不過現在他們開始要我研究很高深的東西。」

哈蘭點點頭，心裡相當滿意。他說：「你現在研究的應該是時間力場矩陣和所有相關的東西吧？」

庫柏神情有點興奮，但他卻轉身看著書架上那堆書說：「我們還是來研究遠古歷史吧，我有問題想問你。」

「什麼問題？」

「有關 23 世紀的都市生活，特別是洛杉磯。」

「你為什麼會選洛杉磯？」

「那是一個很有意思的城市，你不覺得嗎？」

「沒錯，不過我們應該研究的是21世紀的洛杉磯。洛杉磯發展最鼎盛的時候是在21世紀。」

「呃，我們還是來研究一下23世紀吧。」

哈蘭說：「噢，可以啊。」

哈蘭面無表情，不過，如果那層表情可以剝開的話，你會看到他神色凝重。他早就直覺的懷疑一件牽涉很廣的事，而且那絕不只是猜測。他正一步步仔細確認每一件事。

第四件事：研究。雙重研究。

首先是為了他自己。每天他都會把圖伊索桌上的報告仔細看過一遍。那些報告牽涉到各種時空狀態改變計畫，有些是已經排定要執行的，有些是建議的。由於圖伊索是全時委員會的成員，所有的報告都必須呈交給他，所以哈蘭不會漏掉任何一份報告。他最先看的是482世紀即將執行的計畫報告，然後他看遍了其他報告，想透過自己受過訓練的眼睛，發揮執行人的才能，找出哪些計畫有漏洞、不夠完善，或是有誤差，無法達成可預期的最大效益。

從最嚴格的角度來說，這些報告不是他有資格研究的，不過這陣子圖伊索很少待在辦公室，而他又是圖伊索的專任執行人，所以沒有人敢干預他。

看那些報告只是研究的一部分，另一部分則是要在575世紀支部的圖書館裡研究。

從前他通常只對圖書館裡某些類型的書感興趣，而現在是他第一次嘗試跳脫那個類型，探索別的書。從前他就只沈迷於遠古歷史的書（只不過這類藏書非常稀少，所以理所當然，他絕大多數的參考書和原始資料，都是用時間機回到21世紀至30世紀這千年期間收集的）。現在他的閱讀範圍甚至擴及到時空狀態改變方面。他翻遍了架上的微縮影片，把有關時空狀態改變的理論、技術和歷史的書全部找出來。這方面的藏書非常豐富（除了中央總部，575世紀支部圖書館這方面的藏書是全永恆域最豐富的，這要歸功於圖伊索）。沒多久，他就精通了時空狀態改變的相關知識。

另外有很多架上擺著其他類型的微縮影片。他在一排又一排的架子間走來走去，感到好奇。有些架子專門存放575世紀的相關資料，這是他第一次「觀察」（從觀察員的角度）這些資料。資料的內容顯示，在地理方面，不同的時空狀態之間差異不大。歷史方面，差異變大了，而社會方面的差異就更大了。這些575世紀的書和報導，並不是永恆人寫的（不是他熟悉的觀察員或計算師），而是真實時空的普通人自己寫的。

其中有一些是575世紀的文學作品。這些作品喚起了他的記憶，令他回想起從前聽過的一些爭論：改變時空狀態有什麼價值？這部文學傑作本身是不是也被改變了？如果是的話，哪些內容改變了？先前的時空狀態改變對藝術作品造成了什麼影響？

在這種情況下，對於藝術大家會有共識嗎？藝術會不會沈淪到變成一種數量化的東西，可以用計算機評估價值？

在這個議題上，圖伊索的頭號對手是一個名叫奧古斯特聖納的計算師。哈蘭曾經聽圖伊索怒氣沖沖的批判那個人和他的觀點，於是在好奇心的驅使下，哈蘭把那人的論文找來看，看了大吃一驚。

聖納公開提出一個問題，一個令哈蘭感到不安的問題：有個人被帶進永恆域之後，他原先所在的時空狀態被改變了，那麼在新的時空狀態裡，真的就不會有另一個類似的他嗎？永恆人，無論事前知不知情，有沒有可能在真實時空遇見另一個自己？聖納分析了那種可能性，並分別針對知情或不知情兩種狀況推論出結果（這幾乎就是永恆域最深的一種恐懼，哈蘭匆匆看完了那些推論，看得膽戰心驚）。最後，聖納當然也討論到文學和藝術。在各種不同類型的時空狀態改變之下，文學和藝術的命運是什麼？

然而，圖伊索根本不會認同聖納對文學和藝術的論點。「如果藝術沒辦法透過計算機來評估價值……」他會對哈蘭大喊著說。「那麼，這問題有什麼好討論的？」

據哈蘭所知，全時委員會絕大多數成員都抱持和圖伊索一樣的看法。

有幾座架上擺的全是艾瑞克林克魯的小說，很多人說他是575世紀的偉大作家。哈蘭站在那些架子前面思索著。他算了一下，發現架上擺了十五套不一樣的「全集」，所以可想而知，每套全集都是從不同的時空狀態裡取得的。他很確定每套全集都各有一些不同的地方。舉例來說，其中有一套的篇幅顯然就比其他全集少。他想像得到，數以百計的社會學家一定都寫了論文，依據每個時空狀態的社會背景分析這些全集之間的差異，藉此贏得學術聲望。

接著他走到圖書館的側區，那裡保存的全都是575世紀不同時空狀態下出現的裝置和儀器。這些都是人類聰明才智的產物，而據哈蘭所知，在真實時空裡，這些東西多半都已經被抹滅，只在永恆域裡完整保存。人類的技術頭腦太發達反而會危害到人類自己，所以勢必要加以控制。保護人類是永恆域至高無上的使命。用不到一年的時間，真實時空某個年代的核子科技就會發展到危險的程度，必須立刻抹滅。

他回到圖書館主區，走到數學和數學史的架子前面，伸出手指撫過一盒盒的微縮影片，想了一下，然後從架上拿了五、六盒去登記借閱。

第五件事：諾伊絲。

這才是整個插曲真正重要的部份，唯一詩情畫意的部分。

從前每到休息時間，等庫柏走了以後，他通常都是一個人吃飯，一個人看書，一個人睡覺，一個人等著第二天來臨。而現在，他會去搭時間機。

他打心底慶幸執行人在永恆域的處境。他暗暗謝天謝地，因為大家都會想盡辦法避開執行人。從前他做夢都想不到自己會因為這樣感到慶幸。

他可以光明正大的使用時間機，沒人會質疑，而他究竟是到過去還是未來，也不會有人過問。沒人會好奇多看他一眼，沒人會主動幫他，也沒人會多嘴跟他談這件事。

他愛去哪裡就去哪裡，愛去哪個世紀就去哪個世紀。

諾伊絲對他說：「安德魯，你變了。老天，你整個人都不一樣了。」

他面帶微笑看著她問：「我哪裡不一樣了，諾伊絲？」

「你沒注意到自己臉上有笑容嗎？就是這個不一樣。難道你從來不照鏡子，沒看到自己在笑嗎？」

「我不敢照鏡子。我會告訴自己：我不可能那麼快樂，我精神錯亂，發瘋了，活在白日夢裡自己卻不知道。」

諾伊絲湊近他，伸手捏了他一下。「怎麼樣，會痛嗎？」

他摟住她的頭拉過來，吻上她的唇，感覺她烏黑柔軟的秀髮埋住了他的臉。

過了好一會兒他才放開她，她氣喘吁吁的說：「這方面你也變了，變得非常厲害。」

「因為我有個好老師。」哈蘭才說出口就立刻停住，因為他擔心話中隱含的意思會惹她不高興：她經歷過多少男人才變成了好老師。

但她笑得很開心，似乎對他話中隱含的意思不以為意。他們吃飯的時候，她身上穿的，是他特地到她真實時空的家裡拿來的衣服，整個人看起來如此柔美明艷，散發著熱力。

那裙子緊貼著她的腿，曲線柔美，他看得目不轉睛。她手指順著他的視線輕撫著裙子，把裙子拉鬆一點。「你實在不應該這樣做，安德魯。真希望你沒有這樣做。」

「不會有危險。」他漫不經心的說。

「別說傻話，當然有危險。這裡有什麼衣服，我就穿什麼衣服。我可以將就著穿，等——等你把事情都安排好。」

「妳本來就應該穿自己的衣服，戴自己的首飾，這有什麼不對？」

「因為那不值得你冒險到我真實時空的家裡去拿。你可能會被逮到。更何況，萬一你在那裡的時候，他們正好改變了時空狀態，那怎麼辦？」

他有點不自在，沒有正面回答這個問題。「他們逮不到我的。」接著又充滿自信的說：「我手腕上的力場啟動環會保護我，讓我一直留在真實時間裡，所以時空狀態改變不會影響到我，妳明白嗎？」

諾伊絲嘆了口氣。「我不明白。我恐怕永遠不會明白。」

「這很簡單。」接著他一次又一次的解釋給諾伊絲聽，說得熱情洋溢，而諾伊絲則是聽得眼睛發亮，可是卻看不出她是真的有興趣，或只是覺得好玩。或許兩者都有吧。

而對哈蘭來說，這為他的生活增添了不少情趣。終於有個人可以和他說說話，聊聊他的人生，聊聊他的所作所為和想法。那種感覺，彷彿她是他生命的一部分，但兩人並不是真的連成一體，無法共享思緒，必須靠說話溝通。她是他生命的一部份，卻又是相當獨立的個體，有自己的思緒，所以他無法預知她會怎麼回應他說的話。哈蘭心裡想，很奇怪，從前「觀察」婚姻這樣的社會現象的時候，怎麼會漏掉這麼關鍵的狀況。舉例來說，他怎麼也想不到，詩情畫意的平靜生活竟然會是這麼熱情甜蜜。

她依偎在他的臂彎裡說：「數學研究得怎麼樣了？」

哈蘭說：「妳想看看嗎？」

她說：「你該不會一直帶在身上吧？」

「會啊。搭時間機是很花時間的，浪費掉不是很可惜嗎？」

他放開她，從口袋裡掏出一個小小的閱覽器，把微縮影片插進去，然後遞給她，面帶微笑的看著她把閱覽器戴到眼睛上。

過了一會兒，她把閱覽器還給他，搖搖頭說：「從來沒看過這麼多彎彎曲曲的線條。要是能看得懂這種標準全時語，該有多好。」

「其實——」哈蘭說。「妳說的那些彎曲曲的線條，絕大多數都不是標準全時語，只是一些數學符號。」

「不過你看得懂，對吧？」

看到諾伊絲眼中流露出的毫無保留的崇拜，哈蘭實在很不想潑她冷水，但還是不得不說：

「很希望我真有那麼懂，只可惜我懂得還不夠多。不過，我學到數學，已經足以滿足我的需求。光靠我現在學到的，我已經能夠判斷牆上的洞夠不夠大，運輸時間機能不能穿得過去。我不需要什麼都懂。」

他把閱覽器拋到半空中，然後飛快揮手抓住，放到旁邊的小桌上。

諾伊絲眼睛盯著那個瀏覽器，眼神中滿是渴望。哈蘭看到她那模樣，忽然想到一件事。

「噢，老天！我差點忘了，妳剛剛說妳根本看不懂全時語，對吧？」

「是啊。我當然看不懂。」

「那麼，這個支部的圖書館對妳一點用都沒有。我一直沒有想到這一點。我應該去 482 世紀把妳的微縮影片拿來。」

她立刻說：「不用，我不想看。」

他說：「我會拿來給妳。」

「說真的，我不想要。那太冒險了——」

「我一定會拿來給妳。」他說。

他又一次站在隔幕前面。隔幕的這邊是永恆域，另一邊就是諾伊絲在482世紀家。他告訴自己，這是最後一次了。只不過，上次他來的時候也是這樣告訴自己。時空狀態已經快要改變了。這件事他並沒有告訴諾伊絲，因為他必須顧慮到她的感受。這是一種體貼。對於被改變的時空狀態裡的任何人，他都會體貼，更何況對他心愛的人。

不過，他幾乎是沒怎麼猶豫就決定要再多跑這一趟。這一方面是為了逞英雄，在諾伊絲面前顯威風，從獅子嘴裡拿回她的微縮影片。另一方面，就像那句俗話說的，他渴望「在老虎頭上拍蒼蠅」，而且還能夠全身而退。那個油頭粉面的芬奇就勉強算是那隻老虎吧。

另外，他也會有機會重新回味一下這間房子的氣氛。時空狀態改變之後，這房子恐怕就不再是原來的模樣了。

他品味過那種氣氛。先前他遵照時空圖指示的寬限期間小心翼翼來過幾次。他走進幾間房間，拿了諾伊絲的衣服、小首飾和幾個奇奇怪怪的盒子，再從諾伊絲那張華麗的桌上拿了一些儀器，當時他就品味過那種氣氛。

屋子裡悄無聲息，而且那不只是寂靜，而是時空狀態改變前的一種陰森森的死寂。哈蘭根本無法預知這間房子在新的時空狀態裡會變成什麼樣子。它可能會變成郊區的一間小屋，或是城裡街上的一間公寓。它也可能會消失，而四周的園地會變成一片未開墾的荒地。不過，也有可能這房子會維持原樣。他甚至悄悄希望另一個諾伊絲也還會住在裡面，不過，當然也可能不在了。

對哈蘭來說，這房子已經有如幽靈一般，還沒真的消逝就已經陰魂不散。在他心目中，這房子的意義非比尋常，正因為如此，眼看房子即將消逝，他內心忿忿不平，深深感傷。

先前他來過五次，在屋子裡走來走去。屋子裡通常都是靜悄悄的，可是有那麼一次，他竟然聽到聲音。當時他在廚房，心中暗自慶幸，還好在 482 世紀的這個時空狀態裡，大家都不流行用僕人，省了他不少麻煩。記得當時他在一堆食品罐頭前面東挑西揀，心裡正在想，這一趟拿的東西夠多了，而諾伊絲應該會很開心，因為她終於可以吃她喜歡的東西，不必再吃支部裡的食品。支部裡吃的東西很多，可是很單調。他甚至笑出聲音，因為他想到不久前他還嫌棄過 482 世紀的食物，覺得她吃的東西太過享受。

就在笑的時候，他忽然聽到很清楚的啪的一聲。他嚇呆了！

那聲音是從他身後某個地方傳過來的。一開始他嚇住了，動也不動，那時他最先想到的是有人闖空門，這比較沒什麼危險，但接著他又想到，也可能是有永恆人來這裡調查，這就比較危險了。

不可能是有人闖空門。時空圖上設定的期間和寬限期間，都是從真實時間裡許多類似的期間精心挑選出來的，因為期間裡沒有其他人事物會導致狀況變複雜。另一方面，當初他把諾伊絲帶走的時候，就已經導致時空狀態出現輕微的變化（也許還不夠輕微）。

他心臟怦怦狂跳，硬著頭皮轉身去看。他看到身後那扇門似乎正漸漸關上，只差一點點就完全關閉。

他有一股衝動想打開門搜查房子，但最後還是忍住了。他帶著諾伊絲的食物回到永恆域，在那裡等了兩天，看看自己有沒有造成什麼影響。還沒確定之前，他不能貿然前往遙遠的未來。過了兩天，確定沒問題，他就去未來找諾伊絲，後來就忘了這件事。

此刻，他變動腕帶上的操控，準備進入 482 世紀的真實時空，這是最後一次了。這時他忽然又想起那件事。另外，也可能是因為他想到時空狀態改變已經迫在眉睫，心裡很緊張。後來當他回想這一刻，他認為可能是因為想到那件事，或是因為心裡太緊張，所以變動操控時候出了差錯。除此之外他想不出別的原因。

一開始並沒有立即的跡象顯示操控出了差錯。操控很精準的定位到正確的房間，於是哈蘭直接就來到諾伊絲的書房。

現在他自己也已經很習慣482世紀那種浮華享樂的風格，所以微縮影片盒那種裝飾複雜的設計並不足以對他造成困擾。盒子上滿是錯綜複雜的金銀絲線裝飾，加上書名的字體，看起來美輪美奐，可是卻導致書名幾乎無法辨認。在這個世紀，對美感的追求徹底壓倒了實用性。

哈蘭從架子隨便拿了幾盒影片，看了一下，心裡有點驚訝。其中有一盒的書名是：《當代社會與經濟史》。

哈蘭幾乎沒想過諾伊絲竟然會有這方面的興趣。她當然不笨，但他從來沒想過她會對這種嚴肅的東西有興趣。哈蘭本來想用閱覽器看看這本社會經濟史，但終究還是忍住了。反正他想看的話，482世紀支部的圖書館一定找得到。幾個月前，芬奇一定早就把這個世紀真實時空的書都搜刮到永恆域保存了。

他把那盒影片擺到一邊，大略瞄了一遍架上的影片盒，從裡面挑了一些小說和內容輕鬆的非小說，再拿了兩個小型閱覽器，小心翼翼收進背包裡。

就在這時候，他又聽到屋子裡有聲音，而且這次很清楚的聽出那是什麼聲音。那不是短促的、無法分辨的聲音，而是笑聲，一個男人的笑聲。屋子裡還有別人。

不知不覺，他手上的背包掉到地上。有那麼一剎那，他感到一陣暈眩，腦海中只想到一件事：

他被逮住了！

第十章　受困

他忽然覺得這一刻似乎是無可避免的，是對他最殘酷無情的嘲諷。這是他最後一次回到482世紀的真實時空，最後一次從芬奇嘴上拔鬍子，最後一次把需要的東西拿走，而偏偏就是這次被逮住。

那個大笑的人是芬奇嗎？還有誰會這樣追蹤他，守株待兔，躲在隔壁的房間等他，最後忍不住大笑起來？那麼，這樣就一切都完了嗎？在那震驚的片刻，他確實覺得一切都完了，然而，他並沒有想到要再度逃跑，或是企圖再啟動操控回永恆域。他打算和芬奇正面對決。必要的話，他會殺了芬奇。

笑聲是從那扇門後面傳來的。哈蘭走向那扇門，步伐很輕，下定決心準備殺人。他變動門的感應器，暫時解除了自動開關，用手開門。他一點一點的推開門，無聲無息。

隔壁房間那個人背對著他，身影看起來太高，不可能是芬奇。哈蘭原本氣勢洶洶，這下子忽然洩了氣，不敢再往前走。

一開始兩人都呆住，不敢輕舉妄動，但過了一會兒兩人漸漸恢復鎮定，房間裡那個人開始緩緩轉身。

但哈蘭並沒有等著看那個人完全轉過來。他還沒看清楚那人的樣子就忽然感到一陣驚駭，但內心的道德意識戰勝了恐懼，他用最後一絲力氣立刻衝出門外。他知道自己不可以看到那個人。門砰的一聲重重關上，但並不是哈蘭關的，而是自動關上。

他一步步往後退，眼睛沒看後面。他必須和空氣艱苦搏鬥才有辦法呼吸，拚命吸氣，拚命吐氣，而且心臟狂跳，彷彿快要從嘴裡跳出來了。

無論是芬奇、圖伊索，或甚至委員會全體成員加起都不足以讓他如此困惑不安。然而，他會驚慌失措，並不是因為他畏懼某種實體的事物，而是因為他承受不了剛剛看到的那一幕背後隱含的意義。那是一種發自本能的強烈排斥，他根本無力面對這種事。

他拿了幾盒微縮影片，亂七八糟疊成一堆抱在懷裡，然後手忙腳亂的變動操控，拚命想打開進入永恆域的入口，連試了兩次都打不開，到第三次才成功。他穿越入口，茫然的往前走，兩條腿只是本能的跨步前進。他不知道自己是怎麼回到 575 世紀，怎麼回到自己的宿舍。最近他才意識到執行人的身分和處境是有好處的，也為此感到慶幸，而現在這個身分又幫了他一次大忙。路上遇見的幾個永恆人都本能的側轉身體，眼睛盯著上面不看他。

他運氣很好，因為他知道此刻自己一定是面如死灰，愁眉苦臉，而且根本沒辦法讓臉上恢復血色，或是裝出輕鬆的表情。幸好他們都不看他，為此他暗暗慶幸，感謝時間，感謝永恆，感謝主宰命運的神祕力量。

他在諾伊絲家裡碰見那個人的時候，並沒有真正看清楚他的臉，但他可以百分之百確定那個人是誰。

第一次，他想到自己嫌棄過 482 世紀的食物，不自覺大笑起來，而就在那時候，他忽然聽到聲音，嚇得不敢再笑。那聲音是隔壁房間裡有很重的東西掉到地上的聲音。第二次，他聽到隔壁房間有人在笑，嚇壞了，手上那包微縮影片掉到地上。第一次，哈蘭轉身看到那扇門正漸漸關上，第二次，那人漸漸轉身的時候，哈蘭關上了門。

他碰見了自己！

在同樣的時間，在幾乎同樣的地點，他差點就和幾天前的自己面對面相遇。他變動操控的時候設定錯誤，設定到真實時間裡他已經使用過的某個時刻，於是他就遇見了他。哈蘭遇見了哈蘭。

接下來的幾天，他執行工作時候，始終籠罩在恐懼的陰影中。他咒罵自己是個膽小鬼，可是再怎麼罵也沒用。

從那一刻起，狀況真的就開始惡化，非常明顯。最後一次進入 482 世紀真實時空的時候，他變動了操控，結果卻設定錯誤，那就是關鍵時刻。從那一刻起，事情就開始不對勁，非常嚴重。

就在他意志消沈的這段期間，482 世紀的時空狀態改變了，使得他更消沈。接下來，他必須設法確認新時空狀態裡另一個諾伊絲的狀況。在過去的兩個星期裡，他研究了那些略有瑕疵的改變計畫建議案，選出了其中三個，而現在他要從那三個計劃裡再選出一個，可是卻陷入猶豫，無法決定。

最後他選了序號V—5的計畫。那個計畫是要改變 2456 到 2781 世紀的時空狀態。他會這樣選擇，有幾個理由。在三個計劃中，V—5計畫要改變的時空是在最遙遠的未來，和 482 世紀相隔最遠。另外，計畫中的錯誤很微小，不過卻影響到很多人命。接下來，他只需要儘快趕到 2456 世紀，施展一點小小的勒索手段，搞清楚新時空狀態下另一個諾伊絲的狀況。

然而，最近碰到狀況令他變得畏縮。他打算威脅 2456 世紀支部的人，說要揭發他們計劃的疏失，藉此脅迫他們合作，幫助他私下調查諾伊絲在新時空狀態下的狀況。這對他來說本來是輕而易舉的，但現在卻幾乎沒有勇氣去做。另外，就算他查清楚了另一個諾伊絲的狀況，那接下來呢？當然，就讓諾伊絲去扮演新時空狀態下另一個諾伊絲的角色，像是清潔人員、裁縫師、或是女工等等各式各樣的身分。然而，要怎麼處理另一個諾伊絲？萬一另一個諾伊絲結了婚，有自己的家庭，有丈夫小孩，那又該怎麼辦？

先前他完全沒考慮過這些問題。他逃避那些問題，反正就像俗話說的「船到橋頭自然直……」。

但現在他不得不面對了。現在他滿腦子想的全是這些問題。

他窩在宿舍裡自怨自艾的時候，圖伊索忽然用視訊和他聯絡。看到哈蘭的樣子，他似乎有點困惑，問哈蘭怎麼了。他的聲音聽起來有點疲憊。

「怎麼了，哈蘭，你生病了嗎？庫柏說你跳過好幾堂課沒幫他上。」

哈蘭努力想掩飾自己煩惱的表情。「我沒事，長官，我只是有點累。」

「噢，那就難怪你沒去幫他上課。沒事就好，年輕人。」他臉上露出一絲微笑，但瞬間就消失。「482 世紀的時空狀態改變了，你聽說了嗎？」

「聽說了。」哈蘭立刻就回答。

「芬奇跟我聯絡了。」圖伊索說。「他要我轉告你，時空狀態改變圓滿成功。」

哈蘭聳聳肩，但他很快就意識到視訊螢幕裡的圖伊索正盯著他，眼神很嚴厲。他開始感到不自在，開口問：「有什麼問題嗎，長官？」

「沒有。」圖伊索說。或許是因為年紀大了，他的口氣有點莫名的悲傷。「我以為你會說些什麼。」

「沒有。」哈蘭說。「我沒有什麼要說的。」

「嗯，那麼，年輕人，明天我們在計算室門口碰面，我有很多話要跟你說。」

「好的，長官。」哈蘭說。螢幕變暗了，但他眼睛卻還盯著螢幕，看了好久。

圖伊索剛剛說的話，聽起來不太妙，感覺危機逼近了。芬奇跟圖伊索聯絡了，對吧？芬奇報告的內容，有什麼是圖伊索沒提到的？

然而，危機逼近，正是他需要的。一個人努力想克服內心的恐懼，就像陷在流沙裡卻只用一根棍子拚命拍打一樣，註定要被吞沒。不過，和芬奇搏鬥就是另一回事了。本來這些日子哈蘭的自信心逐漸瓦解，而現在危機逼近，他想起自己掌握的是什麼樣的武器，自信心立刻就回來了。

那種感覺就像一扇門關閉了，另一扇門卻開了。現在，哈蘭熱血沸騰，衝勁十足，感覺就像回復到不久前那種亢奮。他搭乘時間機到2456世紀，恐嚇社會學家沃伊，逼他乖乖配合自己的計劃。

結果徹底成功。他得到了他想要的訊息。

而且超乎他的期望，遠遠超乎。

有自信的人顯然威力無窮，就像老家那句俗話說的：「軟樹枝在手裡抓得夠緊，就會變得像木棍一樣可以用來打敵人。」

簡單的說，新的時空狀態裡沒有另一個諾伊絲。根本沒有。在新的社會裡，她可以扮演最不顯眼的角色，過最方便自在的生活，或者，也可以乾脆就留在永恆域。現在要是他提出申請和諾伊絲建立性愛關係，上面根本沒有理由拒絕，除非他們能證明他違法，而且，就算他們指控他，他也很清楚要怎麼反駁。

於是他登上時間機，飛快奔向未來，準備去告訴諾伊絲這個好消息。過去這陣子，他認為自己顯然失敗了，內心飽受折磨，而現在終於可以沈浸在做夢都想不到的勝利喜悅中。

就在這時候，時間機停住不動了。

而且時間機並不是慢慢停下來，而是猛然停住。假如時間機是在三度空間裡移動，那麼，無論是前後左右或上下移動，這樣猛然停住，時間機會被壓扁，燒成一團火紅的金屬，而哈蘭會粉身碎骨血肉模糊。

所幸時間機並不是在三度空間。哈蘭只是感到比之前更嚴重的暈眩噁心，體內劇痛。

一開始他眼前一片黑，好一會兒眼睛才漸漸看得見，但視線模糊。他摸索著找到了計時儀錶，仔細一看，看到上面顯示 100,000。

他感到一陣莫名的驚恐。這數字實在太平整。

他發了瘋似的看向操控儀錶，可是卻完全看不出問題。操控桿並沒有被動到，還是在前往未來的位置上。另外，也沒有電線短路的跡象，所有的儀錶指針都指在黑色的安全範圍，電力供應也正常。動力儀錶那根細細的指針所在的位置，顯示時間機還在正常消耗好幾兆庫倫的電力。

那麼，時間機怎麼會停住？

哈蘭很不情願的、慢慢伸手去摸操控桿，用手握住，拉到正中央停止的位置，動力儀錶的指針立刻指向零。

接著他把操控桿往反方向拉，動力儀錶的指針立刻又往上移，不過這次時間儀錶顯示的世紀數字漸漸變小。

數字慢慢往過去的世紀跳動—99,983—99,972—99,959—

過了一會兒，哈蘭又拉了操縱桿，往未來的方向拉，動作很慢，非常非常慢。

99,985—99,993—99,997—99,998—99,999—100,000—

又停了！就是無法突破 100,000！新星能源的電力一直在消耗，消耗量驚人，可是卻毫無作用。

他又把操控桿往過去的方向拉，退得更遠，接著高速衝向未來——又停了！

他恨得咬牙切齒，齜牙咧嘴，氣喘吁吁。他感覺自己彷彿監獄的囚犯，猛撞牢房的欄杆，撞得頭破血流。

他猛衝了十幾次之後，終於停下來。時間機就是牢牢停在 100,000 世紀，就這樣，無法更進一步。

他打算換一台時間機！但他心裡暗暗感覺，就算這樣也是希望渺茫。

100,000 世紀空蕩蕩一片死寂。哈蘭走出時間機，隨便挑了另一條時間機傳送井。

一分鐘後，他手抓著操控桿，眼睛盯著時間儀錶上的 100,000，心裡明白這條路也走不通。他氣瘋了！偏偏就是此刻，偏偏就是這一次！就在一切出乎意料變得很順利的時候，最後卻又碰壁！他顯然還沒有擺脫 482 世紀那次操作錯誤的後遺症。

他忿忿的把操控桿往過去的方向拉，用力拉到底，停在那裡。最起碼時間機還能夠往過去的方向自由活動，他可以為所欲為。既然他被迫和諾伊絲分隔兩地，見不到她，那麼，他們還能把他怎麼樣？他還有什麼好怕的？

他來到 575 世紀，跳出時間機，一路橫衝直撞，旁若無人。他從來不曾像現在這樣感覺肆無忌憚。他衝向支部圖書館，一路上對旁人視若無睹，也沒跟人說話。到了圖書館，他就直接就拿了他要的東西，甚至懶得瞄瞄旁邊看看有沒有人在注意他。還有什麼好在乎的？

回到時間機之後，他立刻變動操控，往過去前進。他很清楚自己該做什麼。時間機運作的時候，他盯著那面大時鐘，依據標準真實時間計算現在到了哪一天，是一天三個輪班時段的哪一個時段。現在，芬奇應該就在他的宿舍裡。這樣最好。

到了 482 世紀，他太激動，感覺自己就像發燒了一樣。他口乾舌燥，胸口悶痛，但他沒什麼感覺。他只感覺得到藏在襯衫裡、挾在腋窩底下的那個堅硬的形狀。那是武器。

副計算師哈布芬奇抬頭看著哈蘭，眼神中滿是驚訝，但那驚訝漸漸轉變成憂慮。

哈蘭靜靜看了他好一會兒，想藉此讓他越來越焦慮，最後開始害怕。他慢慢逼近，擋在芬奇和視訊螢幕中間。

芬奇上半身沒穿衣服，胸口沒什麼毛，肥軟的胸部簡直就像女人的乳房，腰帶在圓滾滾的肚子上擠出一團肥肉。

他那模樣看起來很沒尊嚴，很不雅，哈蘭心裡暗暗得意。這樣最好。

哈蘭右手伸進襯衫裡，緊緊握住他的武器。

哈蘭說：「芬奇，沒人看到我進來，所以你不用看門口了，不會有人來救你。芬奇，你要搞清楚，你面對的是一個執行人，你知道那代表什麼嗎？」

然而，他的聲音卻給人一種虛張聲勢的感覺。他很生氣，因為他注意到芬奇眼中並沒有顯露出畏懼。芬奇甚至一聲不吭伸手去拿襯衫穿上。

哈蘭又繼續說：「芬奇，你知道執行人有什麼特權嗎？噢，對了，你從來沒當過執行人，所以你一定不懂。那代表，不管你做什麼，不管你去哪裡，都不會有人看你。他們都會撇開視線，拚命不看你，結果就真的沒看到你了。舉例來說，芬奇，我可以大喇喇的走進圖書館，隨便拿走某個稀奇古怪的東西，而館員只管忙著在他的電腦裡作記錄，根本不會看我做了什麼。我可以大搖大擺走過482世紀支部宿舍區的走廊，一路上碰到的人都會轉身避開我，事後還會宣稱他們根本沒看到什麼人。一切都是這麼自然而然。所以，你明白嗎，我可以為所欲為，想去哪裡就去哪裡，想做什麼就做什麼。我可以大搖大擺走進支部副計算師的宿舍，用武器指著他，逼他告訴我真相，而且不會有人妨礙我。」

這時芬奇終於開口說話了。「你手上拿的是什麼？」

「一種武器。」哈蘭邊說邊把那東西拿出來。「你知道這是什麼東西嗎？」那東西前端微微發亮，尾端鼓起來，看起來像金屬，很光滑。

「要是你殺了我……」芬奇說。

「我不會殺你。」哈蘭說。「先前有一次見面的時候，你手上拿了一把爆能槍，不過，我拿的不是爆能槍。我手上拿的，是575世紀從前某個時空狀態裡的產物。你大概沒見過這種東西，這是真實時空裡才有的。這東西太過歹毒，可以致人於死，不過，如果把電量調低，可以觸動神經系統的痛覺中心，同時又讓肌肉癱瘓，讓人無法行動。這叫做神經鞭，或者應該說，從前的人稱之為神經鞭。這玩意兒威力很強，而且我手上這把充電充得很滿。相信我，我用自己的手指頭試過。」他抬起左手，翹起硬梆梆的小指。「很不好受。」

芬奇有點不安的動了一下。「老天，你究竟想幹什麼？」

「時間機傳送井到100,000世紀就被某種東西堵住了。我要你把那東西解除掉。」

「傳送井被堵住了？」

「別裝蒜了，芬奇，你怎麼可能會不知道。昨天你才跟圖伊索聯絡，今天傳送井就堵住了。我想知道你跟圖伊索說了些什麼。我想知道你們做了些什麼，接下來打算做什麼。芬奇，我對天發誓，如果你不說，我就用鞭子對付你，不相信的話，你可以試試看。」

「聽我說——」芬奇說話有點口齒不清，而且開始顯露出害怕的樣子，而且還有點被逼急了惱羞成怒。「如果你想知道真相，我就告訴你。我們知道你和諾伊絲的事。」

哈蘭眼神閃爍了一下。「我和諾伊絲怎麼樣？」

芬奇說：「你還以為你幹的好事真的神不知鬼不覺嗎？」芬奇眼睛盯著神經鞭，額頭開始冒汗。「老天，你在執行觀察任務期間顯露出來的情緒，你的所作所為，我們都看在眼裡。你覺得我們不會觀察你嗎？要是我沒發現，我就不配當計算師了。我們知道你把諾伊絲帶到永恆域。我們一開始就知道了。你想知道真相，這就是真相。」

這時哈蘭不由得暗暗咒罵自己愚蠢。「你們知道？」

「沒錯，我們知道你把諾伊絲帶到隱藏的世紀。你去了482世紀的真實時空好幾次，去幫她拿東西，讓她日子過得舒服一點。你每次去，我們都知道。你胡作非為，徹底背棄了永恆人的誓言。」

「既然知道，為什麼不阻止我？」哈蘭暗暗感到無地自容。

「你還想知道更多真相嗎？」芬奇立刻就問，膽量似乎漸漸恢復了。而哈蘭卻是沈陷在沮喪的情緒裡。

「你說吧。」

「那我就直說了。我從一開始就不認為你夠資格當永恆人。當觀察員或許還可以，雖然愛賣弄，很搶眼。當執行人也勉強還可以，雖然老是敷衍了事。至於當永恆人呢，你根本不夠格。真搞不懂圖伊索為什麼那麼看重你。我把你找來執行觀察任務，其實是為了證明給他看，你根本不夠格。我把那女人諾伊絲找來，不光是要利用她探測這個社會，同時也是在考驗你。結果不出我所料，你果然禁不起考驗。好了，你手上那玩意兒，管它是神經鞭還是什麼鬼的，收一收吧，你可以滾出去了。」

「那次你到宿舍找我。」哈蘭感覺自己的尊嚴正一點一滴流失，感覺自己的心智靈魂就像左手小指一樣癱瘓了。他說話的時候激動得閉住呼吸，極力想留住尊嚴。「就是用激將法，激我做出後來這一切。」

「當然是。說得更準確一點，我是誘惑你。不過，當時我說你只能趁時空狀態還沒改變之前好好享受一下諾伊絲，我說的是真心話。結果呢，你後來的所作所為，不像個永恆人，而是像個哭哭啼啼的小鬼。我早料到你會這樣。」

「就算是現在，我還是會這樣做。」哈蘭口氣很粗暴。「既然你們都知道了，那你應該看得出來，我已經走投無路，沒什麼好顧忌了。」哈蘭拿鞭子對準芬奇圓滾滾的肚子，嘴唇發白齜牙咧嘴的說：「諾伊絲現在怎麼樣了？」

「我不知道。」

「放屁。諾伊絲現在怎麼樣了？」

「我已經說了。我不知道。」

哈蘭緊緊握住神經鞭，壓低聲音說：「那我就先拿你的腿開刀，很痛喔。」

「老天！等一下！聽我說！」

「好啊，你說，她怎麼樣了？」

「我不知道。聽我說，到目前為止你只是違規，時空狀態並沒有受影響。我檢查過了。你只會受到降級處分，不過，要是你殺了我，或是因為意圖殺我害我受傷，那你就是攻擊上級。這是死刑。」

哈蘭露出笑容，根本不把他的威脅當一回事。以他目前的處境，死等於是一種解脫，這樣的結局簡單明瞭，無與倫比。

芬奇顯然沒搞清楚他為什麼笑，立刻急著說：「不要因為你沒見過死刑就以為永恆域沒有死刑。我們計算師很了解死刑，而且還會安排計畫去執行。無論在哪個時空狀態下，都會有人意外死亡，屍體卻找不到，比如說，太空船在半空中爆炸，客機掉進海裡，或是撞山撞得粉碎。我們會在意外發生的幾分鐘前，甚至幾秒鐘前，把殺人犯放進太空船或是客機上。這就是殺人的下場，你覺得這樣值得嗎？」

哈蘭動了一下，然後說：「如果你是在拖延時間等人來救你，那你是白費功夫。告訴你：我不怕受懲罰，還有，我無論如何都要找到諾伊絲。我現在就要看到她。在目前的時空狀態裡，她並不存在。那裡沒有另一個她。所以，沒有任何理由可以阻止我跟她建立正式關係。」

「這違反執行人的法規——」

「有沒有違規，要讓全時委員會來裁決。」哈蘭終於又找回了自信。「我並不怕做出對自己不利的決定，更不怕殺了你。我不是一般的執行人。」

「就因為你是圖伊索的專任執行人，是嗎？」芬奇滿臉是汗，但他那張圓圓的臉上浮現出一種奇怪的表情，看起來像是恨意，或是得意，或是兩者都有。

哈蘭說：「真正的原因比那更重大。現在……」

他心意已決，手指扣上神經鞭的開關。

芬奇大叫著說：「那我們去見委員。我們去全時委員會。他們全都知道。要是你真有那麼重要——」說到一半芬奇忽然哽住。

哈蘭手指扣在開關上，猶豫了好一會兒。「怎麼樣？」

「你以為這種事我可以自作主張採取行動嗎？就在時空狀態改變的時候，整件事我都向委員會報告過了！我拿給你看，這裡有報告的副本！」

「等一下！別動！」

但芬奇根本不理他。他以驚人的速度衝到檔案櫃前面，那模樣彷彿痴迷收藏的人撲向他的寶貝。他用一隻手的手指指著他想找的檔案編碼，同時用另一隻手的幾根手指在櫃子上輸入那個編碼，於是書桌上的一個槽口立刻吐出一條銀色的帶子，上面的點陣用肉眼就看得到。

「你想把它轉成語音聽聽看嗎？」芬奇沒等哈蘭回答就把那條帶子插進播音器。

哈蘭聽著報告，愣住了。內容非常清楚。芬奇報告得很完整，很詳細，哈蘭每次搭時間機做了什麼都記錄得鉅細靡遺。哈蘭記得，就在芬奇寫報告之前他還去了一次，而這份報告就連那次都沒漏掉。

聽完報告，芬奇大嚷說：「好了，你現在可以去全時委員會了。我並沒有堵住時間機傳送井。我根本不知道要怎麼做。還有，別以為他們都不在乎你幹了什麼。你說昨天我跟圖伊索聯絡，說得沒錯，只不過，不是我找他，而是他找我。你可以自己去問圖伊索。你可以告訴他們你這個執行人有多重要。如果你想用那玩意兒打我，儘管動手，隨便你！」

哈蘭聽得出來芬奇口氣顯然很興奮。此刻他顯然覺得自己已經戰勝了，就算有人用神經鞭指著他，他還是佔了上風。

為什麼？難道他真的這麼渴望毀掉哈蘭？難道他太忌妒哈蘭和諾伊絲，忌妒到不顧一切？

這些問題浮現在哈蘭腦海中，但他懶得再想下去。他忽然覺得芬奇所做的一切似乎無關緊要。

他把神經鞭放進口袋裡，轉身跑出門口，衝向時間機傳送井。

原來這一切的背後是全時委員會，或者，至少是圖伊索。他不怕委員會的任何一個人，就算他們全部加起來他都不怕。

這一個月來，他經歷的一切實在太不可思議，而每過一天他就越覺得自己是不可或缺的關鍵角色。到頭來，委員會，或甚至全時委員都不得不和他妥協。要是不把那女人交給他，就要眼看著永恆域滅亡，他們還有選擇嗎？

第十一章　完整的時空因果

哈蘭趕到575世紀的時候，發現已經是夜班時段，感到有點意外。剛剛在時間機上，他情緒太激動，根本沒注意過了幾個小時。他心不在焉的看著燈光昏暗的走道。這代表夜班工作的人比較少。

但哈蘭怒氣沖沖，不想等著觀察四周，浪費時間。他轉了個彎走向宿舍區。先前他在計算師樓層找到了芬奇的宿舍，現在也要去同樣的樓層找圖伊索的宿舍。他並不怎麼怕有人會注意到他，阻攔他。

來到圖伊索宿舍門口的時候，他腋下還挾著神經鞭。門上的名牌清楚嵌鑲著圖伊索的名字。他啟動門的感應器，變動到鈴響的位置，然後用濕濕的手掌按住觸控板，讓它短路，讓鈴聲響個不停。他隱約聽得到裡面的鈴響。

他聽到背後有輕輕的腳步聲，但他不在乎，因為他確定那個人，不管是誰，一定會裝作沒看到他。他身上有執行人的玫瑰紅肩章。

然而，他卻聽到那人停下腳步開口問：「是執行人哈蘭嗎？」

哈蘭立刻轉身，發現那人是一個初級計算師，剛到這個支部沒多久。哈蘭暗暗發火。這裡可不是482世紀，而是575世紀。在這裡，他不只是一個執行人，而是圖伊索的專任執行人。年輕的計算師為了討好偉大的圖伊索，對他的專任執行人也會比較客氣。

那位計算師問：「你要見高階計算師圖伊索嗎？」

哈蘭有點不自在的說：「是的，長官。」但他心裡暗暗咒罵，這人是笨蛋嗎？站在某個人家門口按鈴，當然是要找那個人，難不成要在這裡搭時間機？

「恐怕你是見不到他了。」那計算師說。

「這件事太重要了，非叫醒他不可。」哈蘭說。

「就算是這樣，你也見不到他。」那人又說：「目前他到別的世紀去了，不在575世紀。」

「他是去哪個世紀？」哈蘭迫不及待的問。

那位計算師瞪著他，眼中開始顯露出傲慢的神色。「我不知道。」

哈蘭說：「可是我今天早上約好要跟他見面，談一件很重要的事。」

「你是有約沒錯。」計算師說話的口氣顯然覺得很好笑，令哈蘭感到困惑。

計算師甚至露出笑容，繼續說：「你好像來得太早了吧？」

「可是我一定要見到他。」

「我相信他早上一定會回到這裡。」計算師笑容更深了。

「可是——」

計算師轉身走了，經過哈蘭旁邊的時候小心翼翼避免碰到哈蘭的身體，甚至連哈蘭的衣服也不想碰到。

哈蘭不斷的握緊拳頭又鬆開，無奈的盯著計算師遠去的背影。既然現在什麼都做不了，哈蘭只好走回自己的宿舍，走得很慢，對四周的一切毫無知覺。

哈蘭睡得很不安穩，時睡時醒。他告訴自己一定要好好睡一覺。他拚命讓自己放鬆，不過當然白費力氣。他努力想睡，可是腦海中卻思緒起伏接連不斷，而且全是一些令他喪氣的思緒。

他最先想到的當然是諾伊絲。

他心裡想，他們絕對不敢傷害她。他越想越興奮。如果要把她送回真實時空，他們必須先計算那會對時空狀態造成什麼影響，然後才能進行，那會耗上好幾天。另外，他們也可能把她放進無法追查的意外事故現場。這種手法，就是先前芬奇威脅他的時候提到的，委員會執行死刑的手法。

他並不覺得他們會用那種手法對待她。他們犯不著用這麼激烈的手段。這樣做會激怒哈蘭，他們不會想冒這個險。不過，臥室裡燈光昏暗，而且人在半睡半醒的時候容易產生一些光怪陸離的思緒，在這種情況下，哈蘭免不了會一廂情願的認定全時委員會不敢冒險得罪執行人。

當然，被監禁的女人也可能會遭人覬覦，更何況是一個出身享樂主義世紀的漂亮女人……哈蘭越是拚命想揮開那個思緒，那思緒就越是一再纏繞著他。這種情況是很有可能的，但卻是難以想像的可怕，比諾伊絲死去更可怕，他想都不敢想。

他也想到了圖伊索。

那老人離開了575世紀。這個時間他本來應該在睡覺的，可是人卻不見了。跑到哪裡去了？照理說，老人是很需要睡眠的。哈蘭非常確定自己知道答案。他可能正在和委員會的人討論哈蘭，討論諾伊絲，討論該怎麼處理這個人見人怕卻又不可或缺的執行人。

哈蘭嘴唇緊繃。就算芬奇向委員會報告了今天晚上他被哈蘭攻擊的事，委員會的想法也不會受到任何影響，而哈蘭的罪行也不會因此加重。他還是一樣不可或缺。

而且哈蘭根本不覺得芬奇一定會向委員會舉報他。要是承認自己在執行人的脅迫之下屈服，身為副計算師的芬奇會顏面掃地，所以他應該不會選擇這樣做。

從前哈蘭認為所有的執行人是一體的，但最近他很少這樣想。由於他是圖伊索的人馬，而且又身兼半個導師，使得他和其他執行人之間的距離越來越遠。不過話說回來，執行人本來就不怎麼團結。然而，真的沒辦法團結嗎？

他在575世紀和482世紀活動的時候，很少看到其他執行人，也很少跟他們說話，然而，真的非這樣不可嗎？他們執行人真的需要這樣互相迴避嗎？其他人對執行人有偏見，對他們敬而遠之，他們就一定要乖乖接受這種待遇嗎？

在思緒起伏的此刻，他認定委員會在諾伊絲這件事情上已經被迫向他低頭，現在他可以乘勝追擊，提出更多要求。他要逼他們允許執行人成立自己的組織，經常見面，培養友誼，而且其他人必須對他們更友善。

最後，他想像自己成為一個社會革命英雄，而諾伊絲就陪在他身邊。想到這裡，他終於睡著了，睡得很沈，甚至沒做夢……

他被門鈴吵醒。他隱約聽到持續不斷的嘶嘶的鈴聲。他打起精神仔細看了一下床邊的小時鐘，心裡暗暗驚叫一聲。

老天！這種緊要關頭竟然還會睡過頭。

他躺在床上伸長了手，看準床邊正確的按鈕按下去，門板上端的視窗立刻變成透明。哈蘭不認識門口那個人，但不管是誰，那人顯然有點地位。

他打開門，那人走進來，衣服上有管理部的橘色肩章。

「請問是執行人安德魯哈蘭嗎？」

「我是。行政官，找我有事嗎？」

那人似乎毫不在意哈蘭粗暴無禮的口氣。他說：「你和高階計算師圖伊索有約，對吧？」

「那又怎麼樣？」

「我是來通知你，你遲到了。」

哈蘭瞪著他。「到底怎麼回事？你好像不是575世紀支部的人吧？」

「我的駐地是222世紀支部。」那人冷冷的說。「我是副行政官阿彼特蘭姆。事情是我負責安排的。我之所以親自來正式通知你，是因為透過視訊恐怕會令你太過激動，我想儘量避免。」

「安排？安排什麼？有什麼好激動的？這到底怎麼回事？你聽著，我和圖伊索開過好幾次會，他是我的長官，我沒什麼好激動的。」

這位行政官本來一直都面無表情，這時候臉上忽然閃過一絲驚訝。「沒人告訴過你嗎？」

「告訴我什麼？」

「噢，全時委員會目前正在575世紀支部召開小組會議。聽說，這消息已經傳遍了整個支部，大家情緒都很高亢。」

「他們要找我嗎？」哈蘭才一開口就立刻想到：當然是要找我，他們召開會議要討論的，除了我還會有誰？

這時他忽然明白，昨天晚上他站在圖伊索宿舍門口的時候，那位副計算師為什麼會覺得好笑。計算師知道小組會議的事，而執行人在這種時候被圖伊索召見，還會有好事嗎？他會覺得好笑，就是因為想到這個。哈蘭很不是滋味，心裡想，確實非常好笑。

行政官說：「我只是奉命來通知你，別的都不知道。」他表情還是有點驚訝，接著又問：「你什麼都沒聽說嗎？」

「我們執行人……」哈蘭語帶諷刺的說：「都是不食人間煙火的。」

圖伊索旁邊有五個人！全都是高階計算師，每一位都是年資超過三十五年的永恆人。

如果是在六個星期前和這群人坐在一起吃午餐，哈蘭一定會覺得是無上的榮寵，而且會被他們所代表的權威嚇得說不出話來。他會覺得自己面對的是一群巨人。

然而，現在他們是他的對手，或是更糟糕的，一群要審判他的人。他沒時間感到驚訝了，他必須趕快盤算對策。

說不定他們還不知道他已經知道諾伊絲在他們手裡。除非芬奇告訴他們昨天晚上哈蘭去找過他，否則他們不可能會知道。現在是白天，他頭腦比較清醒了，所以更相信芬奇這種人絕不會公開宣揚自己被執行人威脅羞辱的事。

如果他們還不知道他已經知道諾伊絲在他們手裡，這就是他的優勢。哈蘭覺得，暫時保留這種優勢是比較明智的手法，讓他們先採取行動，先說話，因為只要一說話，雙方就開始交戰了。

然而，他們看起來不慌不忙。他們一邊吃著簡單的午餐，一邊靜靜盯著他，彷彿盯著某種有趣的標本被反引力機形成的力場平面托著，四肢攤開貼在上面，懸浮在半空中。哈蘭被他們盯得不知如何是好，只能同樣盯著他們。

這幾個人哈蘭都認識，因為他們的大名如雷貫耳，而且他也在每個月的職前訓練影片上看過他們的3D立體影像。那些影片整合所有的資料，介紹了全永恆域各個支部的發展。從觀察員到所有更高層級的永恆人都必須定期觀看那些影片。

當然，最引起哈蘭注意的，就是大光頭、沒有眉毛睫毛的奧古斯特聖納。聖納會吸引哈蘭，主要有幾個原因。第一，是因為他那炯炯有神的黑眼睛上沒有睫毛，而且當面看到他那光禿禿的額頭，感覺比在3D立體影像裡看到的要大得多。第二，是因為先前就知道聖納和圖伊索是死對頭，兩人觀點南轅北轍。第三，是因為聖納並不只是坐在那裡看著哈蘭。他偶爾會丟出一些問題，聲音聽起來很刺耳。

但那些問題，哈蘭多半都不知道該怎麼回答，像是：「年輕人，一開始你是怎麼會對遠古時代的歷史有興趣？」，或是：「年輕人，你覺得自己的研究有成果嗎？」

後來，聖納終於吃完了東西，往後靠到椅背上坐好。他把盤子丟進垃圾槽，然後兩手輕輕交握，粗大的手指交纏在一起。哈蘭注意到他手背上也沒有毛。

聖納說：「有些東西我一直很想知道，說不定你可以幫得上忙。」

哈蘭心裡想：來了，要開始交戰了。

於是哈蘭大聲說：「只要辦得到，我很樂意幫忙。」

「永恆域裡有些人——我不是說所有的人，也不是說有很多。」說到這裡他瞄了一下圖伊索那張疲憊的臉，而其他人聽得更起勁了。「總之，就是有些人對時間哲學很感興趣。也許你應該懂我說的是什麼。」

「你是說時間旅行悖論嗎，長官？」

「呃，如果你要用這種誇張通俗的說法，也沒錯，不過這字眼還不夠全面。時間哲學還牽涉到時空狀態真正本質的問題、時空狀態改變時的質能守恆問題等等諸多問題。我們永恆人知道時間旅行是存在的，所以我們思考時間哲學的時候會受到影響。不過，遠古時代的人對時間旅行毫無所知。我想知道他們對時間旅行有什麼看法。」

坐在桌子另一頭的圖伊索忽然嘀咕了一句：「又在挖坑給人跳了。」

聖納裝作沒聽到，又繼續說：「執行人，可以回答我的問題嗎？」

哈蘭說：「長官，遠古時代幾乎沒什麼人會去思考所謂的時間旅行。」

「沒人想過時間旅行是有可能的嗎？」

「應該是這樣。」

「難道連想像時間旅行都沒有嗎？」

「呃，這方面——」哈蘭說得並不很肯定。「某些類型的消遣文學裡似乎有這類的想像。我對那些東西並不是很熟悉，不過，我知道有一種故事題材是常常出現的：有人回到過去，殺死當時年紀還小的祖父。」

聖納顯得很興奮。「太好了！太好了！好歹還是有人會去想像這種東西。如果假設時空狀態是不會改變的，那麼這種故事說的就是時間旅行的基本悖論，對吧？我敢說，遠古時代的人應該是認定時空狀態是不會改變的，沒有別的想法，對吧？」

哈蘭沒有立刻回答。他猜不透聖納什麼要跟他談這些，猜不透聖納葫蘆裡賣什麼藥，這令他感到不安。他說：「長官，那類文學我懂得不多，沒辦法肯定的回答你。據我所知，好像有人想像過平行時空可能存在，不過我不是很確定。」

聖納噘了一下嘴唇。「我相信是你記錯了。你讀到的某些東西很可能是模稜兩可，有各式各樣的涵義，而你錯誤解讀，誤導了自己。你錯了。遠古時代的人沒有時間旅行的實際經驗，他們不可能會懂時空狀態在哲學上的複雜性。舉例來說，時空狀態為什麼會有慣性？時空狀態裡的任何變動必須巨大到一定的程度才有可能導致時空狀態真正改變。而且，就算改變了，時空狀態先天上還是傾向會恢復到原始的狀態。

「舉例來說，假如我們改變了 575 世紀的時空狀態，那改變造成的影響會越來越強，說不定會延續到 600 世紀，不過接下來影響會逐漸減弱，一直延續到 650 世紀，之後的時空狀態就會維持不變。這個我們都知道，可是有人知道為什麼嗎？根據直覺，我們會認為時空狀態改變的影響會越來越強，一個世紀又一個世紀，直到永遠，但實際上並不是這樣。

「再舉另一個例子。我聽說執行人哈蘭很擅長在任何情況下選出正確的『最低限度必要改變』，不過我敢打賭，他一定無法解釋自己怎麼會做出這樣的選擇。

「想像一下，遠古時代的人有多麼可憐，他們根本不懂什麼時空狀態，所以竟然會擔心有人會殺死自己的祖父。接下來我再舉一個比較有可能、比較容易分析的例子。如果有人在時間旅行的時候遇見自己——」

這時哈蘭忽然打斷他的話，口氣嚴厲的問：「如果有人遇見自己會怎麼樣？」

哈蘭打斷一位計算師說話，這行為本身就很沒禮貌，再加上他那種口氣更是罪無可恕，所有的人都轉過來用譴責的眼光瞪著他。

聖納哼了一聲，但還是接著繼續說。從他說話的口氣聽得出來，他極力想讓自己的口氣客氣一點，可是卻辦不到。他從剛剛被打斷的那句話接著往下說，以免讓人覺得他直接回答哈蘭沒禮貌的問題。「——這種狀況可以再劃分為四種可能的狀況。這裡先說明一下，時間上比較早的那個人，我們稱之為A，比較晚的那個，我們稱之為B。那麼，狀況一，A和B都沒有看到對方，也沒有做任何嚴重影響對方的事。在這種狀況下，他們並沒有真的遇見對方，所以這種狀況是無關緊要的，不值得討論。

「狀況二，時間上比較晚的B看到A，但A並沒有看到B。同樣的，這種狀況也不會有什麼嚴重後果，因為B看到A在某個地點做了某件事，是他早就知道的，這不會衍生出新的事態。

「第三種可能的狀況是A看到B，但B沒看到A，第四種是A和B都看到了對方。這兩種狀況之所以可能造成危害，關鍵在於A看到了B。一個在時空狀態中比較早的人看到了後來的自己，這代表他知道自己可以活到B的年紀，知道自己會活到那個時候，去做一件那時他看到自己做的事。那麼，如果一個人知道了自己的未來，就算知道的只是微不足道的小事，他還是能夠根據他所知道的一切採取行動，改變自己的未來。在這種情況下，時空狀態勢必會改變，而在改變後的狀態裡，A不會和B相遇，或至少A不會看到B。既然原先的時空狀態不存在了，A當然就從來沒有遇見B。同樣的，當時間旅行出現任何一種明顯矛盾的時候，時空狀態一定會改變，避免矛盾出現，所以我們可以說下結論說，沒有所謂的時間旅行悖論，也不可能會有。」

聖納似乎對自己和自己的高論感到很得意，但圖伊索卻突然站起來。

圖伊索說：「各位，時間恐怕很緊迫了。」

大家立刻停止吃午餐，反應快到令哈蘭感到驚訝。五位參加小組會議的委員一個接一個走出去，分別朝哈蘭點個頭，那模樣彷彿他們小小的好奇心得到了滿足。其中只有聖納不但點了頭，還跟哈蘭握握手，粗聲粗氣的說：「年輕人，祝你好運。」

哈蘭看著他們走出去，一時不知該做何感想。他們吃這頓午餐的目的是什麼？最重要的是，聖納為什麼要舉例分析一個人遇見自己會出現什麼狀況？另外，沒有人提到諾伊絲，那麼，他們只是來觀察他，分析他，徹底摸透他，然後交給圖伊索做最後裁決嗎？

圖伊索回來坐在桌子旁邊，桌上的食物餐具都收乾淨了。現在，這裡只剩他和哈蘭兩個人。他手指挾著香煙揮舞了一下，那姿態彷彿在表示這裡沒有別人了。

「好了，哈蘭，開始辦正事吧。要做的事情很多。」

但哈蘭不想再等。他等不下去了。他劈頭就說：「等一下。我有話要先跟你說。」

圖伊索顯得有點驚訝，瞇起眼睛，額頭眼角皺成一團。他捻熄了煙頭，若有所思。

接著他說：「想說什麼儘管說，不過，先坐下吧，小伙子，先坐下。」

然而，執行人安德魯哈蘭並沒有坐下。他沿著桌子旁邊走來走去，從一頭走到另一頭，絞盡腦汁思考要怎麼把麼話說得精簡一點，免得因為太激動，語無倫次。哈蘭緊張兮兮的走來走去，而高階計算師雷本圖伊索一直盯著他，滿是老人斑的頭也跟著轉來轉去。

哈蘭說：「我一直在讀數學史的微縮影片，到現在已經讀了好幾個星期。那些書是從575世紀經過幾次改變之後的各個時空狀態裡收集來的。我發現，時空狀態並沒有造成什麼影響，數學一直都沒變，而數學發展的歷程也沒變。無論時空狀態怎麼變，數學的歷史永遠不變。不過，促成數學發展的數學家卻不一樣了。數學上的某些新發現，在不同的時空狀態裡是由不同的數學家研究出來的，不過最後——總之，我硬著頭皮惡補，吸收了很多數學史的知識。你沒想到我會研究這個吧？」

圖伊索皺起眉頭說：「執行人做這種事很奇怪。」

「只不過，我不是一般的執行人。」哈蘭說。「這你應該很清楚。」

「繼續說吧。」圖伊索低頭看看手腕上的手錶。他擺弄著手上的香煙，顯得有點緊張，跟他平常不一樣。

哈蘭說：「有個人名叫維科爾馬蘭松，他是24世紀的人。24世紀屬於遠古時代，這你應該知道。他最出名的成就，就是成功創造出第一個時間力場，當然，那也就代表永恆域是他發明的。永恆域就是一個巨大的時間力場，像一條捷徑貫穿真實時空的過去未來，卻又不會受到真實時空的限制。」

「小子，這東西是你還在學院的時候就已經知道的。」

「只不過，學院並沒有告訴我，維科爾馬蘭松根本不可能在24世紀發明時間力場，也沒人辦得到。24世紀的時候，用來創造時間力場的數學原理根本不存在，勒費弗爾方程式並不存在。而且，如果不是尚維迪爾在27世紀做了一些實驗，那方程式也不會出現。」

如果看到高階計算師圖伊索手上的煙掉到地上，那就表示他很震驚。此刻，他手上的煙真的就掉到地上，臉上的笑容也消失了。

他問：「小伙子，有人教過你勒費弗爾方程式嗎？」

「沒有。我也不敢說我真的懂。不過，我知道發明時間力場一定要用到那個方程式，而且我也知道那方程式是27世紀才研究出來的。」

圖伊索彎腰撿起地上的香煙，看了一下，似乎在猶豫要不要繼續抽。「不過，也說不定馬蘭松是在不懂數學原理的情況下誤打誤撞發明了時間力場，不是嗎？說不定他是根據過去的某些經驗推想出時間力場的，不是嗎？過去有很多這樣的例子。」

「這我也想過了。只不過，時間力場發明之後，過了整整三個世紀才開始發揮作用，而在那整整三個世紀裡，馬蘭松發明的力場根本沒辦法進一步改良。這絕對不是巧合。無論從哪個角度來看，馬蘭松的設計構想在在顯示出他一定用到了勒費弗爾方程式。如果他知道那個方程式，或是沒有借助尚維迪爾的實驗就研究出那個方程式，那麼，他為什麼不說？」

圖伊索說：「看你還真以為自己是數學家了。這些是誰告訴你的？」

「我看過很多微縮影片。」

「就這樣嗎？」

「我花了很多腦筋思考。」

「你沒受過高階的數學訓練，也能想得出來？小伙子，我觀察你很多年了，從來沒看出你有這方面的天分。好吧，你繼續說。」

「沒有馬蘭松發明的時間力場，永恆域根本不可能出現。如果馬蘭松不懂那個數學原理，根本不可能創造出時間力場，但問題是，那個原理是未來的人研究出來的。這是第一個疑點。另外，永恆域從真實時空裡選了一個人出來，讓他成為永恆人，目前是一個學員。但這樣做是違反規定的，因為那個人年紀太大，而且還結過婚。你教他數學，還教他遠古時代社會學。這是第二個疑點。」

「所以呢？」

「我認為，你似乎打算把他送回真實時空，送回到永恆域出現之前的24世紀。你打算讓庫柏學員把勒費弗爾方程式傳授給馬蘭松。我知道……」哈蘭越說越激動。「我精通遠古時代的一切，這就是我的角色，而且我明白這角色所代表的意義。那麼，你是不要是應該要給我特殊待遇，非常特殊的待遇？」

「老天！」圖伊索嘀咕了一聲。

「這就是真相，對不對？有了我的幫助，時空狀態的因果關係就能夠首尾呼應。不過，要是沒有我幫助……」他故意不把話說完。

「你說的已經很接近真相。」圖伊索說。「不過，我敢保證這並不表示……」說到一半他忽然陷入沈思，彷彿把哈蘭和外面的世界都排除在外。

哈蘭立刻說：「只是接近真相而已嗎？我說的就是真相。」他確實很渴望自己說的是對的，可是他卻說不上來自己為什麼這麼確定自己說的是對的。

圖伊索說：「不對，你說的並不完全對。我把庫柏學員送去24世紀，並不是要他去教馬蘭松學會方程式。」

「我不相信。」

「你非相信不可。你必須明白這有多重要。我希望能你能配合我完成整個計畫最後的部分。你要知道，哈蘭，根據我的計劃，時空因果完整的程度遠超過你的想像。小伙子，一切並不只是你想的那樣而已。告訴你，布林斯利雪瑞頓庫柏就是維科爾馬蘭松。」

第十二章　永恆域的創始

哈蘭本來不認為這時候圖伊索會說出任何令他驚訝的話。但他錯了。

哈蘭說：「馬蘭松，他——」

圖伊索嘴上那根煙吸到只剩一小截了，於是他又點了另一根。「沒錯，他就是馬蘭松。你要我簡單介紹一下馬蘭松的生平嗎？聽著，馬蘭松出生在78世紀，在永恆域待過一段時間，最後死在24世紀。」

圖伊索的小手輕輕扶了一下哈蘭的手肘，露出平常那種微笑，精靈般的臉上皺紋更深了。「走吧，年輕人，就算在永恆域，我們的時間一樣不會停，而且，現在時間恐怕很緊迫了。來，到我辦公室去吧。」

他在前面帶路，哈蘭跟在後面，心不在焉的經過一扇扇的門，經過一條條的斜坡自動通道。他邊走邊思索，想搞清楚剛剛聽到的事和自己的麻煩和行動計畫之間有什麼關聯。一開始他有點不知所措，但沒多久頭腦就會漸漸恢復清醒。剛剛聽到那件事之後，他意識到整個情勢都變了，現在，對永恆域來說，他的角色變得更重要，更關鍵，更有價值，而他們一定會答應他的要求，讓諾伊絲回到他身邊作為交換。

老天，她千萬不要受到任何傷害。她似乎是他生命中唯一真實的部分。對他來說，整個永恆域就像虛無飄渺的神話，沒什麼意義。

到了圖伊索的辦公室，他卻不太記得自己是怎麼穿過餐廳來到這裡的。他轉頭看看辦公室裡的擺設，努力想藉由那些琳瑯滿目的東西讓自己感覺到自己真的在辦公室裡，只可惜，周遭的一切依然令他感覺置身在虛幻的夢境中。

圖伊索的辦公室是長方形的，很乾淨，牆壁地板天花板都是無菌瓷面。有一整面長牆，從地板到天花板都布滿了小型計算機，構成了全永恆域最大的個人計算中心，甚至在全部的計算中心當中也是數一數二的。對面的牆則是擺滿了參考資料的微縮影片。至於辦公室左邊那面短牆大概只有走道的寬度，靠牆擺著一張辦公桌，兩張椅子，錄影和投影設備，還有一個奇怪的東西。哈蘭從來沒見過那種東西，後來看到圖伊索把煙蒂丟進去，這才知道那是做什麼用的。

那東西閃了一下，而圖伊索立刻又掏出另一根煙。他最出名的形像就是煙不離手。

哈蘭心裡想：該開口了。

於是他開口了，但嗓門有點大，口氣有點粗暴。「482 世紀有個女人——」

圖伊索皺起眉頭，飛快揮了一下手，彷彿急著想把某種討厭的東西揮開。「我知道，我知道。不會有人去找她麻煩，或是找你麻煩。不會有事的。我保證。」

「你的意思是——」

「整件事我都知道。如果你很煩惱這件事，現在我可以告訴你，不必再煩惱了。」

哈蘭呆住了，看著那老人。就這樣？儘管哈蘭很清楚他權勢很大，但沒想到他會這麼直接了當的展現他的權勢。

接著圖伊索又說話了：「我要跟你說一個故事。」他的口氣彷彿是在給一個新進的學員上課。「我本來不認為有必要告訴你，即使現在也還是認為沒必要，不過，看到你的研究成果和你的洞察力，我覺得你夠資格知道這件事。」

他用猜疑的眼神盯著哈蘭說：「知道嗎，我還是不太相信這一切都是你自己想出來的。」接著他又繼續說：「永恆域大多數人對維科爾馬蘭松所知有限，他們不知道他死後留下了一本生平記事。那不是日記，也不算是自傳，而更像是一本指導手冊。他知道永恆人有一天會出現，這本手冊就是要留給他們的。那本手冊藏在一個「時間靜止筒」裡，而時間靜止筒只有永恆域的計算師才可以打開，所以在他死後整整三個世紀裡，沒人看過那本手冊，一直到永恆域創立後才有人看到。第一個看到那本手冊的，是第一位偉大的永恆人——高階計算師亨利華茲曼。那本手冊被當成最高機密，由歷代高階計算師嚴密保管，代代相傳，最後傳到我手上。那本手冊被我們稱為馬蘭松回憶錄。

「回憶錄裡說，有一個人名叫布林斯利雪瑞頓庫柏，出生在 78 世紀，二十三歲那年被帶進永恆域成為學員，當時他才剛結婚一年多，還沒有小孩。

「庫柏進入永恆域之後，計算師雷本圖伊索教他數學，執行人安德魯哈蘭教他遠古時代社會學。在全面嚴格的教導下，庫柏在數學、遠古時代社會學和時間工程學各方面都紮下了深厚的根基，然後就被送到 24 世紀，去找一個遠古時代的科學家維科爾馬蘭松，把某些必要的技術傳授給他。

「到了 24 世紀，他先花了很長的時間慢慢適應那個社會，過程中，執行人哈蘭傳授給他的知識和計算師圖伊索的詳細建議對他幫助很大。圖伊索似乎徹底洞悉了庫柏即將面對的問題，那種洞察力很不可思議。

「就這樣過了兩年，庫柏終於找上了馬蘭松。馬蘭松獨自隱居在加州的偏遠地區，性情古怪，沒有親人，沒有朋友，不過卻具有非凡的天賦，觀念大膽創新。庫柏花了很長的時間慢慢和他成為朋友，又花了更長的時間讓他漸漸接受一個事實——他的朋友是未來的人。然後，庫柏才開始把他所知道的數學全部傳授給馬蘭松。

「這段時間，庫柏學習馬蘭松的生活方式，把電器用品連接到一臺笨重的柴油發電機，就靠這樣獨立生活，不需要依賴電力公司供電。

「庫柏的工作進展很慢。他發現自己實在不是一個高明的老師。馬蘭松脾氣越來越暴躁，而且很不合作。他們住的地區全是險峻的高山，陡峭的峽谷。有一天，馬蘭松突然死了，掉進峽谷摔死的。眼看自己一生的心血毀於一旦，整個永恆域勢必難逃厄運，庫柏內心陷入絕望。幾個星期後，他決定鋌而走險，想出了一個權宜的辦法。他並沒有向永恆域報告馬蘭松死去的消息，而是花了很長的時間，憑著現有的知識，自己創造出一個時間力場。

「那過程的細節我就略過不說了。總之，他歷盡千辛萬苦，拼拼湊湊，終於成功造出一部力場啟動器，然後把啟動器帶到加州理工學院。本來他預計真正的馬蘭松會在好幾年後才造出啟動器，現在時間提早了。

「你自己做過研究，這些過程你都知道。你知道他一開始遭人猜疑，受盡冷落，長期受到監視，後來企圖逃跑，差點就弄丟了啟動器。有一天他在一家餐廳吃午餐，遇見一個人。那個人幫了他很大的忙。他始終不知道那個人的名字，不過，那個陌生人現在是永恆域眾所周知的英雄。後來，他終於有機會在辛巴里斯特教授面前展示啟動器，進行實驗，讓一隻小老鼠往過去未來移動。細節我就不多說了。

「整個過程中，庫柏一直都冒用維科爾馬蘭松的名字，因為這樣他才能夠有適合的身分背景，讓啟動器成為 24 世紀的產物。真正的馬蘭松，屍體一直都沒找到。

「一輩子一直到死為止，庫柏都很珍惜他的啟動器，而且和理工學院的科學家合作，複製啟動器。不過，他不敢再更進一步。他不敢把勒費弗爾方程式傳授給他們，因為一旦說出來，他就勢必要說明未來三個世紀的數學發展。他不能、也不敢洩露自己的真實身分。他知道真正的馬蘭松能做到什麼程度，而他也就只敢做到那個程度，不能過頭。

「跟他合作的科學家都很沮喪，因為他們發現，這個人能創造出如此驚人的東西，卻無法解釋那是怎麼做出來的。而他自己也很沮喪，因為他根本無法加速進展。他知道自己的發明經過後人的長期研究，一步步發展，後來啟發了尚維迪爾做出那些著名的實驗，接著偉大的安托萬勒費弗爾再根據那些實驗建構出基本的時空狀態方程式，最後終於創造出永恆域。他知道這一切，可是卻無法讓這一切加速進展。

「庫柏活了很久，而一直到了漫長的一生即將走到終點的時候，他才終於明白自己就是維科爾馬蘭松。那一天，他站在海邊凝望著太平洋的落日，腦海中靈光一閃，豁然領悟。那個場景在回憶錄裡有詳細的描述。他終於明白自己不再是替身，而是馬蘭松本人。或許那本來不是他的名字，然而，歷史上眾所周知的馬蘭松就是布林斯利雪瑞頓庫柏。

「明白自己就是馬蘭松，領悟到那意味著什麼之後，他就更迫切渴望確保永恆域得以創立，進展能更快速，建構能更完善，而且為了更能夠確保一切順利，他寫了這本回憶錄，放進一個時間靜止筒，收在他家的房間裡。

「這樣一來，真實時空的因果關係就完整了。庫柏馬蘭松寫那本回憶錄的用意，是想加速永恆域的創立，但我們當然不可能那樣做。庫柏必須像回憶錄描寫的那樣，按部就班完整度過他的一生。遠古時代的時空狀態絕對不容改變。目前在我們永恆域這裡的庫柏還不知道自己未來會有什麼遭遇。他還以為自己只是要去找馬蘭松，把數學傳授給他，然後就可以回來。目前必須讓他繼續這樣認定，等到多年以後，經歷了一切之後，他自然會領悟真相，寫下這本回憶錄。

「我們之所以要鞏固真實時空的因果關係，是為了搶在人類自然發展之前先建立起相關知識，提早了解時間旅行和時空狀態的本質，提早建立永恆域。如果任由人類自然發展，他們的科技可能會在還沒了解時間的真相之前就朝自我毀滅的方向發展，那麼，人類滅絕的命運恐怕就無法避免了。

哈蘭聽得入神。時間之流的因果關係是如此偉大，自成一個完整的體系，而永恆域就在時間之流中貫串了過去未來。他聽得悠然神往，如癡如醉，幾乎遺忘了他從來不曾遺忘的諾伊絲。

哈蘭問：「那麼，你一直都知道所有的事，對嗎？你自己會做什麼，我會做什麼，我做過什麼，你全部都知道，對不對？」

圖伊索述說著這一切，似乎說得渾然忘我。煙霧迷茫中，他的眼睛似乎漸漸有了神采，眼神蒼老而睿智。他盯著哈蘭，用譴責的口氣說：「你錯了。我當然不知道。從庫柏還在永恆域的此刻，到他寫出回憶錄的那一刻，中間隔了好幾十年。他記得的就只有那幾十年裡的事，只有他自己親身經歷的事。這你應該明白啊。」

圖伊索嘆了口氣，伸出一根枯瘦的手指劃過一縷煙霧，煙霧立刻裊繞飛散。「一切因果都是自然發展的。一開始有人找上我，把我帶進永恆域。過了完整因果中必然的一段時間之後，我成為高階計算師，拿到那本手冊，開始統籌一切。回憶錄中說，我會統籌一切，於是一切都被交給我負責。同樣的，過了必然的一段時間，在一次時間時空狀態改變之後，你出現了。其實，我們一直在密切觀察前一個時空狀態中的你。接下來，庫柏也跟你一樣，在時空狀態改變之後出現了。

「我運用我的常識，透過計算中心為整個時空因果補充細節。舉例來說，我們交代導師亞洛去做一件事，不過我們很小心，沒有對他透露任何關鍵真相。接下來，他也同樣小心翼翼的激發你對遠古時代的興趣。

「另外，我們也極力不讓庫柏知道他不該知道的事。他知道的，就只有回憶錄裡提到的他確實知道的事，除此之外什麼都不讓他知道。」說到這裡圖伊索露出一絲苦笑。「聖納老愛拿這種事消遣我，說我顛倒因果，先知道結果再去安排原因。還好，我並不像聖納那樣老愛挖坑給人跳。

「小伙子，當我發現你成為這麼優秀的觀察員和執行人，你知道我有多開心嗎？由於庫柏並沒有機會在你工作的時候觀察你，評量你，所以回憶錄裡並沒有提到你這方面的表現。這給了我很多方便。我可以交代你去做一些更普通的工作，這樣一來，你真正的使命就比較不會引人注意。就連最近你去幫計算師芬奇做的那件事，也在我的盤算之中。庫柏提到，有一段時間你不在他身邊，而他正好在研究非常艱深的數學，非常渴望你回來。不過，我倒是被你嚇到過一次。」

哈蘭立刻說：「你說的是我帶庫柏一起去搭時間機那次嗎？」

「你是怎麼猜出來的？」圖伊索立刻追問。

「因為那一次你真的對我大發脾氣。現在我猜得出來，應該是因為那樣做違背了馬蘭松回憶錄的某些內容，對吧？」

「不完全是。是因為回憶錄裡沒有提到時間機。在我看來，回憶錄竟然沒有提到永恆域非常傑出的一項成就，意味著他缺乏親身經歷。因此，我打算竭盡全力不讓他接觸到時間機，沒想到你竟然帶他搭時間機去未來，這把我嚇壞了。不過這件事後來並沒有導致什麼後果，一切依然按部就班的持續發展，所以我就沒有追究。」

老計算師慢慢搓著雙手，眼睛盯著年輕的執行人，眼神又是驚訝又是好奇。「沒想到這整件事都被你猜到了，嚇了我一大跳。我敢打賭，光憑你手上那些有限的資訊，就算是訓練有素的計算師也沒辦法像你猜得那麼準。執行人能做到這種程度，真是不可思議。」說著，圖伊索忽然彎腰湊向前，輕輕拍拍哈蘭的膝蓋。「當然，馬蘭松回憶錄裡並沒有提到庫柏離開之後你的人生會如何發展。」

「這我知道，長官。」哈蘭說。

「那麼，也就是說，接下來我們不必再有任何顧忌，可以想做什麼就做什麼。你展現出來的驚人天分，我們絕對不能浪費。我猜，你應該不會安於只當一個執行人吧？現在我還不能保證什麼，不過我想你自己應該知道，你是很有可能當上計算師的。」

哈蘭那張黝黑的臉上沒有顯現出任何表情。經過多年訓練，這對他來說是輕而易舉的。

他心裡想：賄賂又加碼了。

然而，現在他不能再只靠猜測去推想所有的事。他這一切光怪陸離毫無根據的猜測，都是在那個異乎尋常而又充滿刺激的夜晚靈光一閃想到的，後來他親自到圖書館去做研究，發現所有的猜測都合乎邏輯。現在，圖伊索把整件事都告訴他了，所有的猜測都變成了真相。不過，至少有一件事他沒有猜得很準。他沒有猜到庫柏就是馬蘭松。

現在他確實是佔了一點優勢，然而，猜錯了一件事，意味著他有可能猜錯另一件事。所以，他不能再碰運氣。跟老頭子攤牌正面對決吧！一定要確保自己能夠達到目的！

他裝出漫不經心的口氣淡淡的說：「既然我已經知道真相，我的責任就很重大了。」

「確實。然後呢？」

「我是在想，目前的時空因果會不會還很脆弱？如果某一天我本來應該去教庫柏某種很關鍵的東西，結果那天出了意外，導致我沒有教他，那會怎麼樣？」

「我不懂你的意思。」

這時哈蘭似乎看到圖伊索蒼老疲憊的眼中露出警戒的神色，不過，他並不確定自己是不是真的看到。

「我的意思是，時空因果有沒有可能被破壞？這麼說吧，如果回憶錄裡明確提到某一天我很正常在進行工作，身體沒有任何異樣，可是那天我的頭卻意外受到重擊，工作被迫中斷，這樣一來，整個時空因果是不是就被破壞了？或者，如果我基於某種原因刻意不遵照回憶錄的內容去做，那會怎麼樣？」

「你怎麼會想到這種問題？是誰教你的？」

「這似乎是很合理的推測，不是嗎？在我看來，無論是有心還是無意，我的某個行動都有可能會破壞時空因果，而且破壞得很徹底，甚至……甚至摧毀永恆域，不是嗎？在我看來確實有這種可能，那麼，如果真是這樣……」他很鎮靜的繼續往下說。「在這種情況下，應該要有人提醒我小心一點，不要做出不恰當的事。不過我是想，一定是在某種非比尋常的情況下，我才會被迫做出這種事。」

圖伊索大笑起來，不過聽在哈蘭耳裡，那種笑是裝出來的。「小老弟，你想的純粹是理論。目前的時空因果裡，並沒有發生這種事，既然如此，這種事當然不會發生。完整的時空因果是不會被破壞的。」

「還是有可能會被破壞。」哈蘭說。「482 世紀那個女人——」

「她平安無事。」圖伊索沒好氣的說，然後很不耐煩的站起來。「這樣扯下去真的會沒完沒了。負責這個計劃的另外幾個小組委員一天到晚跟我扯這種問題，你來我往糾纏不清，我早就煩了。另外，我還沒告訴你今天找你來是要你聽什麼，現在時間很緊迫了。走吧，跟我來。」

哈蘭滿意了。眼前的情勢很明顯，毫無疑問他佔了上風。圖伊索心裡很明白，哈蘭大可隨心所欲告訴他：「我不會再教庫柏任何東西了。」而且圖伊索也明白，哈蘭隨時可以把回憶錄裡的關鍵內容洩漏給庫柏，導致永恆域毀滅。

哈蘭知道的已經夠多了，本來昨天就可以這樣做。剛剛圖伊索告訴哈蘭，他在這整個計劃裡的角色有多重要，是想藉此引誘他乖乖合作。然而，如果計算師想用這種方式逼哈蘭乖乖就範，那他真是大錯特錯。

哈蘭提到諾伊絲的安危問題，就是很明白在威脅圖伊索。而圖伊索大嚷著說「她平安無事」

的時候，那種表情顯示他很清楚哈蘭的威脅有多可怕。

於是哈蘭站起來跟在圖伊索後面走出去。

他們走進一個房間。哈蘭從來沒進過這房間。房間很大，看起來彷彿敲掉了好幾面牆，房間才變這麼大。先前他們經過一條窄窄的通道走向這房間的時候，被一面力場牆擋住。他們在牆前站了一下，等圖伊索在一部自動儀器前面完整掃瞄過他的臉之後，力場牆才降下來。

裡面有一個巨大的圓球，幾乎和天花板一樣高，幾乎佔滿了整個房間。圓球下緣有一扇門忽然開了，裡面有四級小台階，台階上是一片平台，燈火通明。

哈蘭聽到裡面有人在說話，仔細一看，看到門裡有兩條腿沿著台階走下來。那人走出門口之後，哈蘭還看到後面的門裡有另一個人的腿。那個人是全時委員會的聖納，而後面那個人是剛剛一起吃午餐的另一個委員。

看到他們在這裡，圖伊索似乎不太高興，不過說話的時候口氣還是很克制。「小組委員還在這裡嗎？」

「只有我們兩個。」聖納漫不經心的說。「只有萊斯和我。這種設備真是太美妙了，和太空船一樣複雜。」

萊斯肚子圓滾滾的，表情茫然，那模樣看起來彷彿總覺得自己是對的，可是吵起架來卻怎麼也吵不贏。他搓搓圓球般的鼻子說：「最近聖納滿腦子想的全是太空旅行。」

聖納光禿禿的頭在燈光下閃閃發亮。「圖伊索，這是個很妙的議題。」他說。「你也可以想一下。從時空狀態微積分的角度來看，太空旅行究竟是正因數還是負因數？」

「這種問題莫名其妙。」圖伊索口氣很不耐煩。「你要討論的是哪個社會在哪種環境下的哪種類型的太空旅行？」

「噢，別這樣嘛。從純理論的角度，太空旅行一定有些東西是可以討論的。」

「我只能說，太空旅行的發展有一定的限度，最後走到窮途末路，自然就消失了。」

「照你這麼說，太空旅行是毫無用處的。」聖納口氣很得意。「沒錯，我的觀點就是這樣，太空旅行就是負因數。」

「請你們幫個忙。」圖伊索說。「庫柏馬上就要到了，這裡人員必須清空。」

「沒問題，馬上走。」話一說完，聖納勾住萊斯的手臂把他拖走，不過邊走還是邊放言高論，聲音洪亮。「親愛的萊斯，人類每隔一段時期就會把心思全部用來搞太空旅行，可是由於太空旅行本身的限制，搞到最後註定玩不下去。我本來想弄出一個數字矩陣解釋給你看，不過我相信你一定看得出來這種現象很明顯，所以就不用多解釋了。心思全耗在太空，人類就會忽略真正實用的東西，導致那些東西無法好好發展。我正在寫一篇論文，準備呈報給委員會，建議他們擬定一些時空狀態改變計畫，把所有世紀的太空旅行全部消滅，而且把這個列為例行政策。」

萊斯的嗓門比他還大。「你怎麼可以這麼極端！在某些文明裡，太空旅行是一種很安全很有價值的交通管道。就拿 290 世紀 54 號時空狀態來說，最近我偶然想到那個狀態，那裡——」

他們越走越遠，說話聲終於消失了。這時圖伊索說：「聖納真是個怪人。說起來，他一個人的腦袋抵得過委員會隨便兩個委員的腦袋，可惜他這個人永遠是三分鐘熱度，腦袋再好也沒用。」

哈蘭問：「你覺得他的觀點對嗎？我說是太空旅行這方面。」

「恐怕有問題。如果聖納真的把他說的論文提報給委員會，我們就比較有機會判斷，只可惜他從來不提報論文。手上的東西都還沒研究完，一看到新東西覺得好玩，他就又一頭熱栽進去，把原來的東西拋到腦後。好了，別提他了——」他伸出一隻手，用手掌拍拍圓球表面，聽圓球發出清脆的響聲，然後很快又把手縮回來，把叼在嘴裡的香煙拿開。他問：「執行人，你猜得出這是什麼東西嗎？」

哈蘭說：「看起來像是一台巨大的時間機，不過是有頂蓋的。」

「完全正確。你猜對了，真有一套。走，跟我進去。」

於是哈蘭跟著圖伊索走進圓球。圓球大到可以容得下四、五個人，不過內部卻是空蕩蕩的。地板光禿禿，弧形的機殼內壁只有兩扇窗，別的什麼都沒有。

「沒有操控儀錶嗎？」哈蘭問。

「這是遙控的。」圖伊索伸手輕撫著光滑的內壁說：「機殼是雙層的，兩層機殼中間是一個獨立的時間力場。這種時間機不需要用到傳送井，不過還是可以傳送到過去，到永恆域出現之前的年代。這種時間機能夠設計製造出來，完全是靠馬蘭松回憶錄裡暗藏的珍貴資料。走吧，我們出去。」

操控室在大房間的一角。哈蘭走進去，眼神陰沈的盯著巨大的匯流排。

圖伊索問：「小老弟，聽得到我說話嗎？」

哈蘭嚇了一跳，立刻轉頭去看。剛剛他沒注意到圖伊索並沒有跟他一起進來。他立刻走到窗前，看到圖伊索正朝他揮手。哈蘭說：「聽到了，長官。你要我出去嗎？」

「你沒辦法出來。我把你鎖在裡面了。」

哈蘭立刻衝到門口，感覺整個胃糾結成冷冰冰的一團。圖伊索說得沒錯，門被鎖上了。這到底怎麼回事？

圖伊索說：「老弟，現在你可以放心了，你不用再承擔什麼責任了。先前你擔心自己責任太重，對自己的責任有很多疑問，問了一堆問題。我想，我知道你的意思。這不應該是你的責任。這是我的責任，我一個人的。不過很不巧，我勢必要讓你待在操控室裡，因為根據記載，你會在裡面負責操控。這是馬蘭松回憶錄裡記載的。庫柏會隔著窗口看到你，這樣就夠了。

「另外，我還會給你一些指示，我要你遵照我的指示在倒數計時結束的一刻啟動傳送，把庫柏傳送出去。如果你還是覺得這樣責任太重，那也沒關係，你大可不用管。有另一個人在負責另一組啟動操控，跟你同步。如果你，不管為了什麼原因，沒辦法啟動傳送，他就會啟動傳送。另外，我會切斷操控室的對外通話，你可以聽到我們說話，可是卻沒辦法跟我們說話。所以，就算你忍不住在裡面唉聲嘆氣，也不用擔心會破壞時空因果的完整性。」

哈蘭無助的看著窗外。

圖伊索又繼續說：「庫柏馬上就要到了，不到兩個小時他就要去遠古時代。等他去了，老弟，整個計劃就完成了，我們就解脫了。」

哈蘭彷彿在大白天陷入噩夢的狂亂漩渦，感覺自己快要窒息，身體猛烈搖晃。他中了圖伊索的圈套嗎？難道圖伊索所做的一切都是精心設計的，目的就是要儘快把哈蘭引到操控室鎖起來？當圖伊索發現哈蘭已經知道自己的重要性，他就更老奸巨猾，手段變得更高明。他說了很多事引起哈蘭的興趣，花言巧語攏絡哈蘭的感情，把哈蘭耍得團團轉，到最後時機成熟就把哈蘭鎖進操控室。是這樣嗎？

難怪圖伊索那麼快就保證諾伊絲不會有事。圖伊索說她絕對不會受到傷害，一切都沒問題。他怎麼會相信這種鬼話！要是他們沒打算傷害她，或是染指她，那時間機傳送井為什麼到了100,000世紀就被堵住？光看這一點，圖伊索就完全洩底了。

就因為他太傻，太渴望相信，所以才會在過去幾個小時裡呆呆被牽著鼻子走，被鎖進操控室，甚至被迫在最後一刻啟動傳送。圖伊索已經不需要他了。

轉眼間，他已經不再是不可或缺的，手上的王牌被人掉包，變成一手爛牌，而他再也見不到諾伊絲了。他並不在乎自己會有什麼下場，會遭到什麼懲罰。他唯一在乎的是，他再也見不到諾伊絲了。

他一直沒想到整個計劃已經逼進尾聲。當然，惟有到了計劃完成那一刻，他才算真正被打敗。

他隱約聽到圖伊索在說：「老弟，我要切斷你的通話了。」

哈蘭陷入孤絕，束手無策，除非……

第十三章　永恆域創立之前的年代

庫柏進來了。他太激動，削瘦的臉漲得通紅，整個人看起來更年輕，儘管嘴上馬蘭松式的鬍鬚依然往下垂。

隔著窗口，哈蘭看得到庫柏，也從操控室的無線電對講機裡清楚聽到他的聲音。他心頭一陣苦澀，因為他想到：馬蘭松式的鬍鬚！那當然！

庫柏走向圖伊索。「長官，他們到現在才放我進來。」

「很正確。」圖伊索說：「他們是奉命行事。」

「時候到了嗎？要把我送走了嗎？」

「差不多了。」

「我還會回來吧？我還會再回永恆域吧？」雖然庫柏表現得很鎮定，但他的聲音卻透露出一絲不確定。

操控室裡的哈蘭握緊拳頭猛敲窗口的強化玻璃，彷彿拚命把它敲破，然後朝他們大喊：「夠了！先答應我的條件，否則──」只是，在裡面就算喊破了喉嚨又有什麼用？

庫柏轉頭看看四周，顯然沒注意到圖伊索刻意不回答他的問題。他瞥見哈蘭在操控室的窗戶裡。

他很興奮的揮揮手。「哈蘭執行人！快出來啊！在走之前，我一定要先跟你握握手。」

圖伊索立刻打斷他。「現在不行，年輕人。現在不行。他要負責操控。」

庫柏說：「哦？可是他看起來好像不太舒服。」

圖伊索說：「我已經告訴他整個計畫的真相，我想，不管是誰聽了恐怕都會很緊張吧。」

庫柏說：「老天！真的是這樣！知道真正的計劃之後，已經過了好幾個星期，到現在我還是不太敢相信。」他大笑起來，可是笑得有點歇斯底里。「到現在我的腦袋還是有點暈頭轉向，不敢相信要去做這件事的人真的是我。我──我還是有點怕。」

「這很正常，我一點都不怪你。」

「我主要是怕我的胃受不了。我的胃很不好。」

圖伊索說：「噁心想吐是很正常的反應，不過那種感覺很快就會過去的。另外，你出發的時刻已經在標準全時時間上設定好了，現在時間不多了，我還有很多東西要跟你說明。例如，你到現在都還沒見過你要搭乘的時間機，我還得跟你說明一下。」

兩個小時過去了。在那兩個小時裡，圖伊索對庫柏說了什麼，哈蘭都聽得清清楚楚，差別在於有時看得到他們說話，有時看不到。

圖伊索在跟庫柏說明的時候，模樣看起來很不自然。哈蘭知道他為什麼會這樣。他只能讓庫柏知道將來庫柏會在馬蘭松回憶錄裡提到的那些事。

完整的時空因果。完整的時空因果。此刻，哈蘭根本無能為力，沒辦法做最後奮力一搏，像參孫推倒神廟那樣，與敵人同歸於盡。時空因果完整不變。時空因果完整不變。

他聽到圖伊索說：「一般的時間機在時間力場裡，可以推進，也可以拉回。當然啦，我不知道說明時間力場的時候，用推進拉回這樣的字眼恰不恰當。總之，在永恆域裡從X世紀移動到Y世紀，時間機在起點和終點都有充足的動力供應。

「而你要用的這台時間機，只有在起點有動力供應，在終點得不到動力供應。也就是說，它只能推進，沒辦法拉回。正因為這樣，它必須使用極大的能源，比一般時間機用的高了好幾個數級。在運行的路徑途中，它必須不斷放出特殊的電力轉換器吸取新星能源。

「這台時間機很特殊，操控裝置和動力供應裝置是結合許多不同世紀的科技拼湊出來的。我們耗費了幾十年的時間，過濾無數曾經存在的時空狀態，尋找特殊的合金和科技。222 世紀的 13 號時空狀態是其中的關鍵。那個時空狀態裡的人發展出一種時間壓縮機。要是少了那種壓縮機，我們根本造不出這台時間機。記住，222 世紀的 13 號時空狀態。」

他最後還特別強調的再說了一次「222 世紀的 13 號時空狀態」，一字一字說得清清楚楚。

哈蘭心裡想：庫柏，要記住啊！一定要記住 222 世紀的 13 號時空狀態，這樣你才能把它寫進馬蘭松回憶錄，然後永恆人才會知道要去哪裡找他們要的東西，才會知道要告訴你什麼，讓你寫在回憶錄裡……時空因果環環相扣，環環相扣……

圖伊索又說：「當然，這台時間機還沒有去過永恆域出現之前的年代。我們還沒有做過這樣的測試。不過，它已經在永恆域的範圍內運行過無數次，所以我們相信它的功能不會出任何問題。」

「應該不會，對不對？」庫柏說。「我是說，我確實抵達了目的地，否則馬蘭松根本不可能創造出時間力場。馬蘭松確實成功了，不是嗎？」

圖伊索說：「你確實到了。你會發現自己到了一個很安全的地點，與外界完全隔絕。那個地點位於米國人煙稀少的西南區——」

「是美國。」庫柏立刻糾正他。

「好吧，美國。你會抵達 24 世紀。如果要準確到小數點以下的百分位，那就是 23.17 世紀。我們甚至可以說那是 2317 年。你自己也看到了，這台時間機很大，大到遠超過你的需要。現在裡面放滿了食物和水，還有一些你可以用來搭建臨時居所的東西，用來保護自己的東西。那些東西會附帶詳細說明，不過，當然啦，那些說明除了你之外沒有人看得懂。現在，你必須牢牢記住，到了之後，你要做的第一件事，就是確保當地的居民絕對不會看到你。在你準備好面對他們之前，絕對不能被人看到。我會在時間機裡放幾把強力鑽鑿器，你可以用來在山壁上挖洞當臨時居所。你必須用最快的速度把時間機上的東西卸下來。為了方便你搬運，所有的東西都會堆好。」

哈蘭心裡想：再說一次！再說一次！這些話他一定說過很多次了，不過，他勢必要說很多次，庫柏才記得住，才會寫進回憶錄裡。時空因果環環相扣，環環相扣……

圖伊索說：「你必須在十五分鐘內卸貨完畢。時間一到，時間機就會自動回到起點，所有的工具也會全部被帶回來。那些工具對那個世紀的人來說，實在太過先進。我會給你一份那些工具的清單。時間機回來之後，你就只能靠自己了。」

庫柏說：「非要讓時間機這麼快就回來嗎？」

圖伊索說：「回來得越快，成功的機率就越高。」

哈蘭心裡想：時間機當然必須在十五分鐘內回來，因為它確實十五分鐘就回來了。時空因果環環相扣環環相扣……

圖伊索迫不及待又繼續說：「我們不能冒險偽造他們的貨幣或是票據之類的。我會給你一些碎金塊，還會附上詳細說明，讓你有辦法解釋你怎麼會有這些金塊。我會給你一些當地人的衣服，或是不會讓當地人起疑的衣服。」

「沒錯。」庫柏說。

「聽著，你要記住，一切都要慢慢進行，必要的話甚至花上幾個星期都沒關係。你要想辦法在精神上融入那個年代。執行人哈蘭教你的東西是很有用的，不過那只是基本的，光靠那些還不夠。我會給你無線電收訊器，那是用 24 世紀的科技製造的。你可以用來聽廣播看電視節目，了解當時發生的各種事，還有，更重要的，用來學好當時的語言，學會他們說話的發音和腔調。你一定要學得非常徹底。我相信哈蘭很懂英語，不過，他英語發音再好也沒辦法像當地人說的那麼道地。」

庫柏說：「萬一我沒有抵達正確的目的地，會怎麼樣？我是說，要是我沒有被準確傳送到23.17世紀，會怎麼樣？」

「我們當然已經仔細檢查過時間機的設定。不過，你一定會準確抵達的。會準確抵達的。」

哈蘭心裡想：當然會準確抵達，因為它確實準確抵達了。環環相扣……

圖伊索發現庫柏顯然不相信他的話，於是又繼續說：「準確定位是精心設計過的。我一直想跟你說明我們用的是什麼方法，現在機會到了。同時哈蘭也可以趁這個機會多了解一下怎麼操控。」

這時站在窗口的哈蘭立刻轉身，眼睛盯著操控儀錶。他忽然不再感到那麼絕望了。如果——

圖伊索還在跟庫柏解說，那種囉嗦到婆婆媽媽的口氣簡直像老師在教笨學生。哈蘭心裡在想別的事，但他還是分神聽他們說了些什麼。

「某個物體輸入一定量的能源之後，會被傳送到遠古時代的哪個年代？要怎麼測量？這顯然是一個很重要的關鍵問題。最直接的辦法就是派一個人搭這台時間機去遠古時代，去很多次，每次輸入的能源量都經過精密計算，逐步增加。然而，這樣做意味著每次都會耗費很多時間，因為那個人必須觀察天文，或是用無線電收訊器取得適當的資料，才能夠判斷那是哪個世紀的哪一年。這樣做，不但速度太慢，而且會有危險，因為要是被當地居民看到了，可能會導致嚴重後果，危害到整個計劃。

「於是我們改用另一種方法。我們送回去的，是一塊定量的放射性同位素——鈮 94。鈮 94 會放射出 β 粒子，逐漸衰敗，最後變成一種穩定同位素——鉬 94。鈮 94 的半衰期幾乎正好是五百個世紀。我們事先就知道那塊鈮 94 原來的輻射強度，而輻射強度會依據一級動力學的比例，隨著時間慢慢衰退，而且，那強度是可以精準測量的。

「我們把同位素裝在瓶子裡，放到時間機上。時間機抵達遠古時代的目的地之後，會把瓶子投射到山邊，然後就回到永恆域。瓶子從被投射的那一刻起，會一直存在於未來的時間裡，而瓶子裡同位素的輻射強度會隨著時間逐漸衰退。接下來，永恆域 575 世紀支部會有一位執行人進入那個世紀的真實時空，到投射的地點偵測輻射線，找到那個瓶子帶回來。

「測量過瓶子裡同位素的輻射強度之後，我們就會知道那瓶子被丟在山邊多久，也會知道時間機去的是哪個世紀，甚至可以知道是哪一年。我們用時間機去投射瓶子的次數多達幾十次，每次輸入的能源量都不一樣。那些瓶子都回收之後，我們用測量出來的數據建立起一條校準曲線。

瓶子並不是全部投射到遠古時代，有些瓶子是投射到永恆域建立後早期的世紀，因為在那裡可以同時直接觀察。

「當然，還是有失敗的案例。瓶子並沒有全部都收回來。初期投射的幾個瓶子一直沒找到，後來我們才明白，如果要在遠古時代晚期到 575 世紀這段期間投射瓶子，投射地點不能有太劇烈的地形變化。後來我們繼續投射瓶子，其中有三個在 575 世紀一直都找不到。我們認為，可能是投射設備出了問題，投射到山裡力道太大，埋得太深，執行人偵測不到輻射，找不到瓶子。後來，我們不得不終止實驗，因為投射地點的輻射太強，我們擔心遠古時代的某些居民會偵測到，這樣一來，他們會懷疑可能有人在那個地區製造什麼放射性物體。還好，我們蒐集到的數據已經夠用了。我們已經有把握能夠很準確的設定，把時間機傳送到任何世紀的任何一年。

「庫柏，我說的這些你都聽懂了嗎？」

「完全懂了，長官。先前我看過那條校準曲線，不過並不懂那是做什麼用的，現在完全明白了。」

而這時哈蘭興趣全來了。他盯著那條校準曲線，注意到上面有刻度標示出各個世紀。那條閃閃發亮的曲線是瓷質，刻在一片金屬面上，而曲線上有密密麻麻的刻度細線，分別標示出世紀、十分之一世紀，百分之一世紀。銀色金屬面散發出光暈，襯托著瓷質細線，讓那些細線顯得更加醒目。另外，數字也刻得很清晰。哈蘭彎腰去看，發現數字是從 17 到 27，一根細指針定在 23.17 世紀的刻度上。

哈蘭看過類似的定時計，於是就本能的伸手握住壓力式操控桿，但操控桿並沒有作用，指針依然定在 23.17 世紀。

這時哈蘭忽然聽到圖伊索跟他說話，嚇了一跳。

「哈蘭執行人，聽到了嗎？」

他立刻大喊一聲：「聽到了，長官。」但他忽然想到圖伊索聽不到他的聲音，於是就走到窗口點點頭。

圖伊索彷彿看穿了哈蘭的心思。他說：「定時計已經設定好回到 23.17 世紀的能源輸入量，不用再變動了。你的工作，就是在正確的時刻輸入能源。定時計右邊有一個精密計時錶，如果看到了就點個頭。」

哈蘭點了個頭。

「計時錶會倒數計時回到零度。當計時錶倒數到 15 秒的時候，你就啟動能源輸入。這很簡單，你會了嗎？」

哈蘭又點了個頭。

圖伊索又繼續說：「同步並不是那麼重要。你可以在倒數 14 秒或倒數 13 秒或甚至倒數 5 秒啟動能源輸入，不過為了安全起見，你要儘可能在倒數 10 秒之前啟動。你啟動能源輸入之後，有一個同步的力場裝置會執行接下來的工作，確保輸入的能源會在零度那一刻啟動傳送。明白了嗎？」

哈蘭又點點頭。他明白圖伊索的言外之意。如果倒數到 10 秒的時候他還沒有啟動能源輸入，另一個人會啟動。

哈蘭冷冷的想：這麼重要的事你當然不會交給外人。

圖伊索說：「現在還剩三十分鐘。我和庫柏要先離開一下，去檢查補給品。」

於是他們走了。門關上了。操控室裡只剩哈蘭一個人，而計時錶已經開始倒數計時，慢慢歸零。哈蘭已經想到自己該做什麼了。他已經下定決心。

哈蘭轉身離開窗口，手伸進口袋裡，把那根神經鞭掏出到袋口。神經鞭一直放在他口袋裏。

先前經歷了那麼多事，神經鞭卻還一直被他帶在身上。他手有點發抖。

先前那個念頭忽然浮現在他腦海中：參孫推倒神廟！

同時他也想到一個無聊的問題：有幾個永恆人聽說過參孫的故事？有幾個人知道他是怎麼死的？

只剩二十五分鐘了。他無法確定自己的行動會花多少時間。他根本沒把握行動是否會成功。然而，他還有別的選擇嗎？他的手在冒汗，手指濕濕的。他用手指去扳神經鞭的開關，但還來不及摸到，神經鞭就差點掉到地上。

他全神貫注，動作飛快。他打算做的事可能會引發很多後果，其中一個後果就是他自己會消失。但他根本沒去想這個後果，也根本不擔心。

倒數剩一分鐘的時候，哈蘭正站在操控儀錶前面。

他不由自主的想著：這是我人生的最後一分鐘嗎？

他眼睛盯著那根紅色的指針跳過一秒又一秒，操控室裡其他的東西他都看不到了。

倒數三十秒。

他心裡想：不會痛的。這不算是死亡。

他集中心思去想諾伊絲。

倒數十五秒。

諾伊絲！

哈蘭伸出左手抓住開關，準備往下拉，啟動能源輸入。先不急。

倒數十二秒。

啟動！

接下來力場裝置開始運作。一到零度，時間機就會被傳送出去。現在，哈蘭還剩下最後一個動作。參孫推倒神廟！

他伸出右手，但眼睛並沒有看右手。

倒數五秒。

諾伊絲！

零——他右手猛動了一下，但眼睛沒去看。

一切都要消失了嗎？

沒有。還沒消失。

哈蘭站在那裡沒動，看向窗外。時間依然一秒一秒過去，但他卻渾然無覺。

外面的大房間空蕩蕩的，那台巨大的時間幾不見了，只剩底下的金屬平台基座。

現在大房間裡唯一會動的就是圖伊索。他不斷走來走去。此刻的大房間有如一個巨大的洞穴，他在那裡顯得異常渺小。

哈蘭看著他走來走去，看了一會兒就撇開視線。

後來，那台時間機忽然無聲無息的出現在原來的位置。它從過去的時間回到現在的時間，完全沒有干擾到大房間裡的一切，連空氣都沒有被攪動。

巨大的時間機擋住了哈蘭的視線，他看不到圖伊索。但圖伊索很快就繞過來，哈蘭又看到他了。他正在跑。

他用手輕輕拍了一下開關，操控室的門就開了。他衝進去，興奮得大喊：「完成了！完成了！時空因果完整了。」說完他已經喘得說不出別的話。

哈蘭沒吭聲。

圖伊索看著窗外，手輕按著玻璃。哈蘭看著他手上的老人斑，看著他手發抖的樣子。此刻他腦子似乎已經失去思考能力，分不清什麼是重要的，什麼是無關緊要的。現在，眼前有什麼，他就看什麼，隨便。

他那疲憊的心裡想著：有什麼好在乎的？一切有什麼好在乎的？

他隱約聽到圖伊索在說：「現在告訴你也沒關係了，其實我一直很緊張，只是嘴裡不承認。聖納曾經說過，這整件事是不可能成功的。他堅持認定一定會發生某件事，破壞整個計畫——欸，你怎麼了？」

圖伊索注意到哈蘭發出奇怪的呻吟聲，立刻轉頭看他。

哈蘭搖搖頭，心煩意亂勉強說了一句：「我沒事。」

圖伊索沒再追問，轉開頭。他開始說話了，然而，他是在跟哈蘭說話，還是在自言自語，恐怕只有他自己知道了。彷彿此刻他終於可以盡情宣洩內心積壓多年的焦慮。

「聖納這個人……」他說：「對什麼都抱持懷疑的態度。我們拚命想跟他講道理，跟他爭辯，透過數學和他討論，還把永恆域無數前輩努力的成果展示給他看。可是他根本不管我們說什麼。他就只是一直說那個一個人遇見自己的時間旅行悖論來表達自己的觀點。你自己也聽他說過。他最愛說那個。

「聖納說，目前的情況就是我們知道了自己的未來。舉例來說，我圖伊索會活著看到庫柏回到永恆域創立之前的年代，儘管那時候我已經很老了。我還知道自己未來其他的事，知道自己會做什麼。

「聖納又說，但問題是我們不可能會知道自己的未來。時空狀態會自行改變，結果我們就不會知道自己的未來，就算那樣會導致時空因果斷裂，導致永恆域永遠無法創立。

「我不知道他為什麼會這樣說。也許他真的相信是這樣，也許他只是在跟我們玩腦力激盪的遊戲，也許他只是喜歡跟我們唱反調，故做驚人之語。不過，不管他到底是什麼用意，我們還是繼續執行計畫，而回憶錄裡提到的某些事開始實現了。例如，回憶錄裡提到庫柏是在哪個世紀的哪個時空狀態，我們就根據那個找到了他。光是這一點就足以證明聖納的觀點是錯的，但他根本不在乎。那時候他的興趣早就轉移到別的地方了。

「只不過……只不過……」他輕聲笑起來，但那笑聲明顯帶著尷尬。而且，他竟然沒注意到手上的香煙已經快燒到手指了。「只不過你知道嗎，其實我心裡一直感到不安。我總覺得可能真的會發生某件事。在某個時空狀態下，永恆域創立了，然而，那個時空狀態可能會有所改變，以避免出現聖納提到的那種時間矛盾。那個時空狀態勢必要變成永恆域不存在的狀態。有時候，在夜深人靜的時刻，我會睡不著覺。在那樣的時刻，我會告訴自己，事情說不定真的就像聖納說的那樣——不過現在，一切都結束了，我忍不住要嘲笑自己真是個老糊塗，竟然會相信聖納。」

這時哈蘭忽然低聲說：「聖納計算師說對了。」

圖伊索猛然轉身看著他。「你說什麼？」

「計劃失敗了。」哈蘭腦海中的陰影漸漸消散，然而，他不知道接下來他腦海中會出現什麼。

「時空因果不完整了。」

「你在說什麼？」圖伊索抓住哈蘭的肩膀，那衰老的雙手力氣大得驚人。「老弟，我看你真是生病了，壓力太大了。」

「我沒有生病。我只是累了，厭倦了。我厭倦所有的一切，厭倦你，厭倦我自己。我不是生病。你自己看吧，看看定時計。」

「定時計？」定時計上的指針指著錶面最右邊的刻度，已經到底了。那是 27 世紀。「到底怎麼回事？」圖伊索臉上的喜悅消失了，變成驚駭。

哈蘭說話口氣平淡，彷彿事不關己。「定時計的鎖定裝置被我燒熔了，我可以操控啟動。」

「你是怎麼……」

「我有一根神經鞭。我把神經鞭弄斷，把裡面的微量能源當成火把一樣燒了一下。你看吧，就在那裡，剩下那些了。」他用腳踢踢那堆金屬殘骸。

圖伊索還沒完全弄清楚目前的狀況。「27 世紀？你是說庫柏現在在 27——」

「我不知道他在哪裡。」哈蘭神情木然的說：「我把傳送操控往過去的方向設定，設定到比 24 世紀更早的世紀。我不知道是哪個世紀。當時我沒有看。然後我又把設定轉回來，轉向未來，而我還是一樣沒去看自己轉哪裡。」

圖伊索盯著他，面無血色，整張臉變成蠟黃，嘴唇在顫抖。

「我不知道他在哪裡。」哈蘭說。「他也不知道自己在遠古時代的哪個年代。他迷失了。我本來以為在倒數歸零的那一刹那，一切就消失了，但我顯然錯了。我真笨。現在，我們就只能等了。總有一天，庫柏一定會發現自己到了錯誤的世紀，到時候，他就會做出違反回憶錄記載的事。到時候——」說到這裡他忽然停住，故意大笑起來，笑聲嘶啞。「有什麼差別嗎？庫柏最後註定會破壞時空因果，那只是時間早晚的問題。什麼也阻擋不了他。差別只在於，會延遲多久？幾分鐘？幾個小時？還是幾天？有什麼差別嗎？等時候到了，永恆域就不存在了。那就會是永恆的終結。」

第十四章　更早之前的犯罪

「為什麼？為什麼要這樣做？」

圖伊索看看定時計，再看看哈蘭，眼神就像他說話的口氣一樣困惑絕望。

哈蘭抬起頭，只說了一句話：「為了諾依絲。」

圖伊索說：「就是你帶進永恆域的那個女人？」

哈蘭苦笑了一下，沒說話。

圖伊索說：「她怎麼會和我們的計劃扯上關係？老天！老弟，我真的不懂！」

「你怎麼會不懂？」哈蘭顯得很悲痛。「你為什麼要這樣裝蒜？我有了女人，我很快樂，她也很快樂。我們並沒有妨礙到誰。而且在新的時空狀態裡，她並不存在。她會礙到誰嗎？」

圖伊索急著想說話，但哈蘭不讓他說。

哈蘭大吼著說：「偏偏永恆域有一大堆規定，不是嗎？這我清楚得很。建立親密關係要先經過批准，建立親密關係要先經過計算，想建立親密關係必須先擁有相當的地位。想建立親密關係是很麻煩的。還有，等這一切結束之後，你打算怎麼處置諾伊絲？你要把她送到註定要墜毀的火箭上嗎？還是說，你打算把她交給那些位高權重的委員，讓她變成他們共享的情婦，讓她可以過得舒服一點？現在，你可以不用盤算了。」

說到後來，他顯得很絕望。這時圖伊索飛快衝到視訊螢幕前面。它的通訊功能顯然已經恢復了。

圖伊索朝螢幕不停的大吼，後來終於有人回應了。他說：「我是圖伊索。現在我不准任何人進來這裡。誰都不准進來。誰都不准。聽懂了嗎？……你要給我嚴格執行，就連全時委員會的委員也不准進來，而且特別是他們。絕對不准放他們進來。」

說完他又轉身走回哈蘭旁邊，心不在焉的說：「他們一定會乖乖照辦，因為我年紀夠大，因為我是委員會的高階委員，因為他們覺得我脾氣很壞，又很古怪。他們會乖乖聽話，就是因為我脾氣很壞，又很古怪。」說到這裡他忽然停下來，似乎在想什麼，過了一會兒又繼續說：「你覺得我古怪嗎？」說著他猛然轉頭看著哈蘭，那模樣活像猴子玩偶。

哈蘭心裡暗暗吶喊：老天！這個人瘋了！他嚇瘋了！

一想到自己和一個瘋子關在一起，他嚇壞了，立刻本能的倒退一步。但他很快就冷靜下來，心裡想，這個人就算是瘋了，也只不過是個年老體衰的瘋子，更何況，他也瘋不了多久了。瘋不了多久？奇怪，為什麼一切沒有馬上消失？永恆域為什麼還沒消失？被什麼延誤了嗎？

圖伊索又說話了。他手上沒有挾著香煙，也沒有伸手去掏香煙。他用一種平淡戲謔的口氣問：「你還沒回答我的問題。你覺得我古怪嗎？我猜你一定覺得我很古怪。太古怪了，簡直沒辦法溝通。你一定覺得我是個脾氣暴躁的怪老頭，難以捉摸。太可惜了。如果你不要有這種偏見，把我當成朋友，那你就會對我展開心胸，心裡有什麼困惑都會坦白告訴我。這樣的話，你就不會幹出這種傻事了。」

哈蘭皺起眉頭。這個人以為他發瘋了。一定是這樣。

於是哈蘭氣沖沖的說：「我這樣做是對的。我神智清醒得很。」

圖伊索說：「我不是告訴你那女孩平安無事？」

哈蘭說：「我就是太笨了才會相信你，就算只是一時相信也夠笨了。我就是太笨了才會相信委員會會公平對待一個執行人。」

「誰告訴你委員會知道你的事？」

「芬奇知道我的事，而且把這件事寫成報告交給委員會。」

「你怎麼會知道？」

「我用神經鞭對準芬奇，他就什麼都說了。在神經鞭的威脅下，官再大也沒用。」

「你就是用那根神經鞭把這裡搞成這樣嗎？」圖伊索伸手指著定時計。定時計錶面上方的金屬箱已經被熔化成歪七扭八的一團。

「沒錯。」

「這神經鞭可真忙。」接著他口氣忽然變得嚴厲。「芬奇不私下處理這件事，反而向委員會舉報，你知道為什麼嗎？」

「因為他痛恨我，而且非要把我搞到身敗名裂不可。因為他自己想要諾伊絲。」

圖伊索說：「你實在太嫩了！要是他想要那個女孩，他輕而易舉就能夠安排親密關係，執行人根本奈何不了他。老弟，那個人恨的是我。」他還是沒抽煙。這個人手上沒挾著一根煙，看起來很怪。剛剛他說最後一句話的時候，手拍拍胸口，光禿禿的手指看起來很突兀。

「他恨的是你？」

「老弟，你知道什麼叫委員會政治嗎？並不是每個計算師都能當上委員。芬奇想當委員。他野心很大，想當委員想到快發瘋了。我擋了他的路，因為我覺得這個人情緒不穩定。老天，我還真是有先見之明，完全沒看走眼……告訴你，老弟，他知道你是我的徒弟，他親眼看到我提拔你，把你從觀察員提拔起來當執行人，而且成為一流的執行人。他看到你長期為我工作。如果他想報復我，摧毀我的影響力，還有比拿你開刀更好的辦法嗎？要是他能夠證明我的寶貝執行人犯下滔天大罪，嚴重觸犯了永恆域的法規，那麼，我一定會受到牽連。在這種情況下，我勢必要辭去全時委員會的職務。那你猜猜看，誰會順理成章遞補我的空缺？」

這時他本能的舉手到嘴邊，發現手上沒煙，愣愣的看著拇指和食指之間。

哈蘭心裡想：他說話的時候努力表現出冷靜樣子，但其實根本沒那麼冷靜。他怎麼有辦法冷靜？不過，此刻他為什麼要跟他說這些莫名其妙的事？永恆域就快完蛋了不是嗎？

接著他忽然感到很痛苦：永恆域為什麼還不消失？趕快消失吧！

「前陣子答應芬奇讓你去幫他做事的時候，我就擔心會出問題。可是，馬蘭松的回憶錄說你上個月不在這裡。問題是，當時並沒有別的事會導致你不在這裡，除了芬奇要找你。所以我只好讓你去了。所幸，芬奇這個人做事喜歡來陰的。就因為這樣我才有機會補救。」

「這話怎麼說？」哈蘭懶洋洋的問。他並不是真的感興趣，只是因為圖伊索喋喋不休，所以他也只好一搭一唱應付一下，這樣總比捂住耳朵不聽輕鬆一點。

圖伊索說：「芬奇那份報告的標題是『執行人安德魯哈蘭違反職業道德的作為』。你要知道，這個人老是裝出一副忠誠永恆人的樣子，刻意表現得冷靜、客觀，不衝動。他故意把報告丟給委員會，就是要激怒他們，然後委員會就會把矛頭對準我。然而，他並不知道你真正的重要性，也不知道只要是關於你的報告都會立刻直接呈交給我。除非報告的封面註明茲事體大，否則委員會絕對看不到有關你的報告。」

「這件事你怎麼從來沒告訴我？」

「我怎麼能說？整個計劃面臨危機，在這種情況下，我很怕做了什麼事刺激到你。我一直想辦法製造機會，讓你自己開口把麻煩事告訴我。」

想辦法製造機會？哈蘭不相信，歪了歪嘴，但忽然想到先前圖伊索用視訊聯絡他，一臉疲憊，問他有沒有什麼事要告訴他。就在昨天。昨天。

哈蘭搖搖頭，不過卻撇開臉不敢看圖伊索。

圖伊索口氣慈祥的說：「一看到報告，我立刻就明白他故意用這種手段激你做出——做出這種魯莽的事。」

哈蘭抬頭看他。「你也看出來了？」

「這沒什麼稀罕。我知道芬奇想把我幹掉，我早就知道了。老弟，我活得夠久了，太了解這種把戲。這種靠不住的計算師，我們總是有辦法摸透他，對付他。我們有很多防護裝置，是從真實時空裡收集來的，不過並沒有放在博物館裡。有些東西只有委員會才知道。」

哈蘭忽然想到時間機傳送井到了100,000世紀就被堵住的事，心頭一陣苦澀。

「根據我看到的報告，再加上一些只有我知道的事，我很容易就可以推斷出這是怎麼回事。」

哈蘭說：「芬奇可能懷疑你派我監視他，你認為呢？」

「有可能。這不難預料。」

哈蘭回想起他第一次接觸到芬奇的那些日子。就是在那個時候，圖伊索第一次表現出他對這位年輕觀察員有異乎尋常的興趣。芬奇根本不知道馬蘭松計劃的事，不過他很好奇圖伊索為什麼對哈蘭特別有興趣。哈蘭想到當時芬奇曾經問他「你有沒有見過高階計算師圖伊索？」。哈蘭還記得當時芬奇口氣中顯露出來的強烈不安。芬奇一定早在那個時候就懷疑哈蘭是圖伊索的耳目。他對哈蘭的敵意和仇視一定早在那個時候就萌芽了。

圖伊索又繼續說：「要是你來找我開口——」

「找你開口？」哈蘭大喊說：「那委員會那邊你要怎麼處理？」

「整個委員會只有我知道這件事。」

「你一直都沒告訴他們？」哈蘭拚命想表現出揶揄的口氣。

「從來沒有。」

哈蘭太激動，感覺渾身燥熱，感覺身上的衣服勒得他喘不過氣來。這場噩夢還要一直持續下去嗎？為什麼還要在這裡聽圖伊索東拉西扯，講一大堆言不及義的事？為什麼？到底有什麼好處？

永恆域為什麼還不消失？為什麼他們還沒感受到周遭的一切消失後的寧靜虛空？老天，到底出了什麼問題？

圖伊索問：「你不相信我？」

哈蘭大吼：「憑什麼要相信你？那些委員不是還專程跑來看我嗎？吃午餐的時候？要不是因為看過報告，他們怎麼會來看我？他們是來看熱鬧，看世界奇觀，因為這傢伙觸犯了永恆域的法規，可是卻還要再等一天才能制裁他。再等一天，計劃就完成了。他們是來幸災樂禍，期待明天好戲上場。」

「老弟，沒這回事。他們跑來看你，純粹只是因為這就是人性。委員也是人。他們沒辦法親眼目睹時間機傳送，是因為馬蘭松回憶錄裡沒有提到他們在場。他們沒辦法當面和庫柏談話，也是因為回憶錄裡沒有提到。然而，他們還是渴望能沾上邊。老弟，難道你看不出來他們很想沾上邊嗎？你幾乎就是他們唯一沾得上邊的人了，所以他們才會湊過來盯著你看。」

「我不相信。」

「我說的是真的。」

哈蘭說：「是嗎？我們吃飯的時候，聖納委員不是提到一個人遇見自己的悖論？顯然他知道我違法跑到 482 世紀，差點遇見自己。他故意說這種話就是為了要嘲笑我。看我出洋相，他就很開心。」

圖伊索說：「聖納？你在乎聖納？你知道這個人有多悲哀嗎？他是 803 世紀的人，那個世紀有一種人類史上罕見的怪異文化，每個人都必須刻意把自己的容貌搞得很難看，以符合當時的審美標準，所以一到青春期就必須把頭剃光。

「從人類一致性的角度來看，你知道那意味著什麼嗎？你當然知道。跟過去未來的其他人類站在一起，容貌醜陋的人會顯得格格不入。803 世紀的人是很難成為永恆人的。他們看起來和我們其他人太不一樣。那個世紀的人能獲選成為永恆人的少之又少，而聖納是那個世紀的人當中唯一當上委員的。

「你知道這對他造成什麼影響嗎?你一定懂什麼叫缺乏安全感。身為委員也是會缺乏安全感的，這你有沒有想過?那個世紀的文化特性導致他和我們在一起的時候顯得格格不入，而就是因為那種特性，我們在討論要消除他那個世紀的時空狀態。你覺得聖納聽我們討論這些，心裡會是什麼滋味?一旦那種時空狀態被改變了，全人類和他一樣容貌醜陋的人就會變得少之又少，而他就是其中之一。那個時空狀態總有一天會被改變的。

「他在哲學的領域裡找到了慰藉。大家交談的時候，他永遠是那個帶頭發表高見的人，而且喜歡大放厥詞，說一些既惹人厭又令人難以接受的觀點。對他來說，這有一種心理補償作用。他會扯什麼一個人遇見自己的悖論，就是基於這種心理。告訴你，他是藉由這個悖論來預言我們的計劃會是一場災難，而他想激怒的，是我們這些委員，不是你。那跟你毫無關係。根本扯不上關係。」

圖伊索越說越激動。他說的這些話顯露出滿滿的情緒，彷彿他忘了自己身在何處，忘了眼前面臨什麼危機。此刻他又變回哈蘭熟悉的那種精靈般的模樣，動作很快，顯得不自在，由此看得出他很激動。他甚至從袖袋裡抽出一根煙，準備要點燃。

但他忽然停住動作，轉身又看著哈蘭。先前說了一大串之後，他這才想到剛剛哈蘭說了什麼。他原先沒有認真聽，現在終於想到了。

「你剛剛說你差點遇見自己，那是什麼意思？」

哈蘭簡單說明了一下，然後問：「你不知道嗎？」

「不知道。」

兩人忽然陷入一陣沈默。對渾身燥熱的哈蘭來說，這種沈默就像水一樣令他感覺清涼。

圖伊索說：「就這樣嗎？萬一你真的遇見自己，會怎麼樣？」

「我真的沒遇見自己。」

圖伊索不理他。「時空狀態永遠都可能出現隨機變化。時空狀態太多了，無窮無盡，所以沒有所謂的宿命論，沒有什麼是絕對必然的。就以馬蘭松時空狀態的因果關係先前出現的那次轉折來說，如果在那次轉折裡——」

「時空因果會不斷出現轉折嗎？」哈蘭發覺自己還是有點驚魂未定。

「你以為只有兩次嗎？你以為二是什麼神奇數字嗎？在無窮盡的真實時間裡，時空因果的轉折也是無窮盡的。就好像你拿鉛筆畫圓，一次又一次的畫，畫出無限多的圓，但每個圓裡都是一個有限的區域。在時空因果先前的幾次轉折裡，你沒有遇見自己。所有的事情都有統計不確定性，而在這次的轉折裡，那種不確定性會導致你有可能遇見自己。在這種情況下，時空狀態勢必要改變，以避免你遇見自己，而在這個新的時空狀態裡，你沒有把庫柏送回24世紀，不過──」

哈蘭大嚷著說：「為什麼要跟我說這些？你到底有什麼目的？事情就是這樣了，一切都已成定局。好了，讓我一個人靜一靜！我想一個人靜一靜！」

「我想讓你知道你做錯了，我要你明白你做錯了事。」

「我沒做錯！但就算錯了，事情做了就是做了，一切都已成定局。」

「還沒有成定局。聽我說，再多聽我說幾句。」圖伊索拚命哄他，口氣慈祥到無以復加。「你可以擁有那個女人。我保證過，現在還是一樣保證。她絕對不會受到傷害，你也絕對不會受到傷害。我向你保證，以我的身分，我絕對辦得到。」

哈蘭瞪大眼睛看著他。「可是一切都太遲了，保證有什麼用？」

「還不遲。事情並不是無法挽回，我們還是可以補救的。只要有你的幫助，我們就可以挽救。我必靠你幫助。你一定要明白自己做錯了。我相信你一定會希望挽救自己做錯的事。」

哈蘭口乾舌燥，但還是用舌頭舔了一下乾癟的嘴唇，心裡想：他真的瘋了。他無法接受事實——可是，難道委員會有別的本事？

真的有嗎？他們真有別的本事嗎？難道他們有辦法翻轉被改變的時空狀態？難道他們有辦法停住時間，讓時間倒流？

哈蘭說：「你把我鎖在操控室裡，打算讓我什麼都做不了，等一切結束。為什麼要這樣對待我？」

「因為你說你擔心自己可能會出什麼問題，可能沒辦法執行你該負責的工作。」

「我這樣說只是想恐嚇你。」

「我把你說的話當真了，原諒我。我必須靠你幫助，你一定要幫我。」

就是這個。他必須靠哈蘭幫助。他瘋了嗎？哈蘭瘋了嗎？發瘋有用嗎？所有的一切有意義嗎？

委員會需要他的幫助。為了得到他的幫助，他們什麼都敢保證。他們保證哈蘭可以擁有諾伊絲，他們保證讓哈蘭當上計算師。問題是，等他幫他們達到了目的，他會得到什麼？他不想再被騙第二次。

「我不要！」他說。

「你一定可以擁有諾伊絲。」

「你的意思是，等危機安然度過之後，委員會還會願意違反永恆域的法規？我才不相信。」

他腦海中還保留了一絲清醒，忽然想到：危機要怎麼安然度過？他為什麼要說這些？

「委員會永遠不會知道。」

「你是說，你願意為我違反法規？你是永恆人的典範啊，等危機度過，你還是會遵守法規。你別無選擇。」

圖伊索臉紅了，兩邊的顴骨一片紅，蒼老的臉上那種精明堅毅的神情忽然不見了，只剩一種說不出的哀傷。

「我一定會履行承諾。為了你，我願意違反永恆域的法規。我一定會。」圖伊索說。「至於我為什麼願意這樣做，原因是你難以想像的。我不知道永恆域什麼時候會消失，也許再等幾個小時，也許再等幾個月。我不知道我們還剩多少時間，不過，我花了那麼多時間跟你說這些，就是想讓你明白所有的一切，既然如此，再多花一點時間又有什麼關係？那麼，願意聽我多說幾句嗎？拜託你。」

哈蘭猶豫了。他認定一切都完了，做什麼都沒用了，不過，還是聽聽圖伊索怎麼說吧，說不定還有一絲希望。想到這裡，他懶洋洋的說：「你說吧。」

圖伊索開始說了：

據說，我一出生就是個老人，我用牙齒咬微型計算機，把牙齒都咬斷了，我睡衣口袋裡有一台微型電腦，睡覺的時候手還一直抓著。據說我的腦子是由無數微型力場中繼器組成的，而這些中繼器平行排列，互相串連，形成綿密的網路。而我的每一粒血球都是一張極細微的時空圖，在電腦油裡漂流，形成我的血液。

後來，我終於聽到了這些故事，而且我覺得我一定感到相當驕傲，甚至有點相信。對一個老人來說，這樣實在很蠢，不過，那可以讓我的日子好過一點。

你覺得意外嗎？為什麼我必須想辦法讓日子好過一點？我，高階計算師圖伊索，全時委員會的高階委員，需要這樣嗎？

或許那就是為什麼我會抽煙。因為我要讓日子好過一點。這你有想過嗎？知道嗎，我一定要替自己找個理由。永恆域基本上是禁煙的，真實時空也一樣。這我常常會想到。有時候我會覺得，我抽煙，就是為了反抗永恆域。其實，我曾經做過一件更可怕的事，背叛了永恆域，結果卻失敗了。那次失敗是我心中莫大的遺憾。抽煙，算是為了彌補一點遺憾吧……

噢，我沒事。老人掉幾滴眼淚沒什麼不好。而且，相信我，我不是在裝模作樣。我會掉眼淚，只是因為我已經很久很久沒有想到那件事了。那並不是什麼愉快的往事。

當然，跟你的狀況一樣，那件事牽涉到一個女人。我們兩個都會這樣，並不是巧合。仔細想想，這種事幾乎是無可避免的。永恆人，為了一些金屬箔上的點陣，犧牲了正常的家庭生活，犧牲了天倫之樂。正是因為這樣，他們更容易被污染。這就是為什麼永恆域必須採取防範措施，預防這種事發生。同樣的，這也就是為什麼偶爾會有永恆人挖空心思鑽漏洞，規避這些防範措施。

到現在我還記得我的女人。也許這樣是很傻的，老想到她。當年其他的事我都想不起來了。當年的老同事我都忘了，對我來說，他們就只是歷史檔案裡的幾個名字。當年我負責監督的那些時空狀態改變計畫，我也都忘了。對我來說，那只是計算中心資料庫裡的幾筆資料。然而，我卻清清楚楚記得她。我想，這你應該懂。

歷史檔案的記錄顯示，我長期申請親密關係。一直到我當上初階計算師，上面才把她指派給我。她是這個世紀的女人，575世紀。當然，在她被指派給我之前，我都沒有見過她。她聰明又善良，雖然長得並不漂亮。不過話說來，就算是年輕的時候，我也不是什麼出名的美男子。對了，說什麼我一出生就是個老人，那種神話你就當笑話吧。我也年輕過的。我和她很合得來，兩個人性情相投。假如我是真實時空的人，我一定會娶她當妻子，而且會感到很驕傲。這話我跟她說過很多次。我相信，當時她聽了一定很高興。我知道我說的是真心話。指派給永恆人的女人，都是計算中心演算出來的，而且無論是什麼樣的女人，永恆人都只能乖乖接受，所以，並不是所有的永恆人都像我這麼幸運。

在當時的時空狀態裡，她很年輕就死了，而其他時空狀態裡的她並不適合這種親密關係。這是理所當然的。一開始我用理論說服自己接受這個事實。畢竟，正是因為她壽命很短，我才有可能和她一起生活，同時又不至於危害到時空狀態。

然而，如今的我感到很羞愧，因為當年我一開始竟然很慶幸她年紀輕輕就死了。但那只是一開始。只是一開始。

當年，每到時空圖設定中的恰當時間，我都會去找她。每次都去。我珍惜每一分每一秒，必要的話甚至可以不吃飯不睡覺，而且一有機會就把自己份內的工作推給別人，毫不羞恥。她的親切善良遠超乎我的期待，於是我不知不覺就愛上她了。說這就是愛也許太武斷，畢竟我根本沒什麼戀愛經驗，而且我對愛的了解，都只是透過對真實時空的觀察得到的，根本靠不住。然而，就算我對愛所知有限，我還是敢說，我愛上她了。

一開始，那只是為了滿足感情和肉體上的需求，可是後來，我想要的越來越多了。對我來說，她的年輕早逝不再是一種方便，而是一種災難。我幫她做了生命歷程分析，不過，那並不是透過生命歷程分析部做的，而是我自己做的。我猜，你應該會嚇一跳吧。那是犯罪，不過比起我後來犯的罪，那只能算是小兒科了。

沒錯，那就是我。高階計算師雷本圖伊索。

前後三次，我進入真實時間的同一個時間點做了小變動，而那些變動可能改變了她在那個時空下的狀態。當然，我知道委員會當然不可能批准這種出於個人動機的改變，但不管怎麼樣，我開始覺得她的死我也難辭其咎。而後來我之所以陸續犯下更多罪行，那也是一部分原因。

後來她懷孕了。儘管我應該採取某些行動，但我沒有。我看過她的生命歷程分析，動了一點手腳，讓她能夠和我在一起，所以我知道那很有可能會導致她懷孕。也許你知道，也許你不知道，永恆人偶爾會使得真實時空的女人懷孕，無論有沒有預防措施。這種事時有所聞。但不管怎麼樣，永恆人是不准有小孩的，所以，如果他不小心讓女人懷孕，那女人肚子裡的孩子就必須用安全無痛的方式處理掉。那樣的方法很多。

我做的生命歷程分析上顯示她會在生產前死去，所以我就沒有採取行動處理孩子。懷孕期間她很開心，而我也希望她能夠一直這樣開心。我就只是偶爾陪著她，看著她，別的什麼都不做。有時候，她會告訴我她感覺到肚子裡的寶寶在踢她，而我就會強顏歡笑對她露出笑容。

可是後來出事了。她早產了。

我知道你臉上為什麼會有那種表情。我有了孩子。我親生的孩子。我想，你大概找不到第二個敢說這種話的永恆人。這已經不是什麼偷雞摸狗的小罪，而是滔天大罪，只不過，跟我接下來會做的事比起來，這也還算不上什麼。

我完全沒有心理準備。小孩誕生會衍生出許多問題，而這方面我實在沒什麼經驗。

我不知所措，只好又把她的生命歷程分析報告拿出來看，這才發現先前沒注意到報告裡有一個可能性很低的生命歷程分叉，顯示那小孩會誕生。專業的生命歷程分析師一定不會漏掉這種細節，而我對自己的能力太過自信，才會犯下那種錯誤。

問題是，現在我該怎麼辦。

我不能殺那孩子。孩子的媽媽只能再活兩個星期。我想，還是讓那孩子活著吧，等他媽媽過世後再打算。兩個星期的幸福並不能算是奢求。

正如分析報告顯示的，兩個星期後媽媽死了，就連死去的過程也一樣。在時空圖設定容許的時間範圍裡，我坐在她房裡，哀痛欲絕。我事先就知道她會死，一整年眼看著她逐漸步向死亡，當然哀痛更深。我懷裡抱著我和她的兒子。

——沒錯。我沒殺他。你何必叫那麼大聲？你是在譴責我嗎？

懷裡抱著自己的親骨肉，那種感覺你是絕對無法體會的。就算我真的像神話說的那樣，腦神經是微型計算機組成的，血液裡流著微型時空圖，我依然體會得到那種感覺。

我沒殺他。這樣一來我又多了一條罪名。我把他交給一家適合的育兒機構，一有機會就去那裡支付必要的費用，同時看他長大。當然，我每次去都是嚴格遵照時空圖設定的時間範圍。

就這樣不知不覺過了兩年。我定期檢查那孩子的生命歷程分析。現在我已經很習慣犯這種罪。我很欣慰的發現，我的作為並沒有對當時的時空狀態造成危害，而且造成危害的可能性甚至不到 0.0001。那孩子漸漸學會走路，也開始說話，不過偶爾有些字眼發音不對。我並沒有教他叫我「爸爸」。我不知道那個育兒機構的人有沒有對我起疑心，只知道他們收了錢，一聲不吭。

後來，那兩年剛過完，有人向全時委員會提議進行一次必要的時空狀態改變，範圍包括 575

世紀的部分年代。當時我才剛升任副計算師，委員會把計劃交給我負責。這是委員會第一次把改變計畫交給我一個人監督。

當然，我感到很榮幸，但同時也心裡有數。在那個時空狀態裡，我兒子本來是不存在的，所以時空狀態改變之後，恐怕不會有另一個他。一想到他會消失，我就很難過。

我著手擬定時空狀態改變計畫。儘管計畫還不夠盡善盡美，但我還是很得意，畢竟這是我第一次負責擬定計畫。然而，在誘惑面前，我屈服了。我毫無掙扎就屈服了，因為我已經習慣了。我已經沈溺於犯罪，變成一個慣犯。我終究還是忍不住根據新的時空狀態幫我兒子做了新的生命歷程分析。

整整二十四個小時，我坐在辦公室裡不吃不睡，把做好的分析報告反覆看了又看，拚命想從裡面找出錯誤。我必須確定我兒子不會出現在新的時空狀態裡。

結果，我找不出半點錯誤。

第二天，我暫時沒把改變計畫的方案交出去。我研擬了一份時空圖，粗估計算之後就進入真實時空。反正目前的時空狀態不會持續太久了，簡略一點也無所謂。我進入的時間點，是我兒子出生三十多年後的未來。我想看他最後一眼。

他三十四歲，年紀跟我一樣大。我對他媽媽的家族很熟悉，所以我就告訴他，我是他的遠房親戚。他不知道自己的爸爸是誰，也完全不記得他一、兩歲的時候我去育兒機構看過他。

他是個航空工程師。575 世紀的人精通五、六種不同類型的空中旅行，在目前的時空狀態下也是這樣。我兒子是那個社會的成功人士，過得很幸福。他娶了他深深迷戀的女人，不過他們不會有小孩。然而在新的時空狀態裡，我兒子並不存在，而那個女人也沒有結婚。這我一開始就知道了，所以我知道新的時空狀態不會受到危害。要不是因為這樣，我也不會有勇氣讓我兒子活下來。畢竟，我並沒有墮落得那麼徹底。

那一整天，我都陪著兒子。我跟他說話的時候正經八百，偶爾客氣的對他微笑。後來，到了時空圖限定的時間，我就毫不猶豫的走了。但在整個過程中，我一直看著他的一舉一動，把他的模樣深深烙印在腦海中。我渴望在這個時空狀態裡好好度過一天。最起碼我還擁有這一天。再過一天，他就不存在了。

事實上，我也好渴望再進入我太太還活著的那段時間。我好渴望再看她最後一眼。只可惜，時空圖限定的時間已經被我用光了，而且，我也沒有勇氣再進入真實時空去看她。

後來我又回到永恆域。最後那個晚上，我徹夜未眠一直想著最後註定的結局，內心無比煎熬。

第二天早上，我把計算的結果連同改變計畫建議案一起交出去。

圖伊索說話像是在喃喃嘀咕，聲音小得幾乎快聽不見，說到這裡忽然停了。他彎腰坐在那裡，眼睛盯著兩腿膝蓋之間的地面，十指交纏握在一起，手指微微扭動。

哈蘭一直等著老人再繼續說，等了半天老人都沒吭聲。於是他清清喉嚨準備開口。儘管老人犯下重重罪行，哈蘭還是很同情他，覺得他很可憐。哈蘭開口問：「就這樣嗎？」

圖伊索低聲說：「事情並沒有這樣結束。最悲慘的——最悲慘的是，新的時空狀態裡，我兒子竟然還存在。另一個他還存在，可是，他四歲就癱瘓，整整四十二年躺在床上，而在當時的時空狀態下，我沒辦法用900世紀的神經再生技術去救他，甚至沒辦法幫他安樂死。

「那個新的時空狀態到現在還是沒變，我兒子也還在那個世紀的某個年代。他會變成那樣，都是我害的。計畫是我研擬的，他的新人生是我用計算中心計算出來的，而且計劃是我下令執行的。為了他，為了他媽媽，我犯下無數的罪，不過，在最後擬定計畫的時候，我恪守永恆人的誓言，履行了我的職責。然而，一直到現在我還是認為，最後做的那件事才是我這輩子最大的罪孽，罪無可恕。」

哈蘭不知道該說什麼。他沒吭聲。

圖伊索說：「不過現在你應該明白了，為什麼我說我懂你的處境，為什麼我願意幫你得到那個女孩。那並不會危害的永恆域，而且從某個角度來看，我也可以藉此贖罪。」

這時哈蘭終於相信他了。一念之間，他完全相信了。

哈蘭跪到地上，捏緊拳頭抱住自己的頭。他彎腰垂頭，身體微微搖晃，深陷在絕望悔恨裡。

他本來可以解救永恆域，同時還能擁有諾伊絲，可是現在，他同歸於盡的莽撞行動，不但毀了永恆域，也失去了諾伊絲。

第十五章　搜索遠古時代

圖伊索抓住哈蘭的肩膀用力搖晃，拚命喊哈蘭的名字，口氣很急迫。

「哈蘭！哈蘭！老天！你振作一點！」

哈蘭慢慢恢復平靜。「現在我們還能怎麼辦？」

「當然不是像你這樣。絕望是沒有用的。現在，你先聽我說。現在你暫時不要從執行人的角度去看永恆域。我要你從計算師的角度去看。從計算師的角度看到的，會比較複雜。舉例來說，你到真實時空變動了某些事物，改變時空狀態，而那個時空狀態就會立刻改變。為什麼會這樣？」

哈蘭顫抖著說：「因為變動了那些東西之後，時空狀態就勢必會改變。」

「是這樣嗎？你還是可以回去把變動過的東西改回原來的樣子，不是嗎？」

「也許吧，不過我從來沒有這樣做過，也沒聽說有人這樣做過。」

「沒錯，因為不需要把變動過的東西改回原來的樣子，所以時空狀態會照原先計劃的那樣改變。不過現在我們面對的情況不一樣。你做那件事的時候，並沒有什麼特別的目的。你把庫柏送到錯誤的世紀，而現在我迫切需要扭轉你做過的事，把庫柏帶回來這裡。」

「老天，要怎麼做？」

「現在我還不知道，不過，一定會有辦法的，一定有。因為，要是沒有辦法，那就代表你做的事無法逆轉，那麼，時空狀態就會立刻改變。不過你看，現在的時空狀態還沒改變，不是嗎？我們還在馬蘭松回憶錄的時空狀態裡。這表示你做的事是可以逆轉的，而且一定會逆轉。」

「你說什麼？」哈蘭腦子還是一團亂，像噩夢一樣膨脹擴散，翻騰扭滾，而且越來越陰沈黑暗，幾乎快要淹沒他。

「一定有辦法把時空因果拼湊回來，而我們很有可能找到那個辦法，那可能性是很高的。既然我們的時空狀態還存在，那就代表那個辦法也很可能存在。如果你或我在任何一個時刻做了錯誤的決定，如果修補時空因果的可能性太低，那麼，永恆域早就消失了。你聽懂了嗎？」

哈蘭不知道自己是不是聽懂了。他絞盡腦汁想搞清楚。他慢慢站起來，搖搖晃晃走到一張椅子前面坐下。

「你是說，我們有辦法把庫柏帶回來這裡——」

「沒錯，而且還要把他送到正確的世紀。我們要在他走出時間機的那一刻找到他，帶他回來，然後再把他送到 24 世紀正確的時刻。他抵達的時候，可能會比原定抵達的時間老了幾個小時，或頂多幾天。當然，在這種情況下，時空因果可能會有些變動，不過絕對不會太大。我們的時空狀態會受到影響，但不至於天翻地覆。」

「問題是，我們要怎麼找到他？」

「我們知道一定有辦法，否則永恆域現在不可能還存在。至於要怎麼找出那個辦法，關鍵就在你。這就是為什麼我需要你，為什麼我要想盡辦法讓你回心轉意。沒有人比你更懂遠古時代，那麼，你來告訴我有什麼辦法。」

「我沒辦法。」哈蘭呻吟起來。

「你當然有辦法。」圖伊索很堅持。

老人說話的口氣突然不再有任何焦慮。他眼睛發亮，燃燒著熊熊鬥志，而且揮舞著手上的香煙，那模樣彷彿在揮舞軍刀。哈蘭還沈陷在悔恨中，但他感覺得到圖伊索似乎樂在其中，因為戰鬥要開始了，他真的樂在其中。

「我們可以重建當時的場景。」圖伊索說。「你看，操控裝置就在這裡。當時你就站在前面等倒數計時。後來時間到了，你按下啟動，同時把定時計的設定轉往過去的方向。那麼，你轉到什麼刻度？」

「我不知道。我告訴過你，我不知道。」

「你不知道，沒關係，你手部肌肉的記憶還在。來，站到這裡，手抓住操控鈕，準備好。抓住啊，老弟，現在你正在等倒數計時。你恨死我，恨死委員會，恨死永恆域。你一直想著諾伊絲，想得心力交瘁。現在你想像自己又回到那一刻，你要找回當時的感覺。好了，現在我要讓計時錶開始倒數計時。老弟，我會給你一分鐘讓你回想當時的感覺，逼自己進入那種情緒。等倒數計時快到零的時候，你右手就像先前那樣轉動操控鈕，然後手馬上放開，不要再轉回去！準備好了嗎？」

「我恐怕沒辦法！」

「還恐怕什麼──老天，你還有別的選擇嗎？還有別的辦法能把那女孩子找回來嗎？」

沒有。哈蘭硬逼自己走到操控裝置前面，而當他一站到前面，當時的感覺就回來了。他根本不需要拚命回想。只要重複手當時的動作，所有的感覺就都回來了。計時錶的紅色指針開始動了。

他不由自主的想著：這是我人生的最後一分鐘嗎？

倒數三十秒。

他心裡想：不會痛的。這不算是死亡。

他集中心思去想諾伊絲。

倒數十五秒。

諾伊絲！

哈蘭伸出左手抓住開關，準備往下拉，啟動能源輸入。先不急。

倒數十二秒。

啟動！

他伸出右手。

倒數五秒。

諾伊絲！

零——他右手猛動了一下。

然後他立刻跳開，氣喘如牛。

圖伊索立刻湊上來看著定時計錶面。「20世紀。」他說。「準確的說，是19.38世紀。」

哈蘭倒抽了一口氣說：「我不確定。我拚命想找回當時的感覺，可是動手的時候感覺不太一樣。現在我知道自己想做什麼，結果就不太一樣了。」

圖伊索說：「我知道，我知道。也許這根本就是錯的，不過，我們可以把這當作是『第一近似值』。」說到這裡他停下來，腦中計算了一下，然後從盒子裡抽出一個隨身計算機，但抽到一半又塞回去，根本沒用到。「把 20 世紀分成四等分，那麼，庫柏應該是被你送到 20 世紀的第二段，也就是 19.25 到 19.50 世紀。用百分位來計算，那可能性有 0.99。你覺得呢？」

「我不知道。」

「嗯，聽我說，如果我現在就斷定庫柏是被你送回遠古時代的那個年代，排除其他可能，那麼，如果我錯了，那就代表我沒有機會讓時空因果恢復完整，這樣一來，永恆域就會立刻消失。我做這個決定就是關鍵，就是引發時空狀態改變的最低限度必要改變，也就是ＭＮＣ。好，現在我決定了。我確定就是那個年代。我斷定——」

哈蘭小心翼翼轉頭看看四周，彷彿時空狀態已經變得非常脆弱，就算轉個頭都會讓時空狀態瓦解。

哈蘭說：「我明確感覺得到永恆域還在。」他似乎被圖伊索那種穩健的風範感染了，說話的口氣也變得堅定。

「那麼，永恆域還存在。」圖伊索說話的口氣顯得理所當然。「也就是說，我們做了正確的決定。現在，這裡暫時還沒什麼事好做，我們先去我的辦公室，讓那些小組委員先進來這裡摸一摸看一看，說不定他們會開心一點。他們一定認為，計劃圓滿成功了。萬一沒有成功，他們也永遠不會知道了。我們也一樣。」

圖伊索打量著手上的香煙說：「現在我們該思考的問題是：當庫柏發現自己到了錯誤的世紀，他會做什麼？」

「我不知道。」

「明顯看得出來的是，這小子很聰明，領悟力很高，想像力豐富，你覺得呢？」

「呃，他就是馬蘭松啊。」

「沒錯。他擔心過自己可能會被送到錯誤的世紀。先前他問的最後一個問題是：『萬一我沒有抵達正確的目的地，會怎麼樣？』，這你還記得吧？」

「那又怎麼樣？」哈蘭摸不透圖伊索說這話的用意。

「也就是說，他早就有心理準備，覺得自己有可能會被送到錯誤的世紀。他會有所行動。他會想辦法聯絡我們，留線索給我們。別忘了，他當過一段時間的永恆人。這點很重要。」圖伊索吐出一團煙圈，伸出手指攪了一下，看著煙霧繚繞飛散。「他很熟悉真實時空傳遞訊息的方式。他不會輕易認定自己會被困在真實時空。他一定知道我們會找他。」

哈蘭說：「他沒有時間機，也沒辦法從20世紀進入永恆域，那他要怎麼跟我們聯絡？」

「他會跟你聯絡。哈蘭。跟你。不是跟我們。你是遠古時代歷史的專家。教庫柏學習遠古時代的是你。在他看來，會有能力找到線索的人，一定是你。」

「什麼線索，長官？」

圖伊索抬頭看著哈蘭，皺起眉頭，蒼老的臉上皺紋更深了。「根據時空因果，庫柏必須留在遠古時代。他沒有力場可以用來保護自己不受真實時間的影響。他的人生會融入真實時空，成為真實時空的一部分，除非我們能夠扭轉你做的那件事。同樣的，他留給我們的線索也是真實時空的一部分，像是某些歷史文物，記號，或是訊息。你們研究20世紀的時候，一定有用到一些特定的材料，像是文件，檔案，微縮影片，歷史文物，參考書。我說的是原始素材，20世紀的產物。」

「沒錯。」

「那麼，他也跟著一起看嗎？」

「沒錯。」

「那麼，有沒有什麼參考書是你特別喜歡，而且他也知道你非常熟悉，只要那裡面有涉及他的資料，你一眼就會發現？有沒有那種參考書？」

「我明白你的意思了。」哈蘭開始認真想。

「有沒有？」圖伊索快要失去耐性了。

哈蘭說：「應該就是我的新聞雜誌。新聞雜誌是20世紀初期的一種社會現象。其中有一份特定的雜誌我幾乎有一整套，從20世紀初期到22世紀的，我幾乎都有。」

「很好。那你覺得庫柏有沒有什麼辦法可以利用那份新聞雜誌傳遞訊息？記住，他知道你一定會看到特定的那一期，而且很熟悉那個內容，而且知道文章是怎麼刊登出來的。」

「我不知道他有沒有辦法這樣傳遞訊息。」哈蘭搖搖頭。「新聞雜誌有編輯在把關，刊登報導的內容是有選擇性的，並不是什麼都會刊登，而且很難預料會刊登什麼報導。更何況，寫了文章也不是想刊登就能刊登，那很難，甚至是不可能的。庫柏應該不太可能會自己寫文章，就算寫了也不見得有把握一定會被刊登出來。另外，庫柏應該也不太可能自己去當編輯，而就算當上了編輯，他的文章風格也不見得過得了其他編輯那一關。所以，長官，我實在想不出他會有什麼辦法。」

圖伊索說：「老天，再認真想！把重點擺在那份新聞雜誌。假設是你自己在20世紀，假設你就是庫柏，教育程度和他一樣，出身背景也一樣。哈蘭，那孩子是你教出來的，他的思考方式也是你教的，那麼，他會怎麼做？他要怎麼樣才有辦法在雜誌上刊登文章，而且文章的內容就是他想讓你看到的？」

哈蘭忽然眼睛一亮。「對了！廣告！」

「什麼？」

「廣告。那是一種宣傳品，只要付了錢，他們就一定要刊登。我常常和庫柏討論那種東西。」

「噢，對了，186世紀也有類似這樣的東西。」圖伊索說。

「那和20世紀的不太一樣。20世紀是廣告的全盛時期。那是一種文化——」

「我們先專心討論廣告。」圖伊索立刻打斷他。「那會是哪一種廣告？」

「真希望我知道。」

圖伊索盯著燒紅的煙頭，彷彿在尋找靈感。「他不能直接說出來。例如，他不能說『我是

78世紀的庫柏，我在20世紀呼叫永恆域——』」

「為什麼不能？」

「因為那是不可能發生的。有些訊息是20世紀的人不應該知道的，萬一讓他們知道了，那就會像你做的那件事一樣，破壞馬蘭松的時空因果，導致永恆域消失。既然現在我們還好端端的在這裡，那就表示在目前時空狀態下的遠古時代，他一輩子都沒有做出會破壞時空因果的事。」

「除此之外——」哈蘭發覺圖伊索動不動就會提到時空因果的循環推論，但他不想再跟著圖伊索團團轉。他打算從他熟悉的角度討論。「新聞雜誌不太可能同意刊登那種看起來怪誕荒唐的廣告，或是他們根本看不懂的廣告。他們會懷疑那可能是詐騙廣告，或是涉及什麼不法勾當，而他們不想扯上關係。所以庫柏不可能會用標準全時語寫廣告內容。」

「他一定會寫得很隱晦。」圖伊索說：「他會用暗示。他刊登的廣告，一定要讓遠古時代的人覺得很尋常，覺得那根本稀鬆平常，不過我們卻很容易就可以看得出來。一旦我們知道要找什麼，就會很容易看出來。那會非常明顯，因為他必須讓我們在數不清的廣告裡一眼就看出來。哈蘭，你覺得他會刊登多大的廣告？那種廣告很貴嗎？」

「應該很貴。」

「那麼，庫柏一定要想辦法弄錢。另外，為了避免啟人疑竇，他勢必只能刊登小廣告。總之，哈蘭，你覺得那會是多大的廣告？猜猜看。」

哈蘭攤攤手。「半欄？」

「什麼是欄？」

「那是印刷的雜誌，印在紙上。一頁分成好幾欄。」

「哦，對了。不知道為什麼，我好像老是分不清書和微縮影片……總之，現在我們又找到了另一種『第一近似值』，接下來，我們要去找一則半欄廣告，而那廣告一定是我們一眼就看得出來是另一個世紀的人設計的，而且是未來的世紀，而且絕對不會讓 20 世紀的人起疑。」

「萬一找不到怎麼辦？」

「一定找得到。永恆域還存在不是嗎？只要永恆域一直存在，就表示我們走對了路。那麼，你記不記得你在教庫柏的時候看過這樣的廣告？你會覺得那廣告看起來很怪很離奇，不太正常，好像有哪裡不太對勁。記不記得？」

「不記得。」

「不要這麼快就說沒有。想一下，花五分鐘想一下。」

「想這個沒意義。我和庫柏一起看那些新聞雜誌的時候，他還沒去過 20 世紀。」

「拜託你，老弟，用腦袋想一想。庫柏被送到 20 世紀，這件事導致了一些變動，不過時空狀態並沒有改變，那就代表那些變動並不是無法扭轉的。不過，時空狀態確實有一些『微幅改變』。『微幅改變』這字眼我們在計算分析的時候常常會用到。庫柏被送回 20 世紀那一剎那，某一期雜誌裡就出現了一則廣告，而你在那個時空裡的狀態也微幅改變了，你們看雜誌那一頁的時候，上面就有了那則原來沒有的廣告。你懂了嗎？」

哈蘭又被搞糊塗了。圖伊索在時間邏輯或是時間旅行悖論的迷宮裡總是那麼悠遊自在，但他實在沒辦法。他搖搖頭說：「我完全沒印象。」

「哦，那麼，那些雜誌的檔案你放在哪裡？」

「我動用庫柏的特殊權限在支部第二層弄了一間特別的圖書室，雜誌就放在那裡。」

「很好。」圖伊索說。「我們現在就去那裡。」

圖伊索看看圖書室裡那些古怪的雜誌合訂本，拿了一本下來。哈蘭看著他。那些雜誌太老舊，紙張很脆弱，必須用特殊的方法保存。圖伊索翻閱的時候動作有點粗魯，紙很快就破了。

哈蘭皺起眉頭。在別的時候，他一定會叫圖伊索別碰那些雜誌，就算圖伊索貴為高階計算師。

圖伊索瞄著那些皺皺的紙面，嘴裡嘀咕著一種古代語言。「這就是語言學家老是會提到的英語吧？」他拍拍紙面問。

「沒錯，就是英語。」

圖伊索把那本雜誌放回去。「很笨重。」

哈蘭聳聳肩。永恆域各個世紀的支部絕大多數都採用微縮影片，另外也有不少支部用的是分子錄像技術，不過，紙張印刷這種東西並不是完全沒人用。

哈蘭說：「書不需要用到微縮影片那樣的技術。」

圖伊索摸摸下巴。「確實。好了，我們可以開始了嗎？」

他又從架上拿下另一本，隨手翻翻，看得異常入神。

哈蘭心裡想：難不成這老傢伙真以為自己運氣這麼好，隨手翻翻就會被他矇上？

他應該是猜對了，因為圖伊索一看到哈蘭在打量他，臉就紅了，趕緊把雜誌放回去。

哈蘭從架上的雜誌裡抽出19.25世紀的第一冊，開始有規律的翻閱起來，不過翻閱的時候只有手和眼睛在動，身體還是坐著沒動。由於太專注，他姿態顯得有點僵直。

每本雜誌他都會看很久很久，然後才站起來拿另一本。有時候他也會休息一下，喝喝咖啡吃吃三明治什麼的。

不知道過了多久，哈蘭突然悶悶的說：「你待在這裡也沒用。」

圖伊索說：「我會干擾到你嗎？」

「不會。」

「那我還是待在這裡好了。」圖伊索嘀咕著說。他在圖書室裡晃來晃去，偶爾會走到書架前面一臉無助的看著那些雜誌。他抽煙抽得很兇，有好幾次手指甚至被煙頭燙到，但他並不在乎。

就這樣，一天過去了。

哈蘭睡得很不好，而且睡的時間很短。早上十點，哈蘭剛看完一本，正在休息。圖伊索端著咖啡杯正在喝最後一口，喝到一半忽然說：「有時候我會想，那年我做了那——呃，你該知道我說的是什麼。我會想，當年做了那件事之後，我為什麼不辭掉計算師的職務。」

哈蘭點點頭。

「我很想。」老人又繼續說。「我真的很想。有好幾個月，我是那麼渴望委員會不要再找我研擬什麼時空狀態改變計畫。當時我忽然很厭惡幹這種事。我甚至開始懷疑改變時空狀態這種行為是正當的嗎?有意思吧,看看人是多麼容易被情緒左右。

「哈蘭,你很懂遠古時代的歷史,所以你很清楚那個年代是什麼樣子。那樣的時空狀態是盲目發展的,什麼狀態都有可能出現,像是瘟疫大流行,或是整整十個世紀的奴隸經濟,或是科技流失,或甚至,如果當時有可能的話,爆發核子戰爭。結果,老天,那些真的發生了,而且根本無法阻止。

「不過,永恆域出現之後,我們阻止了那一切。自從28世紀以後,那些事就再也沒有發生過。因為有了我們,時空狀態達到了前所未有的幸福繁榮,那是遠古時代的人難以想像的。甚至可以說,要不是因為有永恆域,時空狀態自然發展出那種幸福繁榮的機率是很低的。」

哈蘭有點慚愧,心裡想:他說這些幹什麼?是要叫我再認真一點嗎?我已經盡力了。

圖伊索說:「如果我們錯過了這次機會,永恆域就會消失,甚至是徹底消失。在那樣的巨大變動下,時空狀態就會漫無限制的發展,什麼都有可能。在這種情況下,我很肯定,核子大戰一定會爆發,人類會徹底滅絕。」

哈蘭說:「我還是趕快看下一本吧。」

後來又一次休息的時候，圖伊索無奈的說：「要看的雜誌太多了，有沒有什麼辦法可以快一點？

「你有什麼辦法嗎？對我來說，我勢必要每一頁都看，所有的內容都要看，那你告訴我，這樣要怎麼快一點？」

於是他繼續一頁頁的翻。

「到最後。」哈蘭說。「如果看到雜誌上的字開始變模糊，那就表示該睡覺了。」

第二天過去了。

第三天，早上十點二十二分，哈蘭很驚訝的盯著某一頁說：「就是這個！」

圖伊索一開始沒有反應過來。「你說什麼？」

哈蘭抬起頭，臉上那種驚訝的神色看起來很怪異。「知道嗎，我並不怎麼相信真的有這種廣告。老天，先前你跟我扯什麼新聞雜誌和廣告，扯了一大堆，就連那時候我也沒有真的相信會有這個廣告。」

圖伊索終於反應過來了。「你找到了！」

他立刻衝過來伸手去搶哈蘭手上那本雜誌，手指在顫抖。

但哈蘭不讓他拿，飛快把那本雜誌合起來。「等一下，就算我翻到那一頁給你看，你也看不出所以然。」

「你這樣是幹什麼？」圖伊索尖叫著說。「合起來就找不到了。」

「找得到。我知道在哪一頁。不過，我們先——」

「先怎麼樣？」

哈蘭說：「圖伊索計算師，有一件事我們要先解決。你說我可以把諾伊絲要回來，那麼，先把她帶來，我要先看看她。」

圖伊索瞪大眼睛看著哈蘭，一頭稀疏的白髮亂成一團。「你是在跟我開玩笑嗎？」

「不是。」哈蘭說。「我沒在跟你開玩笑。你向我保證過，你說你會安排，那麼，那也是開玩笑嗎？你向我保證過，諾伊絲可以和我在一起。」

「沒錯，我保證過。那絕對沒問題。」

「那我要先親眼看到她還活著，而且沒有受到傷害。」

「可是我不懂你的意思。她沒在我手上，也沒在任何人手上啊。她還在很遙遠的未來，就在芬奇報告裡提到地方。根本沒人去碰她，老天，我不是告訴過她平安無事？」

哈蘭瞪著他，神情開始緊張起來。他哽咽著說：「你在跟我玩文字遊戲。你說她在很遙遠的未來，很好，不過這對我有意義嗎？時間機傳送井到100,000世紀就被堵住了，我要你先把那個障礙解除掉——」

「你說什麼？」

「障礙啊！時間機過不去。」

「你從來沒跟我提過這件事。」圖伊索很激動。

「我沒說過？」哈蘭很驚訝。他沒說過嗎？他一天到晚在想這件事，可是，難道他真的沒有提到過？他想不起來了。但他還是很強硬。

他說：「好吧，現在我告訴你了。那你就把障礙解除掉吧。」

「但那怎麼可能？時間機傳送井有障礙？時間力場障礙？」

「你的意思是，那障礙不是你弄出來的？」

「我沒有啊。老天，我對天發誓。」

「那——那——」哈蘭不由得臉色發白。「那一定是委員會幹的。他們知道所有的事，而且他們瞞著你私自行動——老天，他們要這樣搞的話，我發誓，他們永遠找不到那則廣告，找不到庫柏，什麼馬蘭松和整個永恆域全部一起完蛋。我保證他們什麼都沒了。什麼都沒了。」

「等一下等一下。」圖伊索急得猛扯哈蘭的手肘。「冷靜一下，仔細想一想，老弟，仔細想一想。委員會並沒有弄什麼障礙。」

「明明就在那裡。」

「可是他們根本不可能架設出那種障礙。沒人辦得到。理論上根本不可能。」

「說不定只有你不懂。明明就在那裡。」

「整個委員會沒人會比我懂。我可以告訴你，根本不可能會有那種東西。」

「可是明明就有。」

「如果真的有——」

這時哈蘭漸漸恢復冷靜，頭腦慢慢清楚了，他注意到圖伊索眼中露出極度的恐懼。即使先前剛知道庫柏被送到錯誤的世紀，知道整個永恆域面臨危機的時候，他眼中也不曾露出那樣的恐懼。

第十六章　隱藏的世紀

有幾個人正在忙，哈蘭心不在焉的看著他們。那幾個人刻意不看哈蘭，因為他是執行人。平常碰到那些人，他通常會比較不客氣，因為他們是庶務部的人。可是現在，深陷在痛苦中，他看到那些人，忽然覺得有點羨慕。他們是時間機傳送部的工人，穿著灰棕色制服，黑色的肩章上有一根紅色的雙頭箭。他們正用一種很複雜的力場工具在檢測時間機引擎，檢測傳送井的順暢度。哈蘭猜，他們應該不太懂什麼時間力場工程，不過顯然精通這方面的實際技術。

當年還在學院的時候，哈蘭對庶務部所知有限，或者說得更準確一點，他並不是真的想知道。成績不好的學員會被送去庶務部。用比較委婉的說法，庶務部是一種「非專業的工作」。那是失敗者的標籤，一般學員都會本能的避免提到庶務部。

可是現在，看著庶務部的人忙著工作，哈蘭忽然覺得他們看起來很有效率，安靜迅速，不慌不忙，而且似乎很愉快。

有什麼好不愉快的？他們的人數比「專家——真正的永恆人」多了十倍。他們有自己的社群，有自己的宿舍區，有自己的休閒娛樂。他們每天工作的時間是固定的，沒什麼壓力，不需要加班。他們不會像專家那樣總是忙得焦頭爛額。他們有很多閒暇時間可以看看小說看看電影，而那些東西都是從真實時空的各個世紀收集來的。

說起來，他們反而比較有可能發展出健全的人格。專家的生活總是煩惱不斷，老是要裝模作樣，爾虞我詐。相形之下，庶務部的人日子過得就比較輕鬆愉快。

事實上，庶務部是永恆域的根基。哈蘭覺得奇怪，先前竟然一直沒有意識到這麼明顯的事實。真實時空進口的食物和水，廢棄物處理，發電廠運作，都是由他們負責管理。他們讓永恆域所的機器設備維持正常運作。就算所有的專家都突然工作暴斃，庶務部的人還是有辦法讓永恆域永遠運作下去。相反的，要是庶務部沒了，一天之內專家就勢必要放棄永恆域，不然他們就會死得很慘。

庶務部的人也一樣失去了家園，無法娶妻生子享受天倫之樂，他們會因此感到忿忿不平嗎？加入永恆域，他們就遠離了貧窮、疾病，也不會再受到時空狀態改變的影響，然而，這一切足以彌補他們的缺憾嗎？在重大的事情上，有人徵詢過他們的看法嗎？哈蘭忽然有一股衝動想改變永恆域這種不平等的現象。

這時高階計算師圖伊索忽然連走帶跑的進來，打斷了哈蘭的思緒。他一臉憂慮。一個小時前，庶務部的人已經開始工作，當時他就顯得很憂慮，先離開了一下，現在回來顯得更憂慮了。

哈蘭心裡想：他年紀這麼大了，怎麼還撐得下去？

圖伊索轉頭看著他，銳利的眼神中閃爍著睿智的光芒。那些工人都本能的挺直身體向他致敬。

他問：「傳送井的狀況怎麼樣？」

有個工人回答：「報告長官，沒有任何異常。傳送井很通暢，時間力場也正常運作。」

「你徹底檢查過了嗎？」

「檢查過了，長官。未來所有世紀的庶務部分部的人都確認過了。」

「很好。你們可以走了。」

他那種斷然的口氣誰都聽得懂，於是那些工人立刻彎腰致敬，轉身飛快走出去。

現在，傳送井這裡只剩圖伊索和哈蘭兩個人。

圖伊索轉頭對他說：「拜託你，留在這裡。」

哈蘭搖搖頭。「我非去不可。」

圖伊索說：「你一定明白，要是我出了什麼事，至少還有你知道怎麼找到庫柏。要是你出了什麼事，還有誰找得到他？我辦不到，任何一個永恆人都辦不到，就算所有的永恆人全部加起來也辦不到。」

哈蘭還是搖搖頭。

圖伊索掏出一根煙叼到嘴裡。他說：「聖納這個人疑心病很重，這兩天他找了我好幾次，想知道我為什麼躲起來不見人。萬一他發現我找人徹底檢查時間機傳送井，那……我得趕快走了，哈蘭，不能再拖了。」

「我也不想再拖。我準備好了。」

「你還是堅持要去？」

「要是沒有障礙，那就表示沒有危險。就算障礙還在，我也已經去過又回來了，那麼，長官，你還有什麼好擔心的？」

「我不想冒任何沒必要的危險。」

「那麼，長官，我們可以用你那套邏輯推理試試看。你可以在心裡做決定，讓我跟你一起去。

決定之後，要是永恆域還在，那就表示時空因果還是完整的，表示我們都會活著。如果決定是錯的，那永恆域就會立刻消失，不過，就算我沒去，永恆域還是一樣會消失，因為，沒有諾伊絲，我發誓我絕對不會去找庫柏。」

圖伊索說：「我會把她帶回來給你。」

「如果是這麼簡單又安全，那我去又有什麼關係？」

圖伊索顯然陷入天人交戰，最後氣呼呼的說：「好，走吧！」

永恆域沒有消失。

他們走進時間機之後，圖伊索還是一臉憂慮，看著時間儀錶上飛快跳動的數字。其中有一個計時錶是基於特殊用途調整過的，以一千世紀為單位，每過一千個世紀數字才會跳一次。就連那個計時錶也是每隔一分鐘就會跳一次數字。

圖伊索說：「你不應該來的。」

哈蘭聳聳肩。「為什麼不應該來？」

「因為我覺得很不安。不過，並不是邏輯推論的結果讓我感到不安，而是我的直覺。我的第六感很準的。我的第六感告訴我，事情不太對勁。」他兩手握在一起，緊緊握住。

哈蘭說：「我不懂你的意思。」

圖伊索似乎很渴望說話，彷彿這樣可以驅散他的心魔。他說：「也許你會懂我在擔心什麼。你是遠古時代歷史的專家，那我問你，遠古時代的人類存在了多久？」

哈蘭說：「一萬個世紀。不過，也許有一萬五千個世紀。」

「沒錯，一開始是類似猿猴的生物，後來演化成智人，對吧？」

「沒錯，這是基本常識。」

「一萬五千個世紀他們就從猿猴演化成智人，演化的速度很快，那麼，這一定也是基本常識。」

「你的意思是——」

「嗯，我是 30,000 世紀那個時期某個世紀的人——」

哈蘭不由得嚇了一跳。哈蘭一直都不知道圖伊索是哪個世紀的人，也沒聽說過有誰知道。

「我是 30,000 世紀那個時期某個世紀的人。」圖伊索又說了一次。「而你是 95 世紀的人。遠古時代的人類存在了一萬五千個世紀，而我們兩個人出身的世紀之間隔了將近三萬個世紀，是兩倍的時間。然而，我們之間有什麼差異嗎？我出生的時候比你出生的時候少了四顆牙齒，這就是我們生理結構之間唯一的差別。我們的新陳代謝系統幾乎是一樣的，最主要的差別在於，你的身體能夠自己合成類固醇環，我的身體不能，所以我的飲食必須添加類固醇，而你的不需要。我能夠讓一個575世紀的女人懷孕。年代相隔這麼久的人類，差異竟然這麼少。」

哈蘭並不覺得這有什麼好奇怪的。他對過去未來不同世紀人類的特徵從來沒有任何疑問。這種現象大家習以為常，自然覺得那是理所當然。他說：「有些物種存在了幾百萬個世紀都沒有改變。」

「不過那種例子不多。事實擺在眼前，自從永恆域創立之後，人類的演化就停滯了，這是巧合嗎？永恆域幾乎沒人會想這個問題，除了極少數人，像是聖納。不過別忘了，我和聖納可不一樣。我不覺臆測是什麼好事。不管什麼東西，只要是計算中心沒辦法檢驗的，就不應該浪費計算師的時間。然而，年輕的時候，我有時候會想到——」

「想到什麼？」哈蘭心裡想：嗯，反正閒著也是閒著，就聽聽看吧。

「有時候我會想到永恆域剛創立沒多久的時候。當時永恆域甚至還沒有擴及到40世紀，範圍大概只有幾個世紀，而它的功能主要是貿易管理。永恆域最熱衷於促進荒地植栽，在不同的世紀之間來回運送土壤、清水和化學肥料。那時候的永恆域是很單純的。

「可是後來，我們發現我們能夠改變時空狀態。高階計算師亨利華茲曼的故事我們都很熟悉。他把一位國會議員座車的安全煞車器拆掉，避免了一場戰爭，那種手法非常戲劇化。從那以後，永恆域的工作重心漸漸從貿易轉移到改變時空狀態，而且轉移得越來越徹底。你說，為什麼會這樣？」

哈蘭說：「理由很明顯，為了人類的福祉。」

「對，對，在正常情況下，我也是這麼認為。不過，我說的是我的噩夢，我最深的恐懼。我們之所以想改變時空狀態，會不會還有另一個理由？一個沒有明白說出來的理由，一個潛在的理由。如果有個人能夠到無限遙遠的未來，那麼，他可能會遇見比他先進的人類，那種先進程度的差距就像他和猿猴之間的差距。很可能是這樣對不對？」

「或許吧，但不管怎麼樣，人就是人，就算是——」

「——就算是 70,000 世紀的人也一樣是人。沒錯，這我知道。只不過，我們之所以想改變時空狀態，會不會和這件事有關？我們會想改變異常的東西，消除那種差異。就連聖納出身的世紀那種光頭文化都一再被質疑，而事實上那根本不會危害誰。如果我們願意誠實面對自己，也許就會承認，我們之所以會阻撓人類進步，是因為我們不想面對超級人類。」

哈蘭還是覺得這沒什麼好大驚小怪的。他說：「目前未來的人類也都跟我們一樣了，既然如此，那還有什麼好擔心的？」

「萬一超級人類還存在呢？說不定他們還躲在更遙遠的未來，躲在我們無法觸及的未來。目前我們永恆域控制的範圍，只到 70,000 世紀。70,000 世紀以後，就是隱藏的世紀。為什麼會有隱藏的世紀？是因為先進的人類不想和我們打交道，所以把我們隔絕在他們的時空之外？我們曾經嘗試想進入隱藏的世紀，結果失敗了，後來我們就不再嘗試了。那麼，為什麼我們容許他們藏起來？是因為我們也不想和他們打交道嗎？我的意思不是說原因就是我們刻意不想和他們打交道，不過，無論是不是刻意的，那就是原因。」

「你說的有道理。」哈蘭悶悶的說。「我們接觸不到他們，他們也接觸不到我們。井水不犯河水，大家相安無事。」

最後這句話似乎讓圖伊索想到什麼。「井水不犯河水。但問題是我們並不是這樣。我們改變了時空狀態。改變造成的影響延續幾個世紀之後，時間慣性就會產生作用，讓這些影響不再延續到更後面的世紀。你應該還記得，那天吃午餐的時候，聖納就曾經提到這種時間慣性是至今還沒有解開的時間之謎。他的意思可能是，這是一種統計學上的現象。某些改變會比其他的改變影響更多世紀。理論上，改變時空狀態如果做得正確，可以影響無限個世紀。也許一百個世紀，也許一千個世紀，也許一萬個世紀。這一點，隱藏的世紀的先進人類可能知道。也許他們會擔心，時空狀態改變的影響可能會延續到200,000世紀，影響到他們。」

「操心這種事有用嗎？」哈蘭說。他的意思是，眼前還有更重要的事要擔心。

圖伊索又繼續嘀咕著說：「只要我們不派人進駐隱藏的世紀的支部，他們就會比較冷靜，因為那代表我們沒有侵犯他們的意思。這種情況，我們姑且稱之為『停戰』。不過，如果我們的人出現在70000世紀以後的支部，而且在那裡長期居留，那麼，『停戰』狀態就被破壞了。在這種情況下，說不定他們會認為這代表我們要開始侵犯他們了。他們有能力把我們阻絕在他們的時空之外，那代表他們的科技比我們先進得多。說不定他們的科技能力甚至還能夠堵住我們的時間機傳送井，那簡直是不可思議——」

這下子哈蘭嚇壞了，立刻站起來。「你的意思是，諾伊絲被他們抓住了——」

「我不知道。前面說的這些都只是我的臆測。說不定時間井並沒有被堵住，說不定是你的時間機有問——」

「時間井真的被堵住了！」哈蘭大吼了一聲。「還有什麼別的解釋嗎？這些你怎麼從來沒告訴過我？」

「我自己也不相信啊。」圖伊索嘶啞著聲音說。「到現在我還是不相信。其實，我腦子裡這些胡思亂想，根本不應該告訴你。這是藏在我心裡的恐懼，還有庫柏的問題，太多太多——噢，等一下，你看！」

他指著計時儀錶。那個大單位計時錶顯示他們目前的位置在 95,000 世紀和 96,000 世紀之間。

圖伊索抓住操控桿，讓時間機慢下來。99,000 世紀過了，大單位計時錶的數字不再跳了，另一個計時錶的數字慢慢跳動。

99,726——99,727——99,728——

「我們該怎麼做？」哈蘭嘀咕著說。

圖伊索搖搖頭，那模樣顯得很有耐性，充滿希望，但說不定那也表示他不知道該怎麼辦。

99,851——99,852——99,853——

哈蘭已經做好心理準備，等著時間機撞上障礙。他感到很無奈，心裡想著：如果想和隱藏的世紀那些怪物對抗，唯一的辦法是不是要想辦法保住永恆域？如果想救諾伊絲，除此之外還有別的辦法嗎？趕快回去吧，趕快回 575 世紀，趕快拚命——

99,938——99,939——99,940——

哈蘭緊張得不敢喘氣。圖伊索抓住操控桿，讓時間機速度更慢，而時間機立刻就有了反應，速度立刻慢得像在爬。

99,984——99,985——99,986——

「快到了，快到了，快到了。」哈蘭嘀咕著，不過他根本沒發現自己已經發不出聲音。

99,998——99,999——100,000——100,001——

數字越來越大，他們看著數字不斷跳動，渾身僵直像癱瘓了一樣，悄無聲息。

圖伊索大喊：「沒有障礙！」

哈蘭跟著大喊：「本來有！本來有！」但他口氣很快又變得痛苦。「他們很可能已經抓到她了，所以不需要障礙了。」

111,394 世紀。

哈蘭飛快竄出時間機，大喊：「諾伊絲！諾伊絲！」

他的喊叫聲在空蕩蕩的支部裡迴盪。

圖伊索也跟著跨出時間機，動作比較沈穩。他在哈蘭背後大喊：「等一下，哈蘭——」

但他怎麼喊也沒用。哈蘭飛快往前衝，經過一條又一條的通道，衝向支部的某個區域，那裡是他幫諾伊絲準備的臨時居所。

他隱約想到自己有可能會撞見圖伊索口中的「進化的人類」，不由得起了雞皮疙瘩，但他太渴望找到諾伊絲，那恐懼就被淹沒了。

「諾伊絲！」

突然間，諾伊絲已經被他抱在懷裡。似乎他還沒真的看到她，她就已經在他懷裡緊緊抱著他，臉埋在他肩上，烏黑柔軟的頭髮貼著他的臉。

「安德魯。」她的臉還埋在他肩上，聲音聽起來悶悶的。「你去了哪裡？已經過了那麼多天，我開始害怕了。」

哈蘭把她推開了一點，扶著她的肩膀，一臉肅穆的看著她。「妳還好吧？」

「我沒事。我還以為你出了什麼事，我還以為——」說到一半她忽然停住，眼中露出驚恐的神色，倒抽了一口氣驚叫起來：「哈蘭！」

哈蘭立刻轉身。

只有圖伊索。他氣喘如牛。

諾伊絲很快就不害怕了。她一定是注意到哈蘭的表情，知道那人沒有惡意。她口氣比較平靜了。「哈蘭，你認識他嗎？他不會對我們怎麼樣吧？」

哈蘭說：「沒事。這位是我的長官，高階計算師雷本圖伊索。他知道妳的事。」

「高階計算師？」諾伊絲立刻往後縮。

圖伊索慢慢走上前。「孩子，我會幫妳，我會幫你們兩個。我答應過這位執行人，只是不知道他相不相信。」

「長官，請原諒我。」哈蘭口氣僵硬，聽不出有什麼悔意。

「我原諒你。」他伸出手和諾伊絲握手，諾伊絲有點勉強。「告訴我，孩子，妳在這裡還好嗎？」

「我很擔心。」

「哈蘭讓妳一個人待在這裡，之後都沒有別人來過嗎？」

「沒——沒有。」

「都沒有嗎？沒半個人來過？」

她搖搖頭，眼睛看向哈蘭。「你為什麼問這個？」

「沒什麼，孩子。我只是胡思亂想。走吧，我們要帶妳回 575 世紀。」

於是他們搭時間機回 575 世紀。一路上哈蘭悶不吭聲，似乎在煩惱什麼。時間機往過去的方向傳送，計時錶的數字跳過 100,000 世紀的時候，哈蘭甚至沒抬頭去看。圖伊索哼了一聲，似乎鬆了口氣，因為他原本以為自己會被困在隱藏的世紀。

諾伊絲伸手去握哈蘭的手，哈蘭幾乎沒動，就只是握住她的手，動作有點僵硬。

諾伊絲在另一個房間裡睡覺。這時圖伊索的煩躁已經達到極點，再也按捺不住了。

「老弟，廣告在哪裡？那女人已經交給你了，我答應你的事已經做到了。輪到你了。」

哈蘭還是有點心不在焉。他默默把桌上那本雜誌拿起來，翻到那一頁。

「廣告內容很簡單。」哈蘭說。「不過是用英文寫的。我先讀給你聽，然後會幫你翻譯。」

那是一則小廣告，刊登在第三十頁的左上角。整個廣告是一張線條凌亂的圖，上面排列了四個字體很粗的英文字。

ALL THE

TALK

OF THE

MARKET

那四個字底下用比較小的字體寫著：投資消息，科羅拉多州丹佛市郵政信箱十四號。

圖伊索很認真的聽哈蘭翻譯，不過聽了顯然很失望。他說：「那是什麼市場？那是什麼意思？」

「股票市場。」哈蘭不耐煩的說。「那是一種體系，一般人透過那個體系投資某些企業。不過那根本不是重點。你沒看到那些字底下畫的是什麼圖嗎？」

「看到啦，原子彈爆炸的蕈狀雲。不過那張圖只是用來吸引人注意，有什麼別的作用嗎？」

哈蘭按捺不住大吼說：「老天！長官，你到底怎麼回事？你看看這本雜誌是什麼時候發行的！」

他指著那一頁頂端，頁碼旁邊寫著 1932 年 3 月 28 日。

哈蘭說：「這應該用不著我翻譯。那數字和我們標準全時語用的差不多，所以那代表 19,32 世紀。難道你不知道那個年代根本沒人看過原子彈爆炸的蕈狀雲，根本沒人能把蕈狀雲畫得那麼像，除非——」

「等一下！那只不過是線條畫出來的形狀。」圖伊索努力想保持冷靜。「看起來像蕈狀雲，說不定只是巧合。」

「是巧合嗎？你再看看那四個字！」哈蘭伸出手指猛敲那四個字。「All the — Talk — Of the — Market。每一行第一個字開頭的字母合起來就是 ATOM，也就是原子。這是巧合嗎？絕對不是巧合。

「長官，這廣告完全符合你說的條件，難道你還看不出來？我一眼就注意到這則廣告。庫柏知道這廣告有明顯的年代錯亂。另外，在隨便一個 19,32 世紀的人看來，這就只是一則投資廣告，根本看不出端倪。

「所以這一定是庫柏刊的廣告。這就是他要傳遞給我們的訊息。我們已經知道那是 19,32 世紀的哪一個星期，知道他的郵政信箱地址。現在，剩下來的工作，就是派人去找他，而我就是唯一的人選，因為只有我才懂遠古時代，只有我才辦得到。」

「你要去？」圖伊索喜形於色，似乎鬆了一口氣。

「我會去——不過，有一個條件。」

圖伊索皺起眉頭，彷彿突然被潑了一盆冷水。「又有條件？」

「一樣的條件。不是附加條件。我要確保諾伊絲的安全，所以我要帶她去。我不會把她丟在這裡。」

「你還是不相信我？我什麼時候讓你失望過？你還有什麼好擔心的？」

「有一件事，長官。」哈蘭神情嚴肅。「還有一件事令我擔心。傳送井在100,000世紀出現過障礙，為什麼？我就是擔心這個。」

第十七章　因果接近完整

有件事一直困擾著哈蘭。準備的工作進展很快，那幾天，他越來越困擾。那件煩心的事彷彿擋在他和圖伊索之間，擋在他和諾伊絲之間。到了預定要出發的那一天，他還是失魂落魄，沒有完全意識到時候到了。

那一天，圖伊索和小組委員開完會回來的時候，哈蘭才總算有點好奇，想知道開會的結果。他問：「情況怎麼樣？」

圖伊索口氣有點疲憊。「開會的氣氛沒有我想的那麼糟。」

哈蘭本來打算不再追問，但猶豫了一下還是低聲開口問：「你應該沒有提到——」

「沒有沒有。」圖伊索口氣有點暴躁。「我完全沒提到那女孩的事，也沒提到你把庫柏送到錯誤的世紀。我只說是我運氣不好，出了差錯，機械故障。我承擔所有的責任。」

哈蘭本來就良心不安，現在更感到愧疚。「那恐怕會對你不利。」

「他們能把我怎麼樣？他們也只能乖乖等我們完成補救行動，然後才會來找我麻煩。要是我們失敗了，那也不用怕他們找麻煩了，反正一切都完了。要是我們成功了，那我說不定就有了護身符，他們就奈何不了我。如果他們還是要找我麻煩——」圖伊索聳聳肩。「反正我已經打算退休，從此不再管永恆域的事了。」然而，說話的時候他還是摸出一根煙，可是抽到一半就丟了。接著他嘆了口氣。「我本來根本不想讓他們知道這件事，可是實在沒辦法，要不然，我們怎麼有辦法再用那台時間機回到永恆域範圍之外的過去。」

聽到這裡，哈蘭就無心再聽了。他轉頭繼續想他自己的事。這幾天，他一直在想一件事。在千頭萬緒中，被他排除掉的可能性越來越多。他隱約聽到圖伊索似乎又說了什麼，可是沒有留意。後來圖伊索又說了一次，他才嚇了一跳，轉頭問他：「不好意思，你剛剛說什麼？」

「我是問你，你的女人準備好了嗎？她明白自己要去做什麼嗎？」

「噢，她準備好了。我什麼都告訴她了。」

「她有什麼反應？」

「什麼？……噢，對了，呃，不出我所料，她不怕。」

「再過不到三個小時就要出發了。」

「我知道。」

然後圖伊索就走了。哈蘭一個人在那裡繼續想那件事。他已經明白自己該做什麼了，心裡很不好受。

所有的東西都已經被送上時間機，操控儀錶也都設定好了。哈蘭和諾伊絲來了，他們已經換好了衣服。他們的衣服很接近20世紀早期的都會風格。

先前哈蘭是有建議諾伊絲該穿什麼衣服，但諾伊絲並沒有完全聽他的。她說，穿什麼衣服才會好看，女人有自己的直覺，所以她自己做了調整。她參考了那個時期的新聞雜誌，看廣告的圖片，考慮了半天才選好要穿什麼衣服。支部裡有很多從各個不同世紀收集來的東西。她東翻西找，終於找到了她要的衣服。

偶爾她會問哈蘭：「你覺得這件怎麼樣？」

他就只是聳聳肩。「妳不是說女人對穿衣服有直覺嗎，妳喜歡就好。」

「哈蘭，我覺得你不太對勁。」她的口氣似乎有點故作輕鬆。「你太隨便了。你究竟怎麼了？你好像魂不守舍，這幾天都是這樣。」

「我沒事。」哈蘭冷冷的說。

圖伊索一看到他們穿著20世紀風格的衣服，立刻用消遣的口氣對他們說：「老天，遠古時代的衣服實在夠難看，不過，就算穿那種衣服，妳還是一樣漂亮。」

諾伊絲對他嫣然一笑。哈蘭站在那裡沒吭聲，臉上沒什麼表情，不過他不得不承認，圖伊索對諾伊絲的讚美，倒也不純粹是為了表現紳士風度。諾伊絲身上的穿著打扮確實不足以襯托她的美。她只是塗上淡淡的口紅，臉上化了點淡妝，眉毛線畫得很難看，一頭柔美的長髮剪得很短，但儘管如此，她還是很漂亮。

哈蘭褲子的腰帶太緊，衣服腋窩的部位太緊，布料粗糙顏色單調，整個人看起來灰灰的，不過他已經漸漸習慣了。為了應付不同的世紀穿上奇裝異服，對他來說只不過是家常便飯。

圖伊索說：「先前我們討論過把操控改成在時間機裡操作。我很想這樣做，可惜顯然辦不到。你必須有大量的電力才有辦法在時間機裡操作進行時空轉換，可是一旦超出永恆域的範圍，電力供應就沒了。現在唯一的辦法，就是利用時間機進入遠古時代之後所延伸出來的時間力場。不過，時間機裡有啟動返航的操控桿。」

他帶他們走進時間機，在成堆的裝備補給之間繞來繞去，指著一根金屬桿叫他們看。那根金屬桿是加裝上去的，在原本光禿禿的機殼內壁上顯得很突兀。

「只要拉這根桿子就可以啟動返航。」他說。「現在，時間機不會自動返回永恆域。現在它可以在遠古時代停留很長的時間，想停多久就停多久。不過，只要拉這根操控桿，你們就可以回來了。這次去了之後，我們才能安排第二次。當然啦，但願第二次就是最後一次——」

「第二次？」諾伊絲立刻打斷他。

哈蘭說：「對了，我忘了跟妳說明。這次我們去，只是要查清楚先前庫柏抵達的準確時刻。當初他抵達之後，隔了一段時間才去刊登廣告，我們不知道那間隔的時間有多長。我們會循著郵政信箱地址找到他，這樣我們就可以問出他是什麼時候抵達的，或至少問出大約的時間。然後，第二次我們再去的時候，就可以精準鎖定抵達的時間，比先前庫柏走出時間機的那一刻晚十五分鐘——」

圖伊索忽然插嘴說：「時間機不能兩次都出現在同一個地點的同樣的時刻。」說完他勉強笑了一下。

諾伊絲似乎聽懂了。「我明白了。」不過她的口氣似乎不是那麼肯定。

圖伊索對諾伊絲說：「只要我們在庫柏剛抵達不久的時候就把他接回來，時空狀態的微幅改變就會復原，雜誌上的原子彈廣告就會消失，而庫柏也不會知道太多。先前我們告訴過他，時間機在他抵達十五分鐘後就會自動回永恆域，於是，當他眼看著時間機消失之後，會看到時間機突然又出現。他知道的就只有這麼多。他不會知道自己到了錯誤的世紀，而我們也不會告訴他。我們會告訴他，有些關鍵的事忘了交代他。當然，我們會想辦法編造一些。我們只能希望，這樣他就會認為這不是什麼大不了的事，寫回憶錄的時候就不會說他抵達過兩次。」

諾伊絲眼睛睜大了一下。「好複雜。」

「沒錯，確實很複雜。」他搓著雙手看著哈蘭和諾伊絲，那模樣彷彿心裡還有什麼疑慮。過了一會兒，他挺直身體，掏出一根煙，裝出很有信心的樣子說：「好吧，老弟，祝你好運。」圖伊索跟哈蘭握握手，向諾伊絲點了個頭，然後就走出時間機。

「我們要走了嗎？」諾伊絲問哈蘭。時間機裡只剩他們兩個人了。

「再過幾分鐘。」哈蘭說。

他瞥了旁邊的諾伊絲一眼。她正抬頭看著他，面帶微笑，彷彿什麼都不怕。那一剎那，他心中又燃起對她的熱情，但他立刻就告訴自己，這只是激情，只是本能反應，他必須保持理智。於是他撇開頭。

旅程可以說沒什麼特別，感覺和搭一般時間機差不多。不過，過程中有一次他們感覺體內震動了一下。那可能是時間機衝出永恆域範圍的震動，不過也可能只是心理作用。那感覺很輕微，幾乎察覺不到。

後來，他們抵達了遠古時代。他們走出時間機，發現外面山嶺崎嶇，滿眼荒涼，午後的陽光燦爛耀眼，微風輕拂，帶著點寒意，而最明顯的是，周遭一片死寂。

光禿禿的岩壁看起來很雄偉，而且因為含有銅鐵鋁之類的金屬，散發出彩虹般的繽紛光暈。放眼望去，四周杳無人煙，毫無生命跡象，那種浩瀚的荒涼令哈蘭感到不寒而慄，忽然覺得自己很渺小。永恆域並不屬於這個萬物構成的世界。永恆域裡看不到陽光，也沒有風，呼吸的是進口的空氣。他還記得自己的家鄉，但那記憶已經很模糊。擔任觀察員的時候，他去過不同的世紀，接觸過形形色色人和城市，然而，直到此刻他才真正體驗到真實的世界。

諾伊絲碰了一下他的手肘。

「哈蘭，我好冷！」

他嚇了一跳，轉頭看著她。

她說：「我們把光暖機架起來好不好？」

他說：「好啊，我們去庫柏住過的山洞。」

「你知道在哪裡嗎？」

「就在這裡。」他立刻說。

他很確定山洞的位置。回憶錄裡有記載。庫柏住過那個山洞，而現在輪到他去同一個山洞。

當年還在學院的時候，他就非常確定時間旅行能夠很精準的鎖定時空位置。他還記得，有一次他當著亞洛導師的面義正辭嚴的說：「可是，地球繞著太陽運轉，太陽繞著銀河中心運轉，而銀河系本身也在運轉。如果你從地球上的某個地點出發，透過時間旅行回到一百年前，結果你會發現自己在太空中漂流，因為地球要一百年後才會運轉到那個位置。」當年他還是會把一個世紀說成一百年。

但亞洛立刻反駁他。「時間空間是一體的。就算你在時間裡旅行，你還是會跟著地球一起移動。地球繞著太陽運轉，速度是每秒一百多公里，那麼，按照你的說法，如果有一隻鳥飛到半空中，底下的地球就會跑掉，那隻鳥就會在太空中漂流。你認為是這樣嗎？」

這樣的類比爭論是靠不住的，日後哈蘭在多年的經驗中確認了時間旅行確實能夠很精準的鎖定時空位置。然而，時間機回到遠古時代，是沒什麼前例可循的，但儘管如此，他還是很有信心。結果，他真的就在回憶錄記載的地點找到那個山洞。

洞口堆了一些偽裝用的石頭。哈蘭把那些石頭搬開，走進山洞。

他打開手電筒探查山洞。手電筒的白光像手術刀一樣劃過每一寸洞壁，哈蘭仔細檢查，從洞頂到兩側到地面都不放過，檢查得非常徹底。

諾伊絲一直跟在他身邊。她輕聲說：「你在找什麼？」

他說：「看看有什麼。我不確定自己會找到什麼。」

後來，他真的找到了，就藏在山洞最裡面。是一塊扁平的石頭壓著一疊綠綠的紙。

哈蘭把石頭搬開，用拇指摸摸那疊紙邊緣。

「這是什麼？」諾伊絲問。

「紙幣，一種交易媒介，也就是錢。」

「你怎麼知道那會放在這裡。」

「我不知道。我只是希望能找到這種東西。」

其實他只是運用圖伊索式的邏輯推理，推敲因果關係，就推斷出這裡會有錢。既然永恆域沒有消失，那就表示庫柏一定做了正確的決定。庫柏會推測，哈蘭一看到雜誌上的廣告，就會知道正確的日期時間，找到這個山洞，知道這個山洞裡會有更多線索。

只不過，哈蘭在山洞裡找到的，遠超過他的預期。在為這次遠古時代任務做準備的期間，哈蘭想過很多問題。他不只一次想過，如果他只帶著金塊進小鎮，一定會引起猜疑，耽擱太多時間。

庫柏當然會想辦法解決這個問題，不過還好，他有的是時間。哈蘭翻著那疊紙幣，心裡想，庫柏一定花了不少時間才弄到這麼多錢。幹得好，小伙子，太漂亮了。

裝備補給已經都搬進山洞裡，這時候，太陽漸漸西斜，晚霞滿天。時間機已經用一層偽裝膜蓋住，除非很仔細看，否則不可能發現。不過，萬一被人發現，哈蘭還是有一把爆能槍可以解決問題。光暖器已經架起來了，一根照明棒插在岩石縫隙裡，山洞裡又亮又溫暖。

外面是三月冷颼颼的夜晚。

光暖器緩緩轉動，諾伊絲盯著裡面平滑的弧形內壁，若有所思。她問：「哈蘭，你有什麼打算？」

哈蘭說：「明天早上我會去距離最近的那個小鎮。我知道那小鎮在哪裡。」他心裡想，根據圖伊索式的邏輯推理，那小鎮應該就在那裡。

「你要帶我一起去嗎？」

他搖搖頭。「首先，妳不會說這裡的語言。另外，和鎮上的人打交道，光是一個人就很麻煩了，更何況帶著妳。」

諾伊絲一頭短髮，那模樣看起來就像舊時代的人，哈蘭很不習慣。此刻她眼中射出怒火，看得哈蘭很不自在，趕緊撇開頭。

她說：「我不是笨蛋，安德魯。你幾乎不跟我說話，也不看我。你到底怎麼了？是心裡那種老家的道德感又在作祟了嗎？還是你怪我害你背叛了永恆域？還是你覺得我害你道德淪喪，害你墮落？到底是怎麼樣？」

他說：「妳不會懂我的感受。」

她說：「那你說啊。說來聽聽看啊。還有比現在更好的機會嗎？你感覺得到愛嗎？你愛我嗎？你不可以把什麼都怪到我頭上，不過，你應該不至於這樣。告訴我，你為什麼要帶我來這裡？既然我在這裡幫不上忙，既然你看到我就很不舒服，那你為什麼不讓我留在永恆域？」

哈蘭嘀咕著說：「因為有危險。」

「噢，算了吧。」

「不只是危險。那是一種內心深層的恐懼，就像噩夢一樣可怕。那是圖伊索計算師的噩夢。上次我們去隱藏的世紀，提心吊膽，一路上他跟我說了很多想法，對隱藏的世紀的想法。他懷疑那裡可能演化出某種人類，全新的人類，甚至可能是超級人類。他們躲在遙遠的未來，把我們隔絕在外，不跟我們打交道，而且打算阻撓我們改變時空狀態。他覺得就是他們在傳送井設定障礙，讓時間機過不了 100,000 世紀。後來我們找到了妳，圖伊索就放棄了他那些噩夢般的想法。他認為傳送井根本就沒有障礙，於是就轉移心思去處理那些迫切的問題，解救永恆域。

「可是妳知道嗎，他的噩夢傳染給我了。我確實碰到過那個障礙，所以我知道那真的存在。那不是永恆人製造的，因為圖伊索說理論上那種東西不可能存在。也許永恆域的科技理論還不夠進步。可是，障礙真的就在那裡。有人做出了那種障礙。或者說，某種東西做出了那種障礙。

「當然……」他若有所思的繼續說。「圖伊索的看法並非全都是對的。他覺得人一定會演化，但事實上並非如此。永恆域的科學家對古生物學沒什麼興趣，不過遠古時代晚期的人卻對那門學問很感興趣。我自己研究過，可以說一些給妳聽聽。例如，唯有在面臨新環境壓力的時候，物種才會演化。在穩定的環境裡，物種可能接連幾百萬個世紀都不會改變。原始人演化得非常快，是因為他們的環境很險惡，而且變化很快。然而，當人類學會自己創造環境，把環境創造得很舒服很穩定，他們自然而然就不會再演化了。」

「我不知道你在說什麼。」諾伊絲說。她口氣還是很不高興。「你說的不是我們之間的事。我想聽的是那個。」

哈蘭故意不理她。他說：「為什麼傳送井到100,000世紀會出現那個障礙？在那裡設障礙到底有什麼目的？我們到那裡的時候，發現妳並沒有受傷害。那究竟代表什麼？那還能怎麼解釋？我問自己：有什麼事是因為那個障礙出現才發生的，如果障礙沒有出現就不會發生？」

說到這裡他停了一下，看著腳上那雙笨重的皮靴，忽然想到，也許應該脫掉那雙靴子，晚上會舒服一點。不過，暫時先不要想這個，還不急……

他又繼續說：「這個問題，只有一個答案。因為碰到那個障礙，我很生氣，所以就回到過去找了一把神經鞭去威脅芬奇，逼他說出真相。我受到他的刺激，才會拿整個永恆域當賭注，拚命想把妳找回來。後來，我以為我失去了妳，於是就不顧一切毀了永恆域。妳聽懂了嗎？」

諾伊絲看著他，眼中露出恐懼又不敢置信的神色。「你的意思是，未來的人希望你做出這一切？這一切都是他們的陰謀？」

「沒錯。不要用那種眼神看我。沒錯。在這種情況下，整件事都不一樣了，妳明白嗎？如果這一切都是我自己做出來的，是我自己想做的，那我會承擔所有的後果，無論會失去什麼，無論內心會受什麼煎熬，我都會接受。不過，如果我是因為被人設計，像傻瓜一樣被人擺佈才做出這一切，那情況就不一樣了。如果有人控制我的感情，操弄我的感情，把我當成計算中心，輸入幾片打孔點陣金屬箔，用這種方式讓我做出他們想要我做的任何事，那情況就不一樣了——」

說到這裡，哈蘭猛然意識到自己是在大吼大叫，立刻停下來，過了一會兒才又繼續說：「這我絕對不可能接受。被人擺佈所做的一切，我一定要扭轉回來。等我扭轉了一切，我就能夠再次得到平靜。」

也許，他真的能夠得到平靜。他感覺得到勝利即將來臨，一種與他個人無關的勝利。無論過去曾經遭受什麼苦難，無論未來要面對什麼磨難，這一切都和眼前的勝利無關。時空因果快要完整了。

諾伊絲有點猶豫的伸出手，似乎想去握他那僵硬而堅決的手。

但哈蘭立刻把手縮回來。他不要她同情。他說：「一切都是精心安排的。我遇見妳。這一切都是精心安排的。有人分析過我的感情模式，這很明顯。他們知道他們做什麼舉動，我就會有什麼反應。按這個按鈕我會做什麼，按那個按鈕我會做什麼。」

哈蘭說的很痛苦，心中滿是羞愧。他拚命搖頭，彷彿想甩掉所有的恐懼，彷彿狗拚命想甩掉身上的水。接著他又繼續說：「有一件事一開始我一直想不通。我怎麼會想到庫柏可能會被送回原始時代？在正常情況下，我根本不可能會想到這件事。我根本沒有理由會去想這個。圖伊索也搞不懂。有好幾次他都想不出我怎麼辦得到。我不太懂數學，根本沒有能力去想這個。

「但我卻想到了。第一次有那個念頭，是在——是在那天晚上。當時妳睡著了，但我沒在睡。當時我有一種感覺，覺得有些事非想起來不可。那是某些話，某些想法。那天晚上稍早之前我太興奮，太快樂，腦海中冒出了很多東西。我拚命要回想起來的，就是那些東西。我想了很久，後來腦海中就冒出那些東西。那是庫柏，還有庫柏這個人所代表的意義。同時，我腦海中還冒出另外一個念頭。那個念頭是：我會是那個毀滅永恆域的人。後來，我查遍了數學史，不過那根本沒必要，因為我已經知道了。我很明確的知道。可是，我是怎麼知道的？我是怎麼知道的？」

諾伊絲目不轉睛的盯著他。現在她已經不想去碰觸他了。「你的意思是，這一切也都是隱藏的世紀的人安排的？他們把這些塞到你的腦海裡，藉此操控你？」

「沒錯，沒錯。不過這樣還沒完，他們還有工作要做。時空因果也許快要完整了，不過還沒完整。」

「現在他們還能做什麼？現在他們又不在我們這裡。」

「不在嗎？」他說這句話的時候聲音忽然變得很低沈。諾伊絲聽了臉色發白。

「是隱形的超級生物嗎？」她喃喃說著。

「不是什麼超級生物，也不是隱形的。我剛剛說過，能夠控制自己環境的人類，是不會演化的。隱藏的世紀的人也是人類，也就是智人，普通人。」

「那他們當然沒在這裡。」

哈蘭說：「妳在這裡啊，諾伊絲。」

「是啊，還有你，除此之外沒有別人了。」

「沒錯，我和妳。」哈蘭說。「沒有別人了。這裡只有我，還有一個隱藏的世紀的女人……諾伊絲，求妳別再演戲了，求求妳。」

她瞪大眼睛看著他，眼中滿是驚恐。「安德魯，你說什麼？」

「說我該說的話。還記得那天晚上妳說了什麼嗎？當時妳拿了一杯薄荷飲料給我，還記得嗎？妳一直跟我說話，妳的聲音好甜美好輕柔——那些話……我什麼都沒聽到，沒有意識到，不過我記得妳甜美的聲音對著我輕聲細語。輕聲細語什麼？庫柏回到遠古時代，參孫推倒了永恆域。我說對了嗎？」

諾伊絲說：「我根本沒聽過什麼參孫的故事。」

「沒聽過也知道是什麼意思啊，諾伊絲。告訴我，妳是什麼時候進入482世紀的？妳是冒用誰的身分？還是說，妳就這樣『擠』進來？我找了一個2456世紀的專家幫妳做過生命歷程分析，結果發現，在新的時空狀態裡，妳並不存在。也就是說，沒有另一個妳。時空狀態只是微幅改變，卻出現這種結果，實在有點奇怪，不過，這並不是完全不可能。那個分析師還說了一句話，當時我只是聽了，並沒有真的聽進去。奇怪的是，到現在我還記得。也許那句話隱約讓我想到什麼，但當時我滿腦子想的都是妳，所以根本沒有留意。他說：『——看了你給我的關鍵係數組合，我怎麼看都不覺得她是原先時空狀態裡的人。』

「他說得沒錯。妳根本不是那個時空狀態裡的人。妳是個外來者，從很遙遠的未來過來的。妳操控我和芬奇來達到妳的目的。」

諾伊絲急忙說：「安德魯——」

「所有的一切全兜得起來。要是我有用心去想，一定會看出所有的關聯。妳家裡有一盒微縮影片，書名是《社會與經濟史》。第一次看到那本書的時候，我有點驚訝。妳需要那本書對不對？妳必須從那本書裡學會怎麼當那個世紀的女人，而且要學得很像。另外，還記得我們第一次去隱藏的世紀的事嗎？妳把時間機停在111,394世紀，操作的技巧非常高超，完全不會手忙腳亂。妳是在哪裡學會操作時間機的？如果妳真的只是一個普通女人，那妳怎麼可能第一次操作時間機就那麼熟練？還有，為什麼要停在111,394世紀？妳是那個世紀的人嗎？」

她輕聲問：「安德魯，你為什麼要帶我來遠古時代？」

他忽然大吼起來：「為了保護永恆域！要是把妳留在那裡，我不知道妳會造成什麼破壞。不過在這裡，妳什麼都做不了，因為我知道妳的身分。承認吧，我全都說對了！承認吧！」

他忽然站起來，怒氣沖沖，抬起一隻手。不過她毫不畏縮，還是很平靜。她看起來簡直就像一尊蠟像，一個溫柔又漂亮的女人的蠟像。哈蘭的手抬到一半。

她說：「承認吧！」

她說：「都已經推敲到這個地步了，你還沒把握嗎？我承不承認有什麼差別嗎？」

哈蘭越來越激動了。「承認吧！這樣我就不會覺得痛苦。妳承認了，我就不會有半點痛苦了。」

「痛苦？」

「因為我手上有一把爆能槍，諾伊絲。我要殺妳。」

第十八章　從此無限

但哈蘭並不是那麼確定。他很猶豫。他手中的爆能槍正對準諾伊絲。

可是她為什麼不說話？為什麼她還是一副無動於衷的樣子？

他怎麼能殺她？

可是，他又怎麼能不殺她？

他嘶啞著聲音說：「怎麼樣？」

她動了，但只是把手輕輕擺在大腿上，讓自己顯得從容一點，冷漠一點。她開口說話的時候，聲音聽起來簡直不像人類。儘管爆能槍的槍口對準她，她卻還是一副胸有成竹的樣子，彷彿具有某種不可思議的神祕力量。

她說：「你想殺我，不可能只是為了要保護永恆域。如果只是為了要保護永恆域，你大可把我打昏，把我綁得緊緊的，讓我困在這個山洞裡，然後你就可以一早出發去做你的事。或者，你也可以先把我交給圖伊索計算師隔離監禁，然後再到遠古時代出任務。或者，你也可以在天亮的時候帶我出去，把我一個人丟在荒郊野外。如果只有殺了我你才會甘心，那只是因為你認為我背叛了你，認為我哄騙你讓你愛上我，然後再引誘你背叛永恆域。你想殺我，並不是像你說的那樣，是為了懲罰我，而是因為你自尊心受到傷害。」

他有點不自在的動了一下。「妳說，妳是從隱藏的世紀來的嗎？」

她說：「沒錯。你要開槍了嗎？」

哈蘭用顫抖的手指去按爆能槍的觸發鍵，但他猶豫了。他並不是真的那麼理智。他內心深處依然殘留著一絲對她的眷戀，想放過她。她是不是因為他厭棄她，所以感到萬念俱灰，故意說謊激他殺了她？她是不是因為他懷疑她，所以絕望之下產生一種慷慨激昂視死如歸的情緒？

不可能！

這種情節只有 289 世紀浪漫小說的微縮影片裡才有，不會發生在諾伊絲這樣的女人身上。她不是那種沈溺壯烈愛情的自虐狂，迫不及待想死在發瘋的愛人手裡。

那麼，難道她是在嘲笑他，認定他無論如何都下不了手殺她？難道她知道他到現在還是對她念念不忘，所以她很有把握，認定脆弱和羞愧會令他手指發軟扣不下扳機？

恐怕真的是這樣。他扣在觸發鍵上的手指又壓緊了一點。

這時諾伊絲又說話了。「你還在等。那是不是代表你希望我為自己簡單辯解一下？」

「辯解什麼？」哈蘭努力裝出蔑視的口氣，但他確實希望她為自己辯解，因為這樣可以拖延一點時間，不用太快面對最後的血腥場面。一旦開了槍，他就勢必會看到她支離破碎的屍體，看到自己是怎麼對待美麗的諾伊絲，看到她是怎麼死在自己手上。

他為自己的拖延時間找到了藉口。他渴切的想著：讓她說吧。讓她多說一點隱藏的世紀的事，這樣反而更能夠保護永恆域。

這樣想，他就可以理直氣壯的不開槍，而且可以用一種從容的表情看著她，讓她看到自己也和她一樣從容。

她似乎看穿了他的心思。她說：「你想多知道一些隱藏的世紀的事嗎？如果我可以用這種方式辯解的話，那倒簡單。舉例來說，你想不想知道 150,000 世紀以後，地球上為什麼沒有人類？有興趣聽嗎？

他不想讓她覺得他很想知道，也不想讓她認為她可以藉此要脅他，不殺她她才說。槍在他手上，他很不想讓她看出自己的弱點。

他說：「妳說吧。」一聽到他這樣說，她淡淡笑了一下。看到她那種笑容，他不由得臉紅起來。

她說：「有一段時期，永恆域還沒有發展到太遙遠的未來。在永恆域還沒有發展到 10,000 世紀的時候，我們 111,394 世紀的人就發現他們了。你猜對了，我就是 111,394 世紀的人。知道嗎，我們也有時間旅行的技術，只不過，我們運用時間旅行的前提和你們完全不同。我們寧願觀察真實時空，而不是去改變真實時空。而且，我們只會觀察我們的過去，觀察我們過去的狀態。

「我們是因為注意到某些現象才間接發現永恆域的存在。我們發展出一種分析時空狀態的微積分理論，然後用這種微積分檢測我們的時空狀態。結果，我們很驚訝的發現我們生活在一個發展可能性很低的時空裡。這是一個很嚴重的問題。時空狀態怎麼可能會這樣？……安德魯，你好像不太專心。你到底有沒有興趣聽？」

哈蘭聽到她竟然這樣叫他的名字。過去的幾個星期裡，她都是這樣叫他的名字，感覺很親暱。此刻聽到她這樣叫他，照理說他應該覺得很刺耳，很不高興，因為那聽起來像是在挖苦他。沒想到，他竟然沒有這種感覺。

他很無奈的說：「快說，趕快說完。妳這個女人。」

他用憤怒冷淡的口氣稱呼她「妳這個女人」，刻意沖淡她稱呼他「安德魯」的那種親暱感。

但她卻只是淡淡一笑。

她說：「於是我們探查過去的時間，發現永恆域正逐漸擴張。我們立刻就發現，在真實時間過去的某個時間點顯然有另一個時空狀態，而那個時空狀態有無限的發展可能，我們稱之為『基本狀態』。那個基本狀態也曾經涵蓋了我們，或者說，涵蓋了另一種狀態的我們。那時候我們沒辦法判斷那個基本狀態本來是什麼樣子，而當時我們也沒有能力判斷。

「不過我們知道的是，在很遙遠的過去，永恆域曾經透過統計概率的計算改變了那個基本狀態，而改變造成的影響一直延續到我們的世紀，甚至延續到更遙遠的未來。我們開始進行研究，想查清楚基本狀態本來是什麼樣子，因為我們想扭轉永恆域造成的邪惡影響。說那是邪惡，希望你不要介意。首先，我們建立了一個隔離區，把永恆人隔絕在70,000世紀之前的過去。那就是你們所說的隱藏的世紀。隔離區的防護殼可以保護我們，使我們不至於受到改變的影響。雖然那個影響的幅度已經越來越低，甚至快消失了，但我們還是不想被影響。防護殼並不是絕對安全的，不過至少可以幫我們爭取一點時間。

「接下來，我們做了一件事。我們的文化和道德感通常是不允許我們做這種事的。我們調查了我們的未來。我們已經知道未來的人類在目前時空狀態下的狀況，這樣一來，我們就可以把那個狀況拿來和基本狀態作比對。我們已經知道，在目前的時空狀態下，在125,000世紀之後的未來的某個時間點，人類解開了星際旅行的奧祕，掌握了超空間跳躍的技術。人類終於可以縱橫星際之間了。」

諾伊絲說得很有技巧，彷彿有一種魔力，哈蘭越聽越入神。她說的這些，究竟有多少是真的，有多少是經過算計想用來哄騙他的？他不想被她蠱惑。他要說話，打亂她那迷人的話語。於是他說：「人類可以縱橫星際之後，他們就真的走了，離開了地球。我們永恆域有人這樣推測。」

「你們的人推測錯誤。人類確實想離開地球，只可惜，銀河系並不是只有人類。銀河系有很多恆星，而那些恆星也有行星，甚至還有別的智慧生物，不過，銀河系其它智慧生物都比人類出現得晚。125,000世紀的時候，人類都還在地球上，不過後來的子孫超越了他們，發展出星際旅行，在銀河系到處殖民。

「然而，當他們到了外太空，卻發現到處都有標誌：『有人住！』、『禁止入侵！』『滾開！』，於是在銀河系到處探測的人類只好撤退，回到老家。這下子，人類終於知道地球代表什麼了。地球就是無限的自由圍繞成的監獄……於是，人類就滅絕了。」

哈蘭說：「這樣就滅絕了？妳胡說。」

「他們並不是立刻就滅絕，而是過了好幾千個世紀才滅絕。那幾千個世紀裡，人類的數量起起落落，但整體來說，他們失去了活下去的動機，覺得一切都沒有意義。他們無法擺脫那種絕望的感覺，於是，在最後一次生育率大幅滑落之後，人類就滅絕了。這就是你們永恆域幹的好事。」

眼看永恆域這麼快就被批評得體無完膚，哈蘭迫不及待想為永恆域辯護。他說：「那就讓我們進你們的隱藏的世紀啊，我們可以改變這種局面。我們還沒有失敗，我們還來得及為那些我們觸及得到的世紀創造最大的利益。」

「最大的利益？」諾伊絲那種超然的口氣聽起來反而有揶揄的意味。「什麼叫最大的利益？是你們的機器說的嗎？是你們的計算中心說的嗎？那麼，那些機器是誰調整的？是誰教他們要怎麼衡量利益的？機器沒辦法像人類那樣洞悉問題，解決問題，它們只是速度比較快！那麼，在永恆人看來，究竟什麼才算是利益？我可以幫你說：安全，穩定，節制，適量，如果無法確保適當的回報，絕對不准冒險。」

哈蘭嚥了一口唾液。他忽然想到那次在時間機裡，圖伊索曾經談到隱藏的世紀的先進人類。當時圖伊索說：我們會想改變異常的東西，消除那種差異。

好像真的是這樣。

諾伊絲說：「看樣子，你已經開始思考了。那麼，你可以想一下，在目前的時空狀態裡，人類一次又一次嘗試太空旅行，也一次又一次失敗，為什麼會這樣？每一個太空旅行時期的人當然知道他們的前輩失敗過，那他們為什麼還要嘗試？」

哈蘭說：「我沒有研究過這方面的問題。」但他忽然想到火星上的殖民地，心裡有點不安。人類一次又一次在火星上建立殖民地，也一次又一次失敗。他想到，太空旅行似乎總是一種不可思議的魔力，異常迷人，就連永恆人也會被吸引。他還記得當初在2,456世紀的時候，曾經聽過社會學家坎鐸沃伊對太空旅行的感嘆。某個世紀失去了電子重力太空旅行，沃伊很羨慕的感嘆說：真可惜啊，這麼漂亮的太空船。而生命歷程分析師尼祿恩法魯克也是咒罵連連，痛惜那個世紀失去太空旅行，而為了撫平自己的罪惡感，他大肆批評永恆域處理抗癌血清的方式。

智慧生物想向外發展，想遨遊星際，想擺脫地球重力的束縛，這真的是一種本能的渴望嗎？是不是這種渴望促使人類向太陽系其他行星發展，一次又一次，連續幾十次，而一次又一次的發現太陽系只有地球能住人？是不是最終的失敗讓他們意識到自己只能回到地球監獄，導致他們心理失調，而永恆域必須疲於奔命應付這種心理失調？哈蘭想到，那些電子重力發展失敗的世紀，很多人染上毒癮。

諾伊絲說：「永恆域鏟除了時空狀態的災難，同時也鏟除了人類的成就。人類唯有在面臨極端考驗的時候，才會出現偉大的成就。當人類面臨危險，面臨永無休止的動盪不安，他們就會產生動力，創造出前所未有的成就，以居高臨下的姿態征服一切。這你明白嗎？永恆域預防了人類本來應該要面對的災難痛苦，但連帶的，他們也剝奪了人類自己找出解決方案的機會，無論解決方案是好是壞。要得到真正的解決方案，必須靠克服困難，而不是靠逃避困難。」

哈蘭的回答很刻板：「為最多人創造最大的利益——」

諾伊絲忽然打斷他：「要是永恆域從沒有創立，會怎麼樣？」

「妳說呢？」

「我告訴你會怎麼樣。人類會把投注在發展時間力場工程的精力用來發展核子工程。在這種情況下，永恆域就不會出現，而人類會發展出星際旅行，更早到達別的星系，比在目前的時空狀態下提早十萬個世紀。那時候的星系都還沒有其他智慧生物，於是人類就會遍布整個銀河系。我們就會是最先遍布銀河系的物種。」

「那又有什麼好處？」哈蘭還是不肯認輸。「我們會過得更幸福嗎？」

「你說的我們是指誰？到時候，人類不會只有一個世界，而是會有上百萬個世界。我們會擁有無限的一切。每個世界都會有自己的無數個世紀，都會有自己的價值，都會有機會在各自的環境裡按照自己的方式追求幸福。幸福有很多種，利益有很多種，無限多種……這就是人類的基本狀態。」

「妳只是憑空猜測。」他很氣自己，因為諾伊絲描繪的景象深深吸引了他。「還沒有發生的事，妳怎麼會知道？」

諾伊絲說：「你會嘲笑真實時空的人無知，因為他們只知道自己那個時空狀態。而我們會嘲笑永恆人無知，因為你們認為時空時空狀態有很多個，可是一次只會存在一個。」

「妳在胡說八道什麼？」

「我們不會去計算可以用來替代的各種時空狀態。我們看得見它們，觀察它們。我們看得到它們的原始狀態。即使那些狀態沒有實現，我們還是看得到它們的發展。」

「那無數的可能和如果，根本不存在，你們是看到鬼了嗎？」

「隨便你怎麼諷刺，我們就是看得到。」

「你們是怎麼看到的？」

諾伊絲停了一下，然後說：「你叫我怎麼解釋呢，安德魯？我接受的教育，就是我會知道某些事，可是不會真的懂，就像你一樣。你有辦法解釋計算中心是怎麼運作的嗎？但你還是知道它存在，而且運作正常。」

哈蘭臉紅了。「呃，妳繼續說吧」

諾伊絲說：「我們知道怎麼看到時空狀態，就這樣發現了我剛剛說的那種基本狀態。我們也發現是哪一次改變摧毀了基本狀態。那不是永恆域進行的改變，而是永恆域創立本身所造成的改變。任何一個像永恆域這樣的體系都會讓人類可以選擇自己的未來，結果他們會選擇的就是安全和平庸，而在這樣的時空狀態裡，人類永遠無法遨遊星際。永恆域的存在，抹滅了銀河帝國。為了重建銀河帝國，我們必須毀滅永恆域。

「時空狀態的數量是無限的，而每個時空狀態的子狀態也是無限的。舉例來說，永恆域存在的時空狀態，數量是無限的，而永恆域不存在的時空狀態，數量也是無限的，同樣的，永恆域曾經存在而後來被消滅的時空狀態，數量也是無限的。有我存在的時空狀態，數量也是無限的，而我們的人從那些狀態裡挑選了一個。

「不過，這件事跟我沒有關係。他們訓練我做這個工作，就像圖伊索和你訓練庫柏一樣。在某些時空狀態裡，我是特工，摧毀了永恆域，而這樣的時空狀態數量也是無限的。這樣的時空狀態，他們拿五個最不複雜的讓我挑選，我選了這一個。這個狀態裡有你。在所有的狀態中，只有這個狀態裡有你。」

哈蘭問：「妳為什麼選這個？」

諾伊絲轉開頭。「因為我愛你。早在遇見你之前，我就愛上你了。」

哈蘭心頭一震。她說這話的模樣好真摯。他心頭一陣苦澀，想著：她真會演戲……

他說：「這太荒謬了。」

「是嗎？我研究那五個狀態，再進一步研究目前這個狀態。在這個狀態裡，我到了482世紀，先遇見芬奇，然後遇見你。在這個狀態裡，你找上了我，愛上我，把我帶進永恆域，帶我去遙遠的未來，到我出身的世紀。在這個狀態裡，你把庫柏送到錯誤的世紀，然後你和我一起回到遠古時代。後來，我們一輩子都生活在遠古時代。我看到我們一起生活，過得很幸福，而且，我愛你。所以，這一點都不荒謬。我選擇了這個狀態，這樣我們才有機會相愛。」

哈蘭說：「這全都是假話。妳騙人。妳要我怎麼相信妳？」他停了一下，然後突然說：「等一下！妳說妳事先就知道這一切，知道這一切會發生？」

「是的。」

「那妳顯然在說謊。那妳一定會知道我會拿爆能槍對著妳，妳一定會知道妳會失敗，這妳怎麼說？」

她輕輕嘆了口氣。「我剛剛說過，任何狀態都有無數的子狀態，無論我們再怎麼精準鎖定某個特定狀態，那個狀態永遠都會有無數類似的狀態。永遠都會有模糊點。我們鎖定得越精準，模糊點就越少，可是永遠不會有絕對的焦點。模糊的程度越低，導致結果失敗的變化機率就越低，不過那機率永遠不會是零。其中，有一個模糊點導致結果失敗。」

「哪一個？」

「100,000世紀的障礙解除後，你就會回到未來，而你真的回來了。可是，你本來應該一個人回來。這就是為什麼當我看到圖伊索在你後面，我會嚇一大跳。」

哈蘭又開始覺得不自在。她真會編故事。

諾伊絲說：「要是當時我完全明白這個變動代表什麼意義，我會嚇死。如果你是一個人回來，你會像現在這樣帶我回到遠古時代，然後，基於對人類的愛，基於對我的愛，你就不會去找庫柏。你的時空因果就瓦解了，永恆域就會消失，而我們就會在這裡平平安安過日子。

「可是你卻帶著圖伊索回來，這就是機率中的變化。在回未來的路上，他告訴你他對隱藏的世紀的想法，啟動你後來一系列的推論，最後你懷疑我對你的愛，拿著爆能槍對著我……哈蘭，事情就是這樣。你可以開槍打死我，誰也擋不了你。」

哈蘭緊緊抓著著爆能槍的塑膠把柄，抓得手好痛。他頭昏腦脹，換另一隻手拿爆能槍。她的故事有漏洞嗎？當他知道她是隱藏的世紀的人，他會怎麼做？他從來不曾像此刻這樣天人交戰。天快亮了。

他說：「為什麼你們要摧毀永恆域兩次？當我把庫柏送回20世紀的時候，永恆域就毀滅了不是嗎？那時候，一切就結束了，現在就不會陷入這種不確定的局面，徒增痛苦。」

「因為──」諾伊絲說。「摧毀這個這個狀態裡的永恆域還不夠。我們一定要竭盡全力把任何型態的永恆域出現的可能性降到接近零，我們必須在遠古時代做一件事，一個細微的改變，一件小事。你應該知道什麼叫做最低限度必要改變。我要寄一封信到20世紀一個叫義大利的半島。現在是19.32世紀。寄出那封信之後，過幾年，義大利有個人就會用鈾元素做核子爆炸實驗。」

哈蘭嚇壞了。「妳要改變遠古時代的歷史？」

「沒錯。我們就是打算這樣做。在新的時空狀態裡，也就是最終的時空狀態裡，第一次核子爆炸不是發生在30世紀，而是在19.45世紀。」

「妳知道改變遠古時代的時空狀態很危險嗎？妳有可能估算危險程度嗎？」

「我們知道有危險。我們已經觀察過無數受到這次改變影響的可能的時空狀態。當然，有一種可能性是地殼受到大規模的輻射污染，導致地球滅亡，不過在那之前——」

「人類付出這麼大的代價會得到什麼？」

「銀河帝國。一個強化的基本狀態，發展壯大。」

「那你們還好意思譴責永恆人干預——」

「我們譴責你們，不是因為你們改變了時空狀態，而是因為你們三番兩次拚命想把人類留在家裡，留在監獄裡安穩度日。我們干預，只有一次，而這一次是要讓人類把注意力永遠轉移到核子能，這樣一來，永恆域就永遠永遠不會出現。」

「不行！」哈蘭氣急敗壞的說。「永恆域一定要存在！」

「你可以選擇這樣。這要由你來選擇。如果你希望讓瘋子來主宰人類的命運——」

「瘋子！」哈蘭大吼一聲。

「你們不是瘋子嗎？這你很清楚，想想看。」

哈蘭又氣又怕，眼睛盯著她。但他還是不由得開始想。他回想起當年，那些學員知道時空狀態的真相之後，拉圖瑞特企圖自殺。後來，拉圖瑞特活下來了，成為永恆人，然而，沒有人知道他心理留下了什麼創傷，而這樣的人竟然參與改變時空狀態。

他想到永恆域的階級體系，想到那種不正常生活會導致人產生罪惡感，再由罪惡感轉變成對執行人的憤怒和仇恨。他想到那些計算師，他們明爭暗鬥，芬奇陰謀陷害圖伊索，圖伊索監視芬奇。他想到聖納，為了他的光頭和所有的永恆人針鋒相對。

他想到他自己。

然後他想到圖伊索。偉大如圖伊索一樣會違反永恆域的法規。

他所知道的永恆域，似乎就是這樣。要是他願意摧毀永恆域，還會有別的原因嗎？但他從來不肯真誠面對這一切，不肯認清這一切的本質，直到此刻。

此刻，他終於徹底看清了永恆域，終於認清這是一群精神異常越來越嚴重的人，在絕望的深淵中掙扎，撕裂自己的人生。

他茫然的看著諾伊絲。

她輕聲說：「你明白了嗎？走，安德魯，我們去洞口。」

他恍恍惚惚跟著她走到洞口，內心暗暗驚嘆，因為他的想法有了天翻地覆的變化，看到了完整的面貌。他手上的爆能槍原本一直指著諾伊絲的心臟，現在，槍已經掉到地上。

淡淡的晨曦染得天空一片灰白，洞口的時間機形成一片巨大的陰影，遮蔽了天空。時間機覆蓋著偽裝膜，看起來顯得模糊黯淡。

諾伊絲說：「這就是地球，不過，它並不是人類唯一的家，也不是永遠的家，而是一個起點，未來無窮盡冒險的起點。現在你要做的，就是在心裡做決定。你，我，和洞裡所有的東西都會被一個時間力場圍起來，不會受到改變的影響。庫柏會跟著那則廣告一起消失，永恆域也會消失。而我那個世紀的時空狀態和全體人類將會持續存在，有一天，我們會遨遊星際，而你和我會有很多孩子，很多孫子。」

他轉身看著她，而她也看著他，面帶微笑。這就是原來那個諾伊絲，而他的心臟也像從前那樣開始怦怦狂跳。

突然間，整片天空忽然變成一片暗灰，而巨大的時間機也消失了。這時候，他才知道自己已經做了決定。

諾伊絲慢慢湊近他，依偎在他懷裡。他看著時間機消失，心裡忽然明白，永恆域終於走到盡頭。永恆的終結。

人類從此無限。

全文完

國家圖書館出版品預行編目資料

永恆的終結／以撒艾西莫夫
Isaac Asimov著；陳宗琛譯　初版
臺北市：鸚鵡螺文化，2021.03
面；公分。－－(SFMaster003)
譯自：The End of Eternity
ISBN 978-986-94351-85(平裝)

874.57　　　110002204

鸚鵡螺文化

SFMaster 003

永恆的終結

The End of Eternity

作　　者—以撒艾西莫夫

譯　　者—陳宗琛
選 書 人—陳宗琛
美術總監—Nemo

出版發行—鸚鵡螺文化事業有限公司
新北市鶯歌區建國路85號11樓之7
電話：(02)86776481
傳真：(02)86780481
郵撥帳號—50169791號
戶　　名—鸚鵡螺文化事業有限公司
電子信箱—nautilusph@yahoo.com
總 經 銷—大和書報圖書股份有限公司
ISBN　978-986-94351-85
定　　價—新台幣399元
初版首刷—2021年3 月
初版二刷—2021年12月